Flash CS4
精华教程

宽屏系列训练

数码创意◎编著

电子工业出版社

Publishing House of Electronics Industry

北京·BEIJING

内 容 简 介

本书全面介绍了 Flash CS4 中文版的主要功能和面向实际的应用技巧，并由易到难地讲解了一系列行之有效的实训项目。前 12 章主要介绍 Flash 的应用领域、特点、基本术语及基本工具。这部分首先让读者熟悉 Flash CS4 的操作界面和各种动画文件类型，然后依次介绍了使用各种基本工具创建对象的方法，以便为学习后面的内容打下坚实的基础。后 5 章围绕精彩实例进行讲解，步骤详细，重点突出。这部分列举了多个典型实例，将"软件技能"和"实例创意"相结合，系统地讲解了 Flash 在动画特效、片头、贺卡以及网站中的应用。本书可使读者在掌握软件功能的基础上，通过详细的设计分析和制作过程的剖析，将软件功能和行业应用紧密地结合起来，并在不知不觉中掌握 Flash 动画的设计理念。

本书还附赠了一张多媒体教学光盘，内含书中部分精彩实例的多媒体教学演示文件，以及书中所用到的素材，将大大方便读者的学习。

本书适合各类 Flash CS4 初、中级读者以及从事平面设计工作的专业人员使用，也可以作为相关软件培训机构的教学用书。

图书在版编目（CIP）数据

Flash CS4 精华教程 / 数码创意编著.—北京：电子工业出版社，2010.1
（完全训练）
ISBN 978-7-121-09658-7

Ⅰ．F… Ⅱ.数… Ⅲ.动画—设计—图形软件，Flash CS4 —教材 Ⅳ.TP391.41

中国版本图书馆 CIP 数据核字（2009）第 181369 号

责任编辑：董　英
印　　刷：中国电影出版社印刷厂
装　　订：三河市皇庄路通装订厂
出版发行：电子工业出版社
　　　　　北京市海淀区万寿路 173 信箱　　邮编：100036
开　　本：787 × 1092　　1/16　　印张：22　　字数：578 千字
印　　次：2010 年 1 月第 1 次印刷
定　　价：59.00 元（含 DVD 光盘一张）

凡所购买电子工业出版社图书有缺损问题，请向购买书店调换。若书店售缺，请与本社发行部联系，联系及邮购电话：（010）88254888。
质量投诉请发邮件至 zlts@phei.com.cn，盗版侵权举报请发邮件至 dbqq@phei.com.cn。
服务热线：（010）88258888。

前言
Preface

    Flash CS4 是著名影像处理软件公司 Adobe 收购 Macromedia 公司后最新推出的网页动画制作工具。由于使用 Flash 所创作的网页矢量动画具有图像质量好、下载速度快和兼容性好等优点，因此它现在已被业界普遍接受，其文件格式已成为网页矢量动画文件的标准格式。和过去的版本相比，Flash CS4 更加确定了 Flash 多功能网络媒体开发工具的地位。

    Flash 是目前最优秀的网络动画编辑软件之一，从简单的动画效果到动态的网页设计，以及 MTV、广告、电子贺卡、片头、游戏的制作，Flash 的应用领域日趋广泛，业内人士众所周知，它引领着整个网络动画时代的发展方向。

    在以往的软件学习过程中，软件是静态的，所编辑的内容是所见即所得的，而在 Flash 动画制作中，用户既要绘制可见的、可控制的关键帧，又要想象计算机自动生成的插入帧，头脑中思考的是连续的动画，而这种想象能力正是 Flash 初学者所需要培养的。

    本书内容全面，理论与实际相结合，充分注意知识的相对完整性、系统性和时效性。各章实例的安排也按照从易到难的层次，初级实例使读者了解概念，中级实例使读者理解和运用概念，高级实例开拓读者眼界，让 Flash 真正成为读者的纸和笔，成为表达思想和感情的工具。

    除了力求内容丰富、结构清晰、实例典型、讲解详尽、富于启发性外，本书在写作风格上力求文字精炼、脉络清晰。另外，在本书中还包含了大量的"技巧提示"，它们能够提醒读者注意可能出现的问题、容易犯下的错误以及如何避免这些问题和错误，还提供了操作上的一些捷径，使读者在学习时能够事半功倍，做到技高一筹。

    本书既可作为各类职业院校计算机应用技术专业的教材，也可作为计算机培训班、辅导班和短训班的教材，对于希望快速掌握 Flash 动画制作知识的计算机入门者，也是一本不可多得的参考资料。

    虽然本书在编写过程中，力求技术和语言上更加到位，但疏漏之处在所难免，敬请读者批评指正。读者可通过 xzhd2008@163.com 与我们联系，我们将及时为您答疑解惑。

实例欣赏

（具体制作过程见 15.2 节）

01 Chapter 初识动画设计高手

02 Chapter Flash CS4 基础操作

03 Chapter Flash CS4 循序渐进学绘图及

工具应用

04 Chapter 本文和对象的基本操作

05 Chapter 管理和编辑图层

06 Chapter **解密时间轴**

07 Chapter 资源的导入与使用

08 Chapter 声音和视频的应用

12 Chapter 组件的使用

13 Chapter 鼠标特效

14 Chapter 电子产品动画

15 Chapter 贺卡

16 Chapter　首页与片头动画

17 Chapter　网站导航

Chapter 01

初识动画设计高手

Flash CS4 是目前最优秀的网络动画编辑软件之一，从简单的动画效果到动态的网页设计，以及短篇音乐剧、广告、电子贺卡、游戏的制作，Flash 的应用领域日趋广泛，毋庸置疑，它引领着整个网络动画时代的发展。

1.1 无限创意 Flash CS4

随着计算机网络的普及和数字技术的发展，人们迎来了"数字化时代"。Flash CS4 与 Adobe 公司的矢量图形软件 I llustrator 被称为业界标准的图像处理软件，它们与 Photoshop 完美地结合起来了，三者之间不仅实现了用户界面上的互通，还实现了文件格式的互相转换。当然更重要的是，Flash CS4 支持全新的脚本语言 ActionScript 3.0。ActionScript 3.0 是 Flash 历史上的一次飞跃，从此以后，ActionScript 终于被认可为一种正规的、完整的、清晰的面向对象语言。

对于一个网络设计师而言，Flash CS4 是一个完美的工具，它可用于设计交互式媒体页面或开发与主题相关的多媒体内容，它强调对多种媒体的导入和控制，主要针对高级的网页设计师和应用程序开发人员。Flash 是不同于其他任何应用程序的组合应用程序。从表面上看，它是介于面向 Web 的位图处理程序和矢量图绘制程序之间的简单组合体，但它的功能却比简单的组合体强大很多，它是一种交互式的多媒体创作程序，同时也是现如今最为成熟的动画制作程序，适合于各种各样动画的制作——从简单的网页修饰到广播品质的卡通片。另外，Flash 支持强大、完整的 ActionScript 语言，这使得它与 XML，HTML 和其他 Web 内容能够以多种方式联合使用，因此它也是一种能够和 Web 的其他部分通信的脚本语言。Flash 也可以作为前台和图形的引擎，作为一种杰出、稳健的解决方案，从数据库和其他后台资源中获得信息，生成动态的 Web 内容（包括图形、图表、声音和个性化的 Flash 动画）。

随着互联网的普及，经过 Adobe 公司多年来的稳步发展和积极推广，在 Flash 版本不断升级的同时，功能也不断增强，Flash CS4 的启动界面和启动后的界面分别如图 1-1 和图 1-2 所示。

图 1-1

图 1-2

1.2 Flash CS4 的新增功能

Flash 软件因其容量小、交互性强、速度快等特点在网页矢量动画设计领域中占有重要地位。不管未来将会如何发展，矢量图形界面已经被公认是未来操作系统、网站、应用程序、RIA 的发展方向，因为矢量图形界面能够给用户带来更丰富的交互体验。无论是创建动画、网络广告、短片还是整个 Flash 站点，Flash CS4 都是最佳选择，因为它是目前最专业的网络矢量动画制作软件，且 Flash CS4 较以前版本增加了许多新功能。

基于对象的动画

基于对象的动画不仅可大大简化 Flash 的设计过程，而且还提供了更大程度的可控性。在基于对象的动画中补间将直接应用于对象而不是关键帧，从而可精确地控制每个单独动画的属性。

动画编辑器

用动画编辑器可以体验对每个关键帧参数（包括旋转、大小、缩放、位置、滤镜等）的完全单独控制。可以使用动画编辑器借助曲线以图形化的方式控制缓动。

补间动画预置

对对象应用预置的补间动画可更快地开始项目。用户可从数十种预置的动画中进行选择，也可创建和保存自己的预置动画。在团队中共享预置补间动画可大大节省创建动画的时间。

使用骨骼工具进行反向运动

使用骨骼工具可通过一系列链接的对象轻松创建链的动画效果，也可使用骨骼工具快速扭曲单个对象。

3D 变形

使用新的 3D 变形工具可在 3D 空间内对 2D 对象进行动画处理。3D 变形工具（包括 3D 旋转工具和 3D 平移工具）允许用户在 X，Y 和 Z 轴上进行动画处理。应用局部或全局 3D 变形工具可将对象相对于对象本身或舞台变形。

使用 Deco 工具进行装饰性绘画

使用 Deco 工具可轻松地将任何元件转换为即时设计工具。无论是创建稍后可使用刷子工具或填充工具应用的图案，还是通过将一个或多个元件与 Deco 对称工具一起使用来创建类似万花筒的效果，Deco 都提供了使用元件进行设计的新方法。

JPEG 解块

此发布设置选项可减少高度压缩的 JPEG 文件中出现的常见失真现象。

经过改进的“库”面板

新的经过改进的“库”面板提供了搜索功能、排序功能，以及一次性设置多个库项目属性的功能，可让用户更轻松地使用各种资源。

新的字体菜单

Flash 中新的字体菜单包含各种字体及这些字体所带的样式预览。

在掌握软件功能的基础上，用户需要通过详细的设计分析和制作过程的剖析，将软件功能和行业应用紧密地结合起来，与此同时还需要在实践中逐渐掌握 Flash 动画的设计理念，只有这样才能成为 Flash 动画设计高手。

1.3 Flash CS4 的应用领域

Flash 是目前最优秀的网络动画制作软件之一，从简单的动画效果到动态的网页设计，以及短篇音乐剧、广告、电子贺卡、游戏的制作，Flash 的应用领域日趋广泛。

1.3.1 Flash 网络广告

Flash 广告是目前应用最多、最优越、最流行的网络广告形式。Flash 是一个动画制作的工具，像我们看到的广告片段一样，它可以通过文字、图片、录像等综合手段形象地体现一个意图。一般利用它来制作公司的形象、产品宣传等片段，可以达到非常好的效果。相对于传统广告形式，Flash 网络广告呈现出一些自身的特点，如交互性、广泛性、针对性、表现形式多样性和易统计性等。Flash 网络广告以独特的技术和特殊的艺术表现形式，给人们带来了特别的视觉感受，在网络媒体的互动传播中扮演着一个重要的角色。如图 1-3 所示为一个展现公司形象的 Flash 网络广告。

图 1-3

1.3.2 Flash 片头

随着 Flash 的发展和影视制作的多元化，Flash 短片动画和片头越来越多地出现在各种媒体中。精美的图形设计、富于变化的表现手法、方便的制作方法和低廉的制作成本是它的主要特点。作为利用 Flash 来传达企业形象的网络设计师，应该充分吸取传统动画、卡通、视频等多种表现形式的经验和技巧，真正使作品流畅而富于动感。如图 1-4 所示即为一个 Flash 片头。

图 1-4

1.3.3 Flash 在手机中的应用

Flash 在手机中的应用目前仍处于发展的阶段，手机上 Flash Lite 的占有率远低于 Java，Flash Lite 的服务范围也仅限于日本、德国、美国、奥地利等地。如图 1-5 所示为一个 Flash 在手机中的应用。随着 Macromedia 和三星、Nokia 等手机厂商的签约，以及和一些内容服

图 1-5

务商的合作，我们很快就能体会到 Flash Lite 提供的各种服务。如果 Flash Lite 在手机中的占有率能够提升到一定的比例，内建的 ActionScript 能够升级且效能得到提升，Flash Lite 必将能够成为一种广泛使用的手机应用平台。

1.3.4 Flash 贺卡

与传统的贺卡相比，电子贺卡具有声情并茂、发送快捷、可交互和省费用的特点，许多网站都提供电子贺卡的下载。制作电子贺卡并不需要很复杂的 Flash 技术，但是无论是自己绘制对象，还是导入素材进行修改，一定要熟悉 Flash 基本工具的使用方法，否则再优秀的创意也无法实现。掌握这些基本技巧并不是非常难的，多动手，多学习，不知不觉中水平就会有很大的提高。如图 1-6 所示为一个 Flash 贺卡。

图 1-6

1.3.5 Flash 游戏

利用 Flash 提供的 ActionScript 制作游戏和利用 Jave，Delphi 等语言制作游戏相比要简单得多。Flash 游戏是基于动画的程序，而且简单到只要稍微触动一下鼠标就能实现图形、声音等功能，这就是 Flash 在制作游戏方面比其他制作工具优越的地方。同时，许多商家把 Flash 互动游戏作为新产品推广和营销的重要手段之一。可以肯定的是，Flash 是现阶段制作网络动画和游戏最快捷的工具之一。如图 1-7 所示为一个 Flash 游戏界面。

图 1-7

1.3.6 Flash 网站

Flash 具有亲和力强、动感等多媒体的特性，全部采用 Flash 技术构建的网站，在页面的视觉效果和声音效果方面均有传统 HTML 网站望尘莫及的优势。在技术上，Flash 具有强大的脚本编程功能，能轻松实现与数据库的交互，与 HTML 也可以很好地整合，更加能够体现网络的互动性。从设计的角度来讲，纯 Flash 技术构建的网站与传统 HTML 页面网站有很大的不同，设计者除了要注意页面布局、把握色彩外，还必须深入掌握 Flash 动画制作技术，而 Web 程序开发人员也必须理解 Flash 内部脚本与页面编程之间的联系。随着 Flash 技术的进一步成熟，由纯 Flash 技术构建的网站会越来越普及。如图 1-8 所示为一个 Flash 网站。

图 1-8

1.4 Flash CS4 的特点

　　Flash 软件与其他软件相比，以最简单的方法制作出复杂而多变的动画，以最小的容量制作出最优秀的效果，备受业界人士的青睐。此外，Flash 还具有强大的交互功能，能制作出交互性极强的网页动画。作为制作网页的软件之一，Flash CS4 具有以下的特点。

流媒体动画

　　Flash 播放器在下载 Flash 影片时采用流媒体方式，可以边下载边播放，不用等文件全部下载后再观看。而且 Flash 播放器非常小，不仅可以在线下载，还能直接安装，使用任何浏览器都可以顺利观看 Flash 动画。

操作简单，容易学习

　　Flash 学习起来非常简单，它通过帧来组织动画，在制作动画时，只要将某段动画的第一帧和最后一帧制作出来，两帧之间的移动、旋转、变形和颜色渐变都可以通过简单的设置实现，因此可以在最短的时间内制作出最优秀的作品。如图 1-9 所示为 Flash CS4 的操作界面，它简单大方、易于操作。

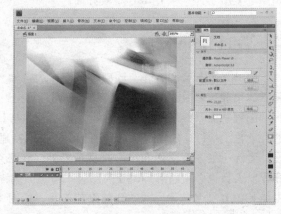

图 1-9

小容量动画文件

下载一个含有几个场景的 Flash 动画文件只需几分钟时间，因为 Flash 的图形系统是基于矢量的，而不是大多数网页动画图像中所使用的点阵技术，如图 1-10 所示的背景图即为矢量图。在 Flash 中绘制的图像都是矢量图形，矢量技术只需存储少量的向量数据就可以描述一个看起来相对复杂的对象，因此其占用的空间要比位图占用的空间小得多，还不到 Animation GIF 文件容量的 1/3，更适合在互联网中使用。用户可以利用绘图工具在 Flash 中绘制矢量图像，也可以从其他软件中导入矢量图像。

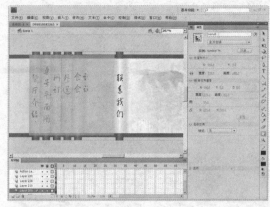

图 1-10

强大的交互功能

Flash 可以通过 ActionScript 与使用者进行交互操作。利用 ActionScript 可以给动画添加复选框、下拉菜单和滚动条等各种交互组件，然后通过键盘操作或动画按钮来实现交互。如图 1-11 所示为使用 ActionScript 设计的交互式动画。

图 1-11

Flash 的图文元素

Flash 中使用矢量的一个优点就是能够保证线条和文字的输出质量为浏览者的计算机所能够实现的最高输出质量。Flash 生成的网页中绝不会在其实色和渐变色区域内产生模糊的像素。因此，Flash 生成的网页中，每一个元素都非常清晰，特别是网页中的文字和标记等具有边缘的元素。如图 1-12 所示，舞台中的图文元素非常清晰。

网络中常见的交互式动画都可以在 Flash 中快速实现，即使没有编程知识也可以设置大部分的 ActionScript。如果想应用高级的 ActionScript 技术进行站点建设，最好能掌握相关的 HTML 或 JavaScript 知识。Flash 也可以与 Java 或其他程序融合在一起，并在不同的平台和浏览器中播放。它还支持表单交互，使用 Flash 制作的表单网页已应用于很多领域，如图 1-13 所示。

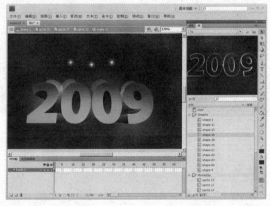

图 1-12

图 1-13

Chapter 02
Flash CS4 基础操作

本章重点讲解 Flash CS4 基本界面的主要组成部分、
Flash 文档的基本操作以及 Flash 环境的设置。

2.1 认识 Flash CS4 的基本界面

Adobe 的制作者一直致力于提高 Flash CS4 的实用性和可操作性。Flash CS4 的新界面不但大大简化了编辑过程，还为用户提供了更大的自由发挥空间。Flash CS4 的基本界面主要由菜单栏、工作区、时间轴、工具箱和"属性"面板等组成。

2.1.1 菜单栏

Flash CS4 的界面窗口也采用了典型的 Windows 窗口设计，即菜单栏位于标题栏的下方。菜单栏提供了几乎所有的 Flash CS4 命令，用户可以根据不同的功能类型，在相应的菜单下找到需要的各功能命令。

菜单栏是 Flash CS4 界面的重要组成部分，包括"文件"、"编辑"、"视图"、"插入"、"修改"、"文本"、"命令"、"控制"、"调试"、"窗口"和"帮助"菜单项，如图 2-1 所示。

文件(F) 编辑(E) 视图(V) 插入(I) 修改(M) 文本(T) 命令(C) 控制(O) 调试(D) 窗口(W) 帮助(H)

图 2-1

2.1.2 工作区

Flash 基本界面中间的区域是工作区，它如同绘画时使用的纸张。电影通过摄影机跟踪对象拍摄出各种动作，而 Flash 则在固定的领域内移动对象创建动画效果。在整个动画中，工作区内显示的动画效果才是动画的实际画面，而工作区外的区域是操作区。虽然最终输出的动画中不会出现操作区中的效果，但它在制作的动画中却是不可或缺的。如图 2-2 所示，中间的彩色区域为工作区。

图 2-2

2.1.3 时间轴

时间轴由显示影片播入状况的帧和图层组成。时间轴是 Flash 中最为重要的部分，它规定了每一帧的播放顺序及电影中元件的变化范围。

Flash 的时间轴如图 2-3 所示。从形式上来分，可以分为两部分：一部分是左侧的图层操作区，另一部分是右侧的帧操作区。从二维的角度观看时间轴，可以看出它包括时间和深度。

Flash 中时间是通过时间轴上的帧体现的，帧以它们在时间轴上出现的次序从左到右依次水平排列。Flash 时间轴中的帧是有数量限制的，如果时间轴中的帧数不够用，可以通过场景和影片剪辑来实现。

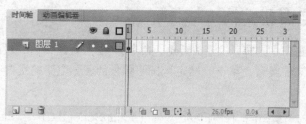

图 2-3

2.1.4 工具箱

使用工具箱中的工具可以绘图、上色、选择和修改插图，并可以更改舞台的视图。 工具箱分为 4 个部分，如图 2-4 所示。

工具区：包含绘图、上色和选择工具。

查看区：包含在应用程序窗口内进行缩放和平移的工具。

颜色区：包含用于设置笔触颜色和填充颜色的工具。

选项区：包含用于当前所选工具的功能按钮， 单击功能按钮会影响工具的上色或编辑操作。

若要指定在创作环境中显示哪些工具，可使用"自定义工具面板"对话框进行设置。

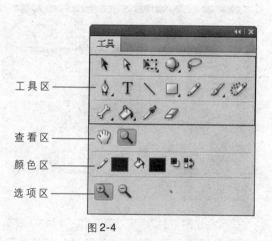

图 2-4

2.1.5 "属性"面板

"属性"面板中的内容是不固定的，它会随着选择对象的不同而显示不同的设置选项，如图 2-5 所示。

图 2-5

2.2 新建 Flash 文档并设置文档属性

制作任何一个动画的开始都是建立一个新的 Flash 文档。启动 Flash CS4 后，可以在 Flash 中创建新的文档或打开以前保存的文档，也可以在工作时创建新的文档或打开以前保存的文档，还可以设置新建文档或现有文档的属性。

2.2.1 创建空白新文档

在 Flash CS4 窗口中选择"文件 / 新建"命令，在"新建文档"对话框的"常规"选项卡中选择一种 Flash 文件类型，单击"确定"按钮即可创建一个新的空白 Flash 文档，如图 2-6 所示。

在"新建文档"对话框中选择"Flash 文件（ActionScript 3.0）"、"Flash 文件（ActionScript 2.0）"或"Flash 文件（移动）"选项，将在 Flash 窗口中新建一个 Flash 文档，这时将进入以后频繁使用的动画编辑主界面，如图 2-7 所示。

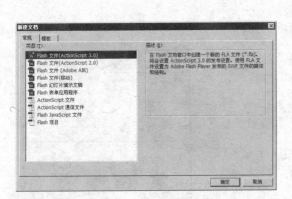

图 2-6   图 2-7

"Flash 幻灯片演示文稿"和"Flash 表单应用程序"是 Flash CS4 的一种基于多窗口开发的设计环境，是开发应用软件和进行幻灯片演示的理想选择，多窗口提供的编辑状态用户界面，容易让用户创建复杂、分等级的 Flash 文档，比如幻灯片或基于表单的应用程序。使用多窗口不用在时间轴中使用繁多的帧和层就能在 Flash 中构成复杂的应用程序。该开发环境的新特性如下。

复杂文档结构：当用户编辑一个基于窗口的文档时，在一个结构化层次中将安排多个窗口，通过树状结构的嵌套多窗口组织文档，能容易地预览并修改基于窗口文档的结构。

窗口过渡：窗口过渡行为允许用户在多窗口之间动态地过渡，如窗口淡入淡出、窗口旋转等效果。一个过渡使用一个行为，用户可以直接附加行为到一个窗口。

多窗口的互动：多窗口的互动类似使用嵌套的电影剪辑，它们都以 ActionScript 语言进行互动，这意味着用户能用 ActionScript 命令控制用户的多窗口。

2.2.2 从模板创建新文档

在 Flash CS4 窗口中选择"文件 / 新建"命令，在"新建文档"对话框中单击"模板"选项卡，然后从"类别"列表框中选择一个类别，并从"模板"列表框中选择一个模板文件，最后单击"确定"按钮，即可从模板创建一个新文档。从模板创建新文档时，可以选择 Flash 自带的标准模板，也可以选择自己保存的模板，如图 2-8 所示。

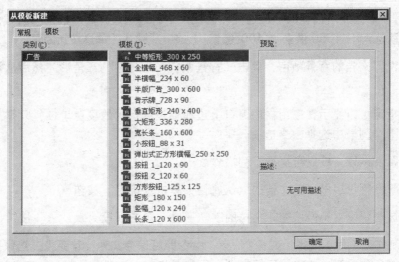

图 2-8

"广告"模板又叫丰富式媒体模板，便于用户创建由交互广告署制定且被当今业界接受的标准丰富式媒体广告，以及提供出色的在线广告体验。MFAA（Macromedia Flash 广告联盟）提供了一个用于讨论广告相关事宜的社区论坛，并为广告界的设计师们提供技术资源，而且为创作者提供了一系列非官方准则，以确保产生最佳的互联网广告体验。

2.2.3 设置文档属性

在打开文档的情况下，选择"修改/文档"命令即可打开"文档属性"对话框，也可在如图 2-9 所示的"属性"面板中单击"大小"栏中的"编辑"按钮，打开"文档属性"对话框，如图 2-10 所示。

可在"帧频"文本框中输入每秒显示的帧的数量。对于大多数在计算机中显示的动画，特别是网站中播放的动画，8 fps ~ 15 fps 就足够了。更改帧频时，新的帧频将变成新文档的默认值。

"尺寸"是指舞台大小（以像素为单位），可在"宽"和"高"对应的文本框中输入值，最小为 1 像素 x 1 像素，最大为 2880 像素 x 2880 像素。若要将舞台大小设置为内容四周的空间都相等，可选中"匹配"栏中的"内容"单选按钮。若要将舞台大小设置为最大的可用打印区域，可选中"打印机"单选按钮，此区域的大小是纸张大小减去"页面设置"对话

图 2-9

图 2-10

框 或 "打印边距" 对话框的 "页边界" 区域中当前选定边距之后的剩余区域。若要将舞台大小设置为默认大小（550 像素 x 400 像素），选中 "默认" 单选按钮即可。

若要设置文档的背景颜色，单击 "背景颜色" 控件中的三角形，然后从调色板中选择颜色即可。

若要指定可以显示在应用程序窗口上边和侧边的标尺的度量单位，只需从左下角的 "标尺单位" 下拉列表中选择一个选项。

文档属性设置完成后可执行下列操作之一：

要将新设置仅用做当前文档的默认属性，单击 "确定" 按钮。

要将这些新设置用做所有新文档的默认属性，单击 "设为默认值" 按钮。

影片制作完成后，选择 "文件/保存" 命令即可保存文件。若要将文档保存到不同的位置或用不同的名称保存，或者要压缩文档，则需要选择 "文件/另存为" 命令进行保存。

2.3 导出和发布文件

Flash 的 "导出" 命令不会为每个文件单独存储导出设置，"发布" 命令也一样。若要将创建的 Flash 内容放到 Web 上，应使用 "发布" 命令。

2.3.1 导出 SWF 文件

使用 "导出影片" 命令可将 Flash 文档导出为静止图像格式，为文档中的每一帧创建一个带编号的图像文件；并将文档中的声音导出为 WAV 文件。

打开要导出的 Flash 文档，或在当前文档中选择要导出的帧或图像，然后进行如下操作即可。

01 选择 "文件/导出/导出图像" 或 "文件/导出/导出影片" 命令，打开如图 2-11 或图 2-12 所示的对话框。

02 在打开的对话框中输入文件的名称，选择文件格式，然后单击 "保存" 按钮即可。

图 2-11

图 2-12

如果所选的格式需要更多信息，会出现一个导出对话框，如图2-13所示。将 Flash 图像保存为 GIF，JPEG，PICT 或 BMP 文件时，图像会丢失其矢量信息，仅以像素信息保存。可以在图像编辑器中编辑导出为位图的图像，但无法再在基于矢量的绘图程序中编辑它们。

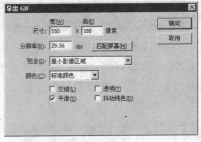

图 2-13

导出 SWF 格式的 Flash 文件时，文本以 Unicode 格式编码，从而提供了对国际字符集的支持，包括对双字节字体的支持。Flash Player 6 及更高版本支持 Unicode 编码。Flash 内容将导出为序列文件，而图像则导出为单个文件。PNG 是唯一支持透明度的跨平台位图格式。某些非位图导出格式不支持 Alpha（透明度）效果或遮罩层。

2.3.2 发布文件

可将 Flash 文件发布为很多格式，如图2-14所示。

选择"文件/发布设置"命令，可以发布各种格式的文件，只要在"发布设置"对话框中选择要发布的文件格式后，单击"发布"按钮就可以了，如图2-15所示。

文件类型	扩展名	Windows	Macintosh
Adobe Illustrator 序列文件和 Illustrator 图像	.ai	•	•
GIF 动画、GIF 序列文件和 GIF 图像	.gif	•	•
位图 (BMP) 序列和位图图像	.bmp	•	
DXF 序列文件和 AutoCAD DXF 图像	.dxf	•	•
增强元文件 (EMF) 序列文件和图像 (Windows)	.emf	•	
带预览的内嵌 PostScript (EPS) 3.0	.eps	•	•
Flash 文档 (SWF)	.swf	•	•
JPEG 序列文件和 JPEG 图像	.jpg	•	•
PICT 序列文件和 PICT 图像 (Macintosh)	.pct	•	•
PNG 序列文件和 PNG 图像	.png	•	•
导出 QuickTime	.mov	•	•
WAV 音频 (Windows)	.wav	•	
Windows AVI (Windows)	.avi	•	
Windows 元文件图像和 Windows 元文件序列	.wmf	•	

图 2-14

图 2-15

2.4 Flash 环境设置

在特定的情况下，需要在进行动画编辑制作之前对一些相关的参数进行设定，从而定制 Flash CS4 的工作环境。针对每个人都有自己的工具操作习惯和喜好，Flash 中设有预置的选项，能让个人的使用更加得心应手。

2.4.1 设置常规首选参数

在 Flash CS4 窗口中执行"编辑/首选参数"命令，弹出"首选参数"对话框，其中有 9 个类别，用户可分别设置相应的参数，如图 2-16 所示。

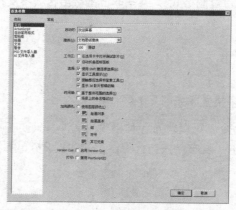

图 2-16

在"类别"列表框中选择"常规"选项，在右侧的面板中即可设置常规首选参数。

启动时：默认选择的是"欢迎屏幕"选项，此外还包含"不打开任何文档"、"新建文档"、"打开上次使用的文档"选项。

撤销：设置撤销或重做的级别数，需要输入一个介于 2 ～ 300 之间的值。撤销级别需要消耗内存，使用的撤销级别越多，占用的系统内存就越多。默认值为 100。

工作区：要在选择"控制/测试影片"命令时在应用程序窗口中打开一个新的文档选项卡，可勾选"在选项卡中打开测试影片"复选框，默认情况下是在其自己的窗口中打开测试影片。若要在单击处于图标模式中的面板的外部时使这些面板自动折叠，可勾选"自动折叠图标面板"复选框。

选择：设置选择的相关操作属性。若勾选了"使用 Shift 键连续选择"复选框，则只有在按住 Shift 键的前提下才可以选择多个对象，否则选择多个对象时只能逐个单击要选择的对象。勾选"显示工具提示"复选框，当指针悬停在控件上时会显示工具提示，若要隐藏工具提示，可取消勾选此复选框。勾选"接触感应选择和套索工具"复选框后，当使用选择工具或套索工具进行拖动时，如果选取框矩形中包括了对象的任意部分，则对象将被选中。默认情况下仅当选取框矩形完全包围了对象时，才能选中对象。勾选"显示 3d 影片剪辑的轴"复选框后，在所有 3d 影片剪辑上显示 X，Y 和 Z 轴的重叠部分，这样就能够在舞台上轻松地识别它们。

时间轴：若要在时间轴中使用基于整体范围的选择而不是默认的基于帧的选择，可勾选"基于整体范围的选择"复选框。勾选"场景上的命名锚记"复选框后，可将文档中每个场景的第一帧作为命名锚记。命名锚记用户可以使用浏览器中的"前进"或"后退"按钮从一个场景跳到另一个场景。

加亮颜色：设置舞台上所选对象边框的显示颜色，可从面板中选择一种颜色，或者选中"使用图层颜色"单选按钮。

Version Cue：用于设置是否允许使用 Version Cue 软件。

打印：用于设置是否使用 PostScript 打印机输出文件。

2.4.2 设置 ActionScript 首选参数

在"类别"列表框中选择"ActionScript"选项，如图 2-17 所示，在右侧的面板中即可设置 ActionScript 首选参数。

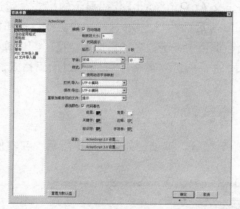

图 2-17

编辑：主要用于设置使用 ActionScript 时的自动缩进及代码的延迟时间。

字体：设置使用 ActionScript 编写脚本时所用的字体和字号。

样式：可选择 ActionScript 的样式，默认为"Regular"。

打开/导入、保存/导出：设置文档编码方式。

重新加载修改的文件：设置重新加载修改的文件的提示方式。

语法颜色：用于设置使用 ActionScript 时各处的颜色，包括"前景"、"背景"、"关键字"、"注释"、"标识符"、"字符串"等。

语言：设置 ActionScript 语言。

重置为默认值：可以将 ActionScript 的所有首选参数设置为默认值。

2.4.3 设置自动套用格式首选参数

在"类别"列表框中选择"自动套用格式"选项，如图 2-18 所示，在右侧的面板中即可设置自动套用格式首选参数。

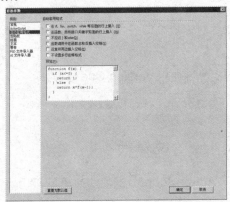

图 2-18

"自动套用格式"主要用于定义 ActionScript 代码显示的格式，勾选相应复选框，可以实现如"在 if、for、switch、while 等后面的行上插入{"、"在函数、类和接口关键字后面的行上插入{"、"不接近}和 else"、"函数调用中在函数名称后插入空格"、"运算符两边插入空格"、"不设置多行注释格式"等，在下面的"预览"窗格中可以看到代码格式。

2.4.4 设置剪贴板首选参数

在"类别"列表框中选择"剪贴板"选项，如图 2-19 所示，在右侧的面板中即可设置剪贴板首选参数。

图 2-19

颜色深度：可以在其下拉列表中选择颜色的深度。

分辨率：设置引入的位图的分辨率。

大小限制：设置引入位图时可以在剪贴板中占用的最大内存。勾选右侧的"平滑"复选框，可以对位图进行光滑处理。

渐变质量：主要用于设置向剪贴板中复制对象时的渐变效果，包括"无"、"快速"、"一般"和"最佳"4 个选项。

FreeHand 文本：勾选"保持为块"复选框，可调用 FreeHand 文本文件。

2.4.5 设置绘画首选参数

在"类别"列表框中选择"绘画"选项，如图 2-20 所示，在右侧的面板中即可设置绘画首选参数。

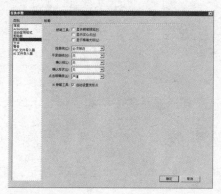

图 2-20

钢笔工具：勾选"显示钢笔预览"复选框，在使用钢笔工具时将会显示跟随钢笔移动的预览线；勾选"显示实心点"复选框，可以在使用钢笔工具时显示实心的节点；勾选"显示精确光标"复选框，可以在使用钢笔工具时将光标显示为十字形。

连接线：设置两个独立的端点可连接的有效距离范围。

平滑曲线：设置使用钢笔工具时所绘线条的光滑度。

确认线：设置可以被拉直的用铅笔工具绘制的直线平直度。

确认形状：设置可以被完善的用铅笔工具绘制的形状的规则度。

点击精确度：设置单击的精确度及其有效范围。

IK 骨骼工具：用来自动设置变形点。

2.4.6 设置文本首选参数

在"类别"列表框中选择"文本"选项，如图 2-21 所示，在右侧的面板中即可设置文本首选参数。

字体映射默认设置：设置默认映射的字体。

样式：可设置文本的样式，默认为"Regular"。

字体映射对话框：设置映射字体所缺少的字体。

垂直文本：勾选"默认文本方向"复选框，设置输入文本时使用默认的对齐方式；勾选"从右至左的文字流向"复选框，设置输入文本为由右至左的方式；勾选"不调整字距"复选框，可以在输入文本时不进行字距调整。

图 2-21

输入方法：选择语言种类。

字体菜单：用来设置英文字体所显示的名称和字体显示的大小。

2.4.7 设置警告首选参数

在"类别"列表框中选择"警告"选项，如图 2-22 所示，在右侧的面板中即可设置警告首选参数。

图 2-22

警告首先参数主要用来设定在特殊操作或者操作出现某些程序性可识别错误时出现的警告信息，如在保存时提示与原来旧版本的兼容性等。为了保证操作的正确性、协调性与合理性，一般采用默认设置，即勾选所有复选框。

2.4.8 设置 PSD 文件导入器首选参数

在"类别"列表框中选择"PSD 文件导入器"选项，如图 2-23 所示。

图像图层导入首选参数

这些参数指定图像图层的导入初始设置。

具有可编辑图层样式的位图图像：创建内部带有被剪裁的位图的影片剪辑。选中该单选按钮会保持受支持的混合模式和不透明度，但是在 Flash 中不能重现的其他视觉属性将被删除。如果选中了此单选按钮，则必须将此对象转换为影片剪辑。

拼合的位图图像：将文本栅格化为拼合的位图图像，以保持文本图层在 Photoshop 中的确切外观。

图 2-23

创建影片剪辑：指定在将图像图层导入到 Flash 中时，将其转换为影片剪辑。 如果不希望将所有的图像图层都转换为影片剪辑，则可以在"PSD 导入"对话框中针对不同图层逐个对该参数进行更改。

文本图层导入首选参数

这些参数指定文本图层的导入初始设置。

可编辑文本：从 Photoshop 文本图层上的文本创建可编辑文本对象。为保持文本的可编辑性，文本外观将会受影响。 如果选中了此单选按钮，则必须将此对象转换为影片剪辑。

矢量轮廓：将文本向量化为路径。文本外观可能会改变，但是视觉属性会得到保留。如果选中了此单选按钮，则必须将此对象转换为影片剪辑。

拼合的位图图像：栅格化文本以保持文本图层在 Photoshop 中所具有的确切外观。

创建影片剪辑：在将文本图层导入到 Flash 中时，自动将其转换为影片剪辑。如果不希望将所有的文本图层都转换为影片剪辑，则可以在"PSD 导入"对话框中针对不同对象逐个对该参数进行更改。选中"可编辑文本"或"矢量轮廓"单选按钮后，必须勾选此复选框。

形状图层导入首选参数

这些参数指定形状图层的导入初始设置。

可编辑路径与图层样式：选中该单选按钮将创建矢量形状内带有被剪裁的位图的可编辑矢量形状，会保留受支持的混合模式和不透明度，但是在 Flash 中不能重现的其他视觉属性会受到影响。如果选中该单选按钮，则必须将此对象转换为影片剪辑。

拼合的位图图像：选中该单选按钮将栅格化形状并保留形状图层在 Photoshop 中所具有的确切外观。

创建影片剪辑：在将形状图层导入到 Flash 中时，勾选该复选框会设置要转换为影片剪辑的形状图层。如果不希望将某些形状图层转换为影片剪辑，则可以针对不同对象逐个对该参数进行更改。如果选中"保持可编辑路径与图层样式"单选按钮，则禁用此参数。

图层组导入首选参数

这一参数指定图层组的初始设置。

创建影片剪辑：指定在导入到 Flash 中时，将所有组转换为一个影片剪辑。如果不希望将某些图层组转换为影片剪辑，可以针对不同对象逐个地更改该参数。

合并位图导入首选参数

这一参数指定合并位图的导入初始设置。

创建影片剪辑：在将形状图层导入到 Flash 中时，该参数会设置要转换为影片剪辑的形状图层。如果不希望将某些合并位图转换为影片剪辑，则可以针对不同对象逐个对该参数进行更改。

影片剪辑注册导入首选参数

为创建的影片指定一个全局注册点。此设置会应用于所有对象类型的注册点。在"PSD 导入"对话框中，可以针对不同对象逐个更改此参数。这是所有对象类型的初始设置。

发布设置导入首选参数

使用发布设置首选参数可以指定将 Flash 文档发布为 SWF 文件时应用到的图像的压缩程度和文档品质。这些设置仅在将文档发布为 SWF 文件时才有效，将图像导入 Flash 舞台或库时对图像没有影响。

在"压缩"下拉列表中可以选择有损或无损压缩格式。

有损："有损（JPEG）"将以 JPEG 格式压缩图像。若要使用为导入图像指定的默认压缩品质，选中"使用发布设置"单选按钮。若要指定新的品质压缩设置，选中"自定义"单选按钮，并在其后的文本框中输入一个介于 1 和 100 之间的值（设置的值越高，保留的图像就越完整，但产生的文件也会越大）。

无损："无损（PNG/GIF）"将使用无损压缩格式压缩图像，这样不会丢失图像中的任何数据。对于具有复杂颜色或色调变化的图像（例如具有渐变填充的照片或图像），使用有损压缩。对于具有简单形状和相对较少颜色的图像，使用无损压缩。

在"品质"栏中可设置压缩的品质级别。

使用发布设置：应用发布设置中的当前"JPEG 品质"设置。

自定义：可用于指定单独的特定品质设置。

2.4.9 设置 AI 文件导入器首选参数

在"类别"列表框中选择"AI 文件导入器"选项，如图 2-24 所示。

常规

这是影响导入 AI 文件时 AI 导入器响应方式的首选参数。

显示导入对话框：指定显示"AI 文件导入"对话框。

排除画板外的对象：排除 Illustrator 画布上处于画板或裁剪区域之外的对象。

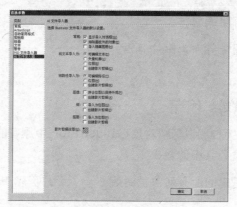

图 2-24

导入隐藏图层：指定默认情况下导入隐藏图层。

将文本导入为

允许为文本对象指定下列导入首选参数。

可编辑文本：指定导入的 Illustrator 文本为可编辑的 Flash 文本。为保持文本的可编辑性，文本外观可能会受损。

矢量轮廓：将文本转换为矢量路径。使用此参数可保留文本的可视外观，某些视觉效果可能失效（例如不支持的混合模式和滤镜），但如果将文本作为影片剪辑导入，则会保持可视属性（例如路径上的文本）。文本自身不再具有可编辑性，但不透明度和可兼容混合模式仍然保持其可编辑性。

位图：将文本栅格化为位图以保留文本在 Illustrator 中原有的确切外观。如果应用的滤镜或其他特效与 Flash 不兼容，则将文本作为位图导入可保留可视外观。栅格化的文本不再具有可编辑性。

创建影片剪辑：指定将文本对象导入为影片剪辑。若要在 Illustrator 和 Flash 之间保持受支持的混合模式、AI 特效和低于 100% 的透明度，可指定将文本对象导入为影片剪辑。

将路径导入为

允许指定下列路径导入首选参数。

可编辑路径：创建可编辑的矢量路径，支持的混合模式、特效和对象透明度将保留，而 Flash 中不支持的属性将丢弃。

位图：将路径栅格化为位图以保留路径在 Illustrator 中原有的确切外观，栅格化的图像不再具有可编辑性。

创建影片剪辑：指定将路径对象导入为影片剪辑。

图像

允许为图像指定下列导入首选参数。

拼合位图以保持外观：将图像栅格化为位图以保留 Flash 中不支持的混合模式和特效的

外观，栅格化的图像不再具有可编辑性。

创建影片剪辑：指定将图像导入为影片剪辑。

组

允许为组指定下列导入首选参数。

导入为位图：将组栅格化为位图以保留对象在 Illustrator 中原有的确切外观。组转换为位图之后，便无法再选择或重命名其中的对象了。

创建影片剪辑：指定将组中的所有对象都封装在一个影片剪辑中。

图层

允许为图层指定下列导入首选参数。

导入为位图：将图层栅格化为位图以保留对象在 Illustrator 中显示的外观。

创建影片剪辑：指定将图层封装在影片剪辑中。

影片剪辑注册

为创建的影片指定一个全局注册点。此设置会应用于所有对象类型的注册点，在"AI 文件导入"对话框中，可以逐个更改此参数。这是所有对象类型的初始设置。

2.5 老鼠的故事

Tip 技巧提示

→ 实例目标

通过"老鼠的故事"四格漫画实例的制作，对 Flash 进行初步的认识和了解。

→ 技术分析

本实例主要使用绘图工具中的矩形工具、椭圆工具、铅笔工具和文本工具制作画面中的一些角色，通过简单的四张图的切换实现一个小动画的效果。

最终效果图

制作步骤

下面我们就通过一个四格动画来感性地了解一下 Flash 吧！

01 进入 Flash CS4 后，选择"新建"栏中的"Flash 文件（ActionScript 3.0）"选项，如图 2-25 所示。

图 2-25

02 打开"文档属性"对话框，设置文档属性。分别设置文档的尺寸为"550 像素 × 400 像素"，背景颜色为"白色"，帧频为"25"，如图 2-26 所示。

图 2-26

03 选择工具箱中的矩形工具，在舞台中绘制一个矩形，要求矩形尺寸和舞台尺寸一样，如图 2-27 所示。

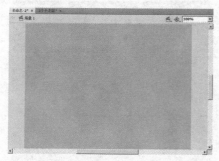

图 2-27

04 打开"颜色"面板，设置填充类型为"线性"，设置浅蓝到白色的渐变，如图 2-28 所示。

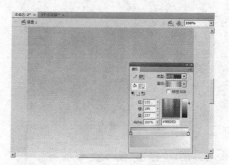

图 2-28

05 在时间轴的第 200 帧处单击鼠标右键，在弹出的快捷菜单中选择"插入帧"命令，如图 2-29 所示。

图 2-29

06 绘制角色（这里新建了"图层 2"，角色的绘制在下一章中将做详细讲解，这里不做详细介绍），如图 2-30 所示。

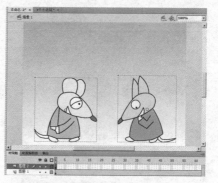

图 2-30

07 选择工具箱中的椭圆工具，在舞台的左
上角绘制椭圆，如图 2-31 所示。

图 2-31

08 选择工具箱中的文本工具，在绘制的椭
圆中输入文字内容，如图 2-32 所示。

图 2-32

09 在第 20 帧处单击鼠标右键，在弹出的快
捷菜单中选择"插入关键帧"命令，插入
一个关键帧，如图 2-33 所示。

图 2-33

10 在第 50 帧处单击鼠标右键，在弹出的快捷
菜单中选择"插入帧"命令，如图 2-34 所示。

图 2-34

11 在第 51 帧处单击鼠标右键，在弹出的快
捷菜单中选择"插入空白关键帧"命令，
如图 2-35 所示。

图 2-35

12 对两个角色进行更改，在舞台中我们发
现两只小老鼠的动作表情发生了变化，
如图 2-36 所示。

图 2-36

(13) 更改小老鼠的对话内容，如图 2-37 所示。

(14) 接下来舞台中应该有第三只老鼠出现了，因此需要绘制新的角色，如图 2-38 所示。

图 2-37

图 2-38

(15) 接下来对话的角色发生了变化，输入它们的对话内容，如图 2-39 所示。

(16) 舞台中的角色动作发生了变化，需要重新调整，调整后如图 2-40 所示。

图 2-39

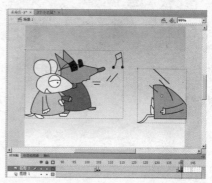

图 2-40

(17) 选择工具箱中的文本工具，输入文字内容，如图 2-41 所示。

(18) 将"图层 2"的帧数补齐，在第 200 帧处单击鼠标右键，在弹出的快捷菜单中选择"插入帧"命令，如图 2-42 所示。

图 2-41

图 2-42

⑲ 按 Ctrl+Enter 组合键测试影片效果，如图 2-43、图 2-44、图 2-45 和图 2-46 所示。

图 2-43

图 2-44

图 2-45

图 2-46

Chapter 03

Flash CS4 循序渐进
学绘图及工具应用

　　Adobe 的制作者一直致力于提高 Flash CS4 的实用性和可操作性。使用 Flash 可以创建、压缩矢量图形并将它们制作为动画，也可以导入和处理在其他程序中创建的矢量图形和位图图形。这些功能主要是通过工具箱中提供的绘图工具来实现的。本章主要介绍 Flash CS4 工具箱中的一些在制作动画过程中常用的工具，并结合实例讲解使用工具进行绘图的方法。

3.1 选择图形

对象在被修改之前，必须先将其选定。在工具箱中有两种选择工具，它们分别是选择工具和套索工具。选择工具用于选择直线、图形、元件等一个或多个对象，也可以利用它拖动一些未选定的直线、图形、端点或拐角来改变直线或图形的形状。套索工具用于选择图形中的不规则形状区域，被选定的区域可以作为一个单独的对象进行移动、旋转或变形。

3.1.1 选择工具的应用

选择工具 ▶ 是使用最频繁的工具之一，主要用来对工作区中的对象进行选择，以及对线条进行修改。在工作区中使用选择工具，分为以下几种情况。

选择一个对象

如果选择的是一条直线、一组对象或一组文字，只要在该对象上单击鼠标左键就可以了。如果选择的是图形，单击一条边线并不能选择整个图形，而需要在某条边线上双击鼠标左键，如图 3-1 所示。

选择多个对象

选择多个对象有两种方式：一种是以拖动的方式框选，另一种是在按住 Shift 键的同时一个一个选择，如图 3-2 所示。

图 3-1

图 3-2

移动拐角

当鼠标指针移动到对象的边线位置时，鼠标指针呈现如图 3-3 所示的状态，此时单击鼠标选中拐点，然后按住鼠标左键进行拖动，拖动到指定的位置后释放鼠标左键即可移动拐点。拖动拐点的效果如图 3-4 所示。

图 3-3

图 3-4

Tip 技巧提示

在使用其他工具时，可以通过按 V 键切换到选择工具。

当选定选择工具时，有三个选项出现在工具箱的选项区中，它们分别是贴紧至对象 、平滑 和伸直 。

贴紧至对象 ：单击该按钮，使用选择工具拖动某一对象时，光标处将出现一个圆点，将它向其他对象移动的时候，会自动吸附上去，有助于将两个对象连接在一起。另外，此按钮还可以使对象定位于网格上。

平滑 ：单击该按钮，可使被选中的线条或图形边缘变平滑，消除多余的锯齿。可以柔化曲线，减少整体凹凸等不规则变化，形成轻微的弯曲。

伸直 ：单击该按钮，可使被选中的线条或图形边缘变平直，消除多余的弧度。

3.1.2 部分选取工具的应用

部分选取工具 可以像选择工具那样选择并移动对象，还可以对图形进行变形等处理。使用部分选取工具时，当图形轮廓线上出现很多控制点时，表示该对象已经被选中。

使用部分选取工具还可以进行如下操作。

移动控制点

选择图形后其周围会出现一些控制点，可以选择一个控制点，这时鼠标的右下角会出现一个空白的正方形，拖动它可以改变图形的轮廓，如图 3-5 所示。

修改控制点的曲度

当移动控制点时，在该点附近将出现调节图形曲度的控制柄，此时空心的控制点将变为实心点，用户可以拖动两个控制柄使图形变形，如图 3-6 所示。

图 3-5

图 3-6

3.1.3 套索工具的应用

套索工具的应用很简单，单击工具箱中的套索工具 ，在工作区中围绕要选择的对象区域拖动鼠标即可选中对象。

选择工具箱中的套索工具后，在工具箱的选项区中有 3 个按钮，分别是魔术棒 、魔术棒设置 和多边形模式 。

魔术棒

用于选取相近颜色的区域。在平时制作影片文件时，会用到位图图像，为了使导入的位图图像能够融合到整个影片中，通常会将位图图像的背景擦除，这时就可以使用魔术棒来实现。

使用魔术棒的具体操作步骤如下：

01 打开光盘中的原始文件，在时间轴上新建一个图层，命名为"GIRL"，如图 3-7 所示。

02 选择"文件 / 导入 / 导入到库"命令，导入"女孩"位图图像，如图 3-8 所示。

图 3-7

图 3-8

03 选中位图图像，然后使用 Ctrl+B 组合键将图像打散，如图 3-9 所示。

04 选择工具箱中的套索工具，单击选项区中的"魔术棒"按钮，将鼠标指针移动到图像的白色背景部分，此时鼠标指针变成魔术棒的形状，如图 3-10 所示。

图 3-9

图 3-10

05 使用魔术棒在白色背景上单击，然后按 Delete 键将选中的背景删除。如果有没去掉的部分，可多次进行操作，最终效果如图 3-11 所示。

图 3-11

魔术棒设置

单击"魔术棒设置"按钮，可打开"魔术棒设置"对话框，如图 3-12 所示。

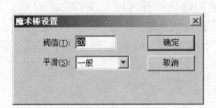

图 3-12

在"魔术棒设置"对话框中有两个参数："阈值"和"平滑"。

阈值：用来设定魔术棒包含的相邻颜色值的色彩范围。阈值的设定范围为 0~200，设置的值越大，选定相邻色的范围就越宽。

平滑：用来设定选定区域边缘的平滑度。单击"平滑"下拉按钮，在弹出的下拉列表中有 4 个选项，分别是"像素"、"粗略"、"一般"和"平滑"。

使用"魔术棒设置"的具体操作步骤如下：

01 打开原始文件，选中位图图像，然后使用 Ctrl+B 组合键将图像打散，如图 3-13 所示。

02 选择工具箱中的套索工具，单击"魔术棒设置"按钮，打开"魔术棒设置"对话框，如图 3-14 所示。

图 3-13

图 3-14

03 将对话框中的"阈值"设置为"30"，"平滑"设置为"平滑"，然后单击图像的背景，按下 Delete 键删除被选的背景，如图 3-15 所示。

图 3-15

多边形模式

使用多边形模式可以用直线精确地勾画出选择区域。使用方法也很简单，选择套索工具，单击"多边形模式"按钮，在工作区中要开始选取的部分单击，然后移动光标在第二个角点位置单击，确定选择区域的第一条边线，接着继续移动鼠标到下一个角点，直至选择所有要选择的区域为止。

使用多边形模式的具体操作步骤如下：

01 打开光盘中的原始文件，选中位图图像，然后使用 Ctrl+B 组合键将图像打散，如图 3-16 所示。

02 选择套索工具，单击"多边形模式"按钮，勾画出一个选择区域，如图 3-17 所示。

图 3-16

图 3-17

3.2　绘制线条

　　使用线条工具、铅笔工具和刷子工具都可以绘制线条，根据所选工具不同，可以绘制出不同风格的线条效果。下面我们就来一一了解这些工具的特点和用法。

3.2.1　线条工具的应用

　　在工具箱中单击线条工具 ，然后将鼠标移动到工作区中，按住鼠标左键并从起点拖动到终点，此时就会随光标的移动出现一条直线，该直线的颜色和线型是系统的默认值，释放鼠标左键后即可完成绘制。

　　如果在绘制过程中按住 Shift 键，向水平方向拖动鼠标可以绘制水平直线，向垂直方向拖动鼠标可以绘制垂直直线，向左上角或右下角拖动鼠标可以绘制倾斜 45°的直线。

　　绘制几条直线并将其连接可以绘制出多边形。如果一条线段的端点连接到另一条线段的端点，鼠标指针会变成圆形，两条直线会自动连接在一起，这是因为"视图/贴紧/贴紧对齐"命令已被默认选中。选择工具箱中的线条工具，工具箱下方的选项区中也会显示"贴紧至对象"按钮被选中。

　　使用线条工具的具体步骤如下：

01 打开原始文件，如图 3-18 所示，从工具箱中选择线条工具。

02 设置笔触颜色为白色，按住 Shift 键的同时按住鼠标左键拖动绘制直线，如图 3-19 所示。

图 3-18

图 3-19

3.2.2 铅笔工具的应用

选择铅笔工具后，工具箱的选项区会显示铅笔工具的相关选项，在其中可以设置铅笔工具绘制线条的颜色、宽度和样式等，设置方法与线条工具的设置方法基本相同。铅笔工具与线条工具的不同之处是：铅笔工具可以绘制曲线，而线条工具不可以。在选项区中单击“铅笔模式”按钮，弹出样式选项列表，包括伸直、平滑和墨水。

使用铅笔工具的步骤如下：

01 打开光盘中提供的原始文件，选择工具箱中的铅笔工具，在“铅笔模式”列表中选择“伸直”模式（它适用于绘制矩形、椭圆等规则图形），绘制图形，如图3-20所示。

图3-20

02 当绘制的图形接近矩形时，会自动转换成一个矩形，如图3-21所示。

图3-21

3.2.3 刷子工具的应用

刷子工具是在为影片进行大面积上色时使用的。使用刷子工具可以为任意区域和图形填充颜色，它比较适合精确度要求不高的填充。刷子工具可以产生刷子画出来的图形效果，通过改变刷子的压力（即改变刷子的尺寸）来控制图线的粗细。当舞台缩放比率降低时，刷子的大小会发生变化。

刷子工具的工作模式有5种，分别是标准绘图、颜料填充、后面绘图、颜料选择和内部绘图。

标准绘图：绘制出来的图线覆盖在后面的图形和背景颜色上。

颜料填充：和标准绘图不同的是，在颜料填充模式下刷子的笔触可以互相覆盖，但不覆盖铅笔的笔迹。

后面绘图：刷子当前的笔触可被自动地放置到现存图形的后面。

颜料选择：刷子的笔触只能在被选区域内保留。

内部绘图：刷子只能在被选形状内绘图。

除了可以设置刷子的工作模式外，还可以设置刷子的大小、形状和锁定填充。

刷子大小：有10种不同尺寸的刷子供选择，用于确定刷子笔头的大小，如图3-22所示。

刷子形状：有9种笔头形状供选择，用于确定刷子笔头的形状，如图3-23所示。

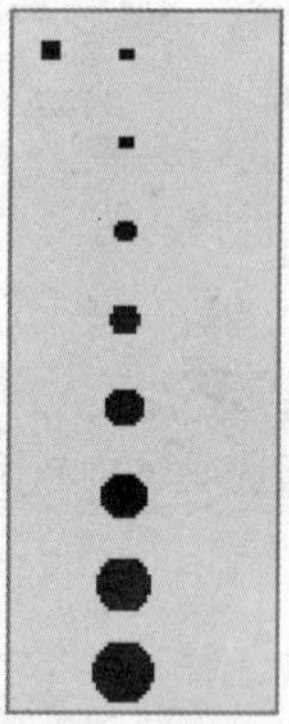
图3-22

图3-23

锁定填充：该选项是一个开关按钮。当使用渐变色作为填充色时，按下该按钮，可将上一笔触的颜色变化规律锁定，作为这一笔触周边区域的色彩变化规范。

3.3 绘制路径

钢笔工具和铅笔工具一样可以用于绘制线条，利用钢笔工具组中的相关工具可以通过绘制精确路径来确定直线和平滑的曲线。通常情况下钢笔工具和添加锚点工具、删除锚点工具、转换锚点工具、部分选取工具一起使用，可以移动、添加、删除路径上的锚点，还可以选择对象的锚点，并自如地变形对象。

3.3.1 钢笔工具的应用

利用钢笔工具 ![钢笔图标] 画出来的是贝济埃曲线，相信用过其他矢量图形软件的读者一定不会陌生。它的主要元素为锚点，所有线条的长短和弧度都是由锚点来决定的，每个锚点都可以通过鼠标来控制。

要绘制精确的路径，可以使用钢笔工具创建直线段和曲线段，然后调整直线段的角度和长度，以及曲线段的斜率。使用钢笔工具不但可以绘制一般曲线，还可以绘制闭合曲线。

使用钢笔工具时，可以在工作区下面的"属性"面板中设置钢笔工具的属性，如图3-24 所示。

图 3-24

钢笔工具"属性"面板中几个重要属性的含义如下。

颜色：用于设置和改变当前钢笔工具所用的颜色，单击笔触颜色色块可调出调色板选择颜色。

笔触：用于显示和改变当前曲线的宽度，其值在 0～10 之间。

样式：用于显示和选择当前曲线的类型。可供选择的有"实线"、"虚线"和"点线"等7 种类型，而且还允许用户自行定义笔触样式。

缩放：用于设置曲线的缩放状态，包括"一般"、"水平"、"垂直"和"无"。

端点：用于设置钢笔工具绘制的线条的端点为圆角还是方形，也可以设置为无。

提示：勾选此复选框可将笔触锚点保持为全像素，可防止出现模糊线。

接合：在此下拉列表中可以选择"尖角"、"圆角"或"斜角"接合类型。

使用钢笔工具的具体操作步骤如下：

01 新建一个 Flash 文档，选择工具箱中的钢笔工具 ，光标变成钢笔形状的图标，然后在"属性"面板中设置钢笔工具的属性，如图 3-25 所示。

02 在舞台中用钢笔工具绘制出一个椭圆，并用部分选取工具调整其形状，如图 3-26 所示。

图 3-25

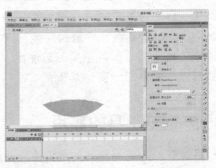

图 3-26

03 用钢笔工具绘制一个城堡，按住 Shift 键在直线结束的地方单击鼠标左键即可绘制出直线，如图 3-27 所示。

04 为了使图形完整化，我们给图形加一个背景，如图 3-28 所示。

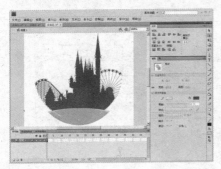

图 3-27

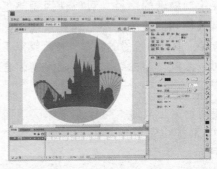

图 3-28

05 为了达到更好的效果，再添加一些小的装饰点，放到合适的位置，如图 3-29 所示。

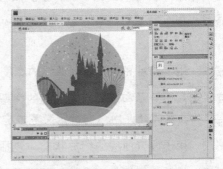

图 3-29

Tip 技巧提示

　　如果对绘制的形状不满意，可以进行调节，方法是：按住 Ctrl 键并单击选择一个锚点，然后继续按住 Ctrl 键移动锚点的位置即可。

3.3.2 添加和删除锚点

添加锚点的操作方法是：单击工具箱中的"钢笔工具"按钮，按住鼠标左键不放，在弹出的下拉列表中单击"添加锚点工具"按钮，在要添加锚点的图形边线上单击，当光标上出现"+"的时候，表示在路径上该处添加一个锚点，单击鼠标左键即可完成操作，如图3-30所示。

删除锚点的操作方法是：单击工具箱中的"钢笔工具"按钮，按住鼠标左键不放，在弹出的下拉列表中单击"删除锚点工具"按钮，在要添加锚点的图形边线上单击，当光标上出现"+"的时候，表示在路径上该处删除一个锚点，单击鼠标左键即可完成操作，如图3-31所示。

图 3-30

图 3-31

3.4 绘制形状

Flash CS4 中提供了很多用来绘制形状的工具，利用这些工具可以绘制直线、路径、矩形、圆形和多边形等。

3.4.1 绘制矩形和椭圆

矩形工具用于绘制矩形图案，该工具和椭圆工具的使用方法类似，它们在使用时都可以设置内部填充色。与钢笔工具和线条工具类似，该工具所绘制的图案边框是由 4 条线段组成的。

使用矩形工具或椭圆工具的操作步骤如下：

01 单击工具箱中的矩形工具或椭圆工具，光标的形状变为十字线形状。

02 在场景中需要作为矩形或椭圆形区域的第 1 个对角点位置按下鼠标左键不放。

03 拖动鼠标，在矩形或椭圆形区域的另一个对角点处释放鼠标左键，即可完成矩形或椭圆形的绘制。（如需绘制正方形或圆形，按住 Shift 键拖动鼠标左键即可。）

选择矩形工具 ，其"属性"面板和钢笔工具没有什么区别，唯一不同的是在下方有4个"矩形边角半径"文本框，如图3-32所示。设置了此参数后，所绘制的矩形的4个边角将呈圆弧形状显示。

下面通过实例了解一下"矩形边角半径"功能的含义和使用方法。

图 3-32

01 新建一个 Flash 文档，导入一张图片到舞台中，如图3-33所示。

图 3-33

02 为图片添加一个矩形作为背景，分别设置"矩形边角半经"的数值为20与40时，绘制的矩形效果分别如图3-34与图3-35所示。

图 3-34

图 3-35

选择椭圆工具，其"属性"面板和矩形工具"属性"面板类似，其不同之处就在于矩形工具"属性"面板中的"矩形边角半径"在椭圆工具"属性"面板中变为了"开始角度"和"结束角度"，如图3-36所示。

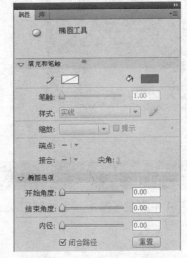

图 3-36

下面主要介绍椭圆工具特有的几个属性。

起始角度：表示绘制的椭圆的起点角度，其取值范围为0°～360°。

结束角度：表示绘制的椭圆的结束角度，其取值范围为0°～360°。

内径：表示绘制的椭圆内部出现的圆的直径，其取值范围为0～99。

3.4.2 绘制基本矩形和基本椭圆

基本矩形工具□和基本椭圆工具◎与前面所讲的矩形工具和椭圆工具的使用方法是一样的，得到的效果和其"属性"面板的功能都是一样的，但是唯一不相同之处就是基本矩形工具和基本椭圆工具所绘制出来的图形会多出一些锚点。下面我们通过操作方法来了解它们之间的不同之处。

01 选择工具箱中的基本矩形工具□，光标的形状改变为十字线形状。

02 在舞台中绘制一个基本矩形，此时绘制的矩形4个角点将出现4个锚点，如图3-37所示。

03 选择工具箱中的部分选取工具▶，单击舞台中矩形4个角点的任意一个锚点，向左或向右拖动，矩形将自动改变4个角的边角半径，如图3-38所示。

图 3-37

图 3-38

04 同上操作，选择基本椭圆工具◎，在舞台中绘制一个基本椭圆图形，如图3-39所示。

05 选择工具箱中的部分选取工具▶，拖动舞台中的椭圆图形的两个锚点，中心锚点用来控制内径圆的大小，边线上的锚点用来控制椭圆的起始角度和结束角度，如图3-40所示。

图 3-39

图 3-40

3.4.3 多角星形工具的应用

多角星形工具◎的"属性"面板中比椭圆工具、矩形工具的"属性"面板中多一个"选项"按钮，单击它可以弹出一个"工具设置"对话框，如图3-41所示。

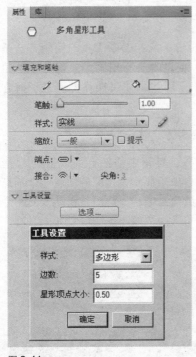

图 3-41

多角星形工具的使用方法如下:

01 在矩形工具上单击并按住鼠标左键,从显示的下拉列表中选择多角星形工具。

02 选择"窗口/属性"命令,在"属性"面板中设置填充颜色和笔触属性。

03 单击"选项"按钮,然后执行以下操作:

对于"样式",选择"多边形"或"星形"选项。

对于"边数",输入一个介于 3 ～ 32 之间的数字。

对于"星形顶点大小",输入一个介于 0 ～ 1 之间的数字以指定星形顶点的深度。此数字越接近 0,创建的顶点就越深(像针一样)。如果要绘制多边形,应保持此设置不变。

04 单击"确定"按钮,然后在舞台上拖动即可,如图 3-42、图 3-43 和图 3-44 所示。

星形,边数为12,
顶点值为0.50

图 3-42

多边形,边数为10,
顶点值为0

图 3-43

星形,边数为5,
顶点值为1

图 3-44

3.5 辅助绘图工具

墨水瓶工具、颜料桶工具、滴管工具、橡皮擦工具是比较常用的改变对象边线和填充的工具。其中,墨水瓶工具用来设置边线的属性,颜料桶工具用来设置填充的属性,滴管工具可以从已存在的线条和填充中获得颜色信息,橡皮擦工具用来擦除对象的局部。

3.5.1 墨水瓶工具的应用

墨水瓶工具可以为形状图形添加边框,也可以改变边框的颜色、笔触高度、轮廓,及边框线条的样式,但是只能应用纯色,不能应用渐变色。

使用墨水瓶工具的操作步骤如下：

01 选择工具箱中的墨水瓶工具，在工作区
下方显示墨水瓶工具的"属性"面板，在
其中在进行设置，如图 3-45 所示。

图 3-45

02 打开光盘中的原始文件，移动光标到编辑区中要添加边线的填充上，单击鼠标左键即可，
如图 3-46 和图 3-47 所示。

图 3-46

图 3-47

03 打开"属性"面板，将笔触样式设置为虚
线，如图 3-48 所示。

04 单击雪人的嘴巴，添加边线，效果如图 3-
49 所示。

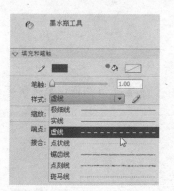

图 3-48

图 3-49

3.5.2 颜料桶工具的应用

颜料桶工具 用于将颜色、渐变和位图填充到封闭的区域中。当然，如果进行恰当的设
置，颜料桶工具还可以给一些没有完全封闭但接近封闭的图形区域填充颜色。

使用颜料桶工具的操作步骤如下：

图 3-50

01 单击工具箱中的"颜料桶工具"按钮 ，光标将变成一个小颜料桶形状。

02 在舞台中需要进行填充颜色的封闭区域内单击，即可在区域内填充所选择的颜色。

在使用颜料桶工具时，可以在 Flash 窗口中的"属性"面板中对颜料桶工具的属性进行设置。当选中颜料桶工具时，"属性"面板上将出现颜料桶工具的有关属性，如图 3-50 所示。

其"属性"面板比较简单，对于颜料桶工具来说"填充颜色"属性比较重要，很明显，该属性的功能是设置颜料桶工具的填充颜色。

除了"属性"面板中的"填充颜色"属性外，在工具箱的选项区内，颜料桶工具还有一些附属选项，下面介绍颜料桶工具选项区中各选项的功能。

不封闭空隙 ：选中此选项，在填充颜色前，Flash 将不自行封闭所选区域的任何空隙。也就是说，在所选区域的所有未封闭的曲线内将不填充颜色。

封闭小空隙 ：选中此选项，在填充颜色前，Flash 将自行封闭所选区域内的小空隙。

封闭中等空隙 ：选中此选项，在填充颜色前，Flash 将自行封闭所选区域内的中等空隙。

封闭大空隙 ：选中此选项，在填充颜色前，Flash 将自行封闭所选区域内的大空隙。

锁定填充 ：当使用渐变色作为填充颜色时，选中此选项，可将上一次填充颜色的变化规律锁定，作为本次填充区域周围的色彩变化规范。

3.5.3 滴管工具的应用

滴管工具 是吸取某种东西的管状工具。在 Flash CS4 中，滴管工具的作用是采集某一对象的色彩特征，以便于复制。

使用滴管工具的操作步骤如下：

01 选择工具箱中的滴管工具 ，光标的形状变为滴管形状。

02 将滴管形状的光标移动到需要采集色彩的区域。

03 在需要吸取颜色的区域上单击，即可将该区域的颜色采集出来，如果在采集颜色时光标附近出现刷子形状表示吸取的颜色为填充色，如图 3-51 所示。如果出现的为铅笔形状就表示吸取的颜色为笔触色，如图 3-52 所示。

图 3-51

图 3-52

04 单击采集色后，如果彩集的样本颜色填充色，系统将自动选择颜料桶工具并处于"锁定填充"状态，如图 3-53 所示。如果采集的样本颜色为笔触色，那么系统将自动选择墨水瓶工具，如图 3-54 所示。

图 3-53

图 3-54

3.5.4 橡皮擦工具的应用

橡皮擦工具用来擦除图形的外轮廓线和内部颜色，还可以设置为只擦除图形的外轮廓线或内部颜色，甚至可以设置只擦除某一部分内容。用户可以在实际操作时根据具体情况设置这些选项。

使用橡皮擦工具的操作步骤如下：

01 选中工具箱中的橡皮擦工具 🖉，光标的形状变为在"橡皮擦形状"选项中设置的形状。

02 在舞台中需要擦除的区域内按下鼠标左键不放，并拖动鼠标，光标经过处的内容即可被擦除。

在使用橡皮擦工具时，从"属性"面板可以看出，橡皮擦工具没有可设置的属性。但在工具箱的选项区中却有一些选项设置。下面介绍橡皮擦工具选项区中各选项的功能。

橡皮擦模式

有5种不同的橡皮擦模式供选择，其中包括"标准擦除"、"擦除填色"、"擦除线条"、"擦除所选填充"、"内部擦除"。

标准擦除 ⊙：擦掉所有橡皮擦经过处的内容，如图3-55所示。

擦除填色 ⊙：只擦除图形的内部填充颜色，而对图形的外轮廓线不起作用，如图3-56所示。

图 3-55

图 3-56

擦除线条 ⊙：只擦除图形的外轮廓线，而对图形的内部填充颜色不起作用，如图3-57所示。

擦除所选填充 ⊙：只擦除图形中被选中的内部填充颜色，如图3-58所示。

图 3-57

图 3-58

内部擦除 ◎：只有从填充色内部进行擦除才有效，如图 3-59 所示。

水龙头和橡皮擦形状

水龙头 ◢：它被看成是颜料桶和墨水瓶工具的反作用，也就是将图形的填充色整体去掉，或者将轮廓线全部擦除，只需要在要擦除的填充色或轮廓线上单击即可，如图 3-60 所示。

在"像皮擦形状"下拉列表中可以选择橡皮擦的不同形状。

图 3-59

图 3-60

3.6 骨骼工具的应用

Flash 包括两个用于处理 IK 的工具，使用骨骼工具可以向元件实例和形状添加骨骼，使用绑定工具可以调整形状对象的各个骨骼和控制点之间的关系。

3.6.1 给元件实例添加骨骼

可以向影片剪辑、图形和按钮实例添加 IK 骨骼。若要使用文本，则需要首先将其转换为元件。向元件实例添加骨骼时，会创建一个链接实例链。这不同于对形状使用骨骼，其中形状变为了骨骼的容器。根据需要，元件实例的链接链可以是一个简单的线性链或分支结构。

给元件实例添加骨骼的具体操作步骤如下：

01 打开光盘中的原始文件，准备用骨骼把这个小女孩连接起来，如图 3-61 所示。

02 将小女孩身体的各个部位分别转换为元件，如图 3-62 所示。

图 3-61

图 3-62

03 从工具箱中选择骨骼工具，也可以按 X 键选择骨骼工具，以小女孩的身体为轴心向外构建骨骼，如图 3-63 所示。

图 3-63

04 此时可以发现时间轴上的图层有了变化，自动生成了一个图层，图层 1 则变成了空白图层，如图 3-64 所示。

图 3-64

05 骨骼构建完后，选择工具箱中的选择工具，可以对骨骼进行移动操作，如图 3-65 所示。

图 3-65

3.6.2 给形状添加骨骼

使用 IK 骨骼的第二种方式是给形状添加骨骼。可以向单个形状的内部添加多个骨骼，这不同于元件实例（每个实例只能具有一个骨骼），还可以向在"对象绘制"模式下创建的形状添加骨骼，可以向单个形状或一组形状添加骨骼。在任何情况下，添加第一个骨骼之前必须选择所有形状。在将骨骼添加到所选内容后，Flash 会将所有的形状和骨骼转换为 IK 形状对象，并将该对象移动到新的图层中。在某个形状转换为 IK 形状后，它无法再与 IK 形状以外的其他形状合并。

给形状添加骨骼的具体操作步骤如下：

01 打开光盘中的原始文件，从工具箱中选择骨骼工具，也可以按 X 键选择骨骼工具，如图 3-66 所示。

02 在图中花心处按住鼠标左键向下拖动，释放鼠标后，在两个形状之间将显示实心的骨骼，每个骨骼都具有头部、圆端和尾部，如图 3-67 所示。

图 3-66

图 3-67

03 绘制完骨骼后，时间轴上会自动多出一个图层，如图 3-68 所示。

04 按照花的结构，给其他花瓣添加骨骼，如图 3-69 所示。

图 3-68

图 3-69

05 选择工具箱中的选择工具，当鼠标移动到骨骼上时，光标会变成一个黑色实心移动图标，拖动鼠标可以改变骨骼的方向和形状，如图 3-70 所示。

06 选择工具箱中的部分选取工具，当鼠标移动到骨骼上时，光标会变成一个白色实心移动图标，拖动鼠标可以改变骨骼中心点的位置，如图 3-71 所示。

图 3-70

图 3-71

3.7 变形工具的应用

Flash CS4 中提供了用于变形对象的变形工具，利用该工具可以对图形对象进行旋转、倾斜、缩放、扭曲和封套。有了这些功能，不仅可以省掉重新绘制图形的操作，而且还可以利用这些功能为原来平淡的图形增加许多变化，最重要的是，可以配合动画来表现这些变形效果。

3.7.1 任意变形工具的应用

在使用任意变形工具时，可以看到舞台下方没有变形工具的"属性"面板，但在工具箱的选项区中有一些附加设置，其中包括旋转和倾斜、缩放、扭曲、封套。下面通过实例详细介绍这 4 个选项的使用方法。

旋转功能

01 打开光盘中的原始文件，选中要变形的对象，单击工具箱中的任意变形工具，单击选项区中的"旋转和倾斜"按钮，此时对象的周围会出现 8 个控制点，并且在对象的中心有一个小圆圈，如图 3-72 所示。

02 将鼠标指针移动到边角的位置，鼠标指针变成旋转箭头形状时拖动鼠标，拖动到适当的位置后释放鼠标就可以实现图形的旋转，如图 3-73 所示。

图 3-72

图 3-73

Tip 技巧提示

按住 Alt 键旋转，可以以对称的顶点为中心进行缩放。

倾斜功能

01 选中要变形的对象，单击工具箱中的任意变形工具，单击选项区中的"旋转和倾斜"按钮，此时对象的周围会出现 8 个控制点，如图 3-74 所示。当鼠标移动到各边中间的控制点位置时指针会变成倾斜的图标，如图 3-75 所示。

图 3-74

图 3-75

02 将鼠标放在 4 条边线的控制点上，当光标变成倾斜图标时按住左键拖动鼠标，拖动到适当的位置后释放鼠标就可以将图形倾斜，如图 3-76 和图 3-77 所示。

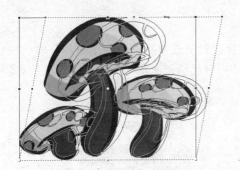

图 3-76

图 3-77

缩放功能

缩放就是改变选中对象的大小，要改变对象的大小，有 3 种情况，分别为水平缩放、垂直缩放和等比例缩放。

水平缩放：将鼠标放在左右两侧的控制点上，当鼠标指针变成左右方向的双向箭头时，按住鼠标左键并水平拖动，拖动到适当的位置后释放鼠标，可以在水平方向上改变对象的大小，如图 3-78 和图 3-79 所示。

图 3-78

图 3-79

垂直缩放：将鼠标放在上下两侧的控制点上，当鼠标指针变成上下方向的双向箭头时，按住鼠标左键并垂直拖动，拖动到合适的位置后释放鼠标，即可在垂直方向上改变对象的大小，如图 3-80 和图 3-81 所示。

图 3-80

图 3-81

等比例缩放：将鼠标放在边角的控点上，当鼠标指针变成倾斜方向的双向箭头时，按住鼠标左键并拖动，拖动到适当的位置后释放鼠标，即可等比例改变图形的大小，如图 3-82 和图 3-83 所示。

图 3-82

图 3-83

Tip | 技巧提示

按住 Alt 键的同时使用任意变形工具和缩放选项，将以中心点为基准缩小或放大对象。

按住 Shift 键的同时使用任意变形工具和缩放选项，将按照原比例缩小或放大对象。

按住 Alt+Shift 键的同时使用任意变形工具和缩放选项，将以中心点为基准等比例缩小或放大对象。

扭曲功能

利用扭曲功能可以单独移动编辑点，改变对象原本规则的形状。选择工具箱中的任意变形工具，然后单击选项区中的"扭曲"按钮，或者在任意变形工具被选中的状态下按住 Ctrl 键，可以应用扭曲功能，如图 3-84、图 3-85 和图 3-86 所示。

图 3-84

图 3-85

图 3-86

封套功能

封套可以通过改变对象周围的切线手柄变形对象。选择工具箱中的任意变形工具，然后单击选项区中的"封套"按钮 🔘，对象周围会出现切线手柄。

使用封套功能的操作步骤如下：

01 打开光盘中的原始文件，如图 3-87 所示。

02 选择工具箱中的任意变形工具，然后单击选项区中的"封套"按钮，对象周围出现切线手柄，如图 3-88 所示。

图 3-87

图 3-88

03 调整切线手柄的位置，如图 3-89 所示，最终效果如图 3-90 所示。

图 3-89

图 3-90

Tip 技巧提示

　　可以应用扭曲和封套功能的对象有圆形，利用钢笔工具、铅笔工具、线条工具和刷子工具绘制的对象，分解后的文字。不可以应用扭曲和封套功能的对象有群组、元件、位图、影片剪辑、文本和声音。

3.7.2 渐变变形工具的应用

　　渐变就是由某种颜色过渡到另外一种颜色，使用渐变填充可以实现立体、光线等效果。渐变效果有两种：线性渐变和放射状渐变（圆形渐变）。下面通过实例介绍其应用方法。

01 打开光盘中的原始文件，在"颜色"面板的"类型"下拉列表中选择"线性"渐变类型，如图3-91所示。

02 选择左侧的颜色指针，将颜色设置为 #E0CEF0，将右侧的颜色指针设置为 #114679，如图3-92所示。

图3-91

图3-92

03 使用工具箱中的渐变变形工具 调整线性渐变，如图3-93所示。

04 通过调整控制点，将填充色调整为如图3-94所示的效果。

图3-93

图3-94

3.8 3D 工具的应用

Flash 通过在舞台的 3D 空间中移动和旋转影片剪辑来创建 3D 效果。Flash 通过在每个影片剪辑实例的属性中包括 Z 轴来表示 3D 空间。使用 3D 平移和 3D 旋转工具沿着影片剪辑实例的 Z 轴移动和旋转影片剪辑实例，可以向影片剪辑实例中添加 3D 透视效果。在 3D 术语中，在 3D 空间中移动一个对象称为平移，在 3D 空间中旋转一个对象称为变形。在对影片剪辑应用了其中的任一效果后，Flash 会将其视为 3D 影片剪辑。

3.8.1 3D 旋转工具的应用

3D 旋转工具的默认模式为全局，在全局 3D 空间中旋转对象与相对舞台移动对象等效，在局部 3D 空间中旋转对象与相对影片剪辑移动对象等效。若要在全局模式和局部模式之间切换 3D 旋转工具，在选中 3D 旋转工具的同时单击工具箱选项区中的"全局"切换按钮即可。在使用 3D 旋转工具进行拖动的同时按住 D 键，可以临时从全局模式切换到局部模式。

使用 3D 旋转工具的具体步骤如下：

01 打开原始光盘文件，如图 3-95 所示。

02 选中要进行旋转的图像，单击鼠标右键，在弹出的快捷菜单中选择"转换为元件"命令，类型选择为"影片剪辑"，如图 3-96 所示。

图 3-95

图 3-96

03 选择工具箱中的 3D 旋转工具，选中要旋转的图形，此时一个 3D 旋转控件出现在舞台上的选定对象之上，X 轴为红色、Y 轴为绿色、Z 轴为蓝色，使用橙色的自由旋转控件可同时绕 X 轴和 Y 轴旋转。绕 X 轴旋转，效果如图 3-97 所示。

04 绕 Y 轴旋转，效果如图 3-98 所示。

图 3-97

图 3-98

05 绕 Z 轴旋转，效果如图 3-99 所示。

06 分别绕 X，Y，Z 轴旋转后，最终效果如图 3-100 所示。

图 3-99

图 3-100

> Tip 技巧提示
>
> 3D 旋转可在全局 3D 空间或局部 3D 空间中进行，具体取决于工具箱中 3D 旋转工具的当前模式。

3.8.2 3D 平移工具的应用

3D 平移工具 的默认模式是全局，在全局 3D 空间中移动对象与相对舞台移动对象等效，在局部 3D 空间中移动对象与相对影片剪辑移动对象等效。若要在全局模式和局部模式之间切换 3D 平移工具，在选中 3D 平移工具的同时单击工具箱选项区中的"全局"切换按钮即可。在使用 3D 平移工具进行拖动的同时按住 D 键，可以临时从全局模式切换到局部模式。

使用3D平移工具的具体步骤如下:

01 打开光盘中的原始文件,如图3-101所示。

02 选中要进行平移的图像,单击鼠标右键,在弹出的快捷菜单中选择"转换为元件"命令,类型选择为"影片剪辑",如图3-102所示。

图3-101

图3-102

03 在工具箱中选择3D平移工具,图形上会出现一个控件,按控件箭头的方向拖动可沿X轴或Y轴移动对象,Z轴控件是影片剪辑中间的黑点,上下拖动Z轴可在Z轴方向上移动对象。沿X轴平移,效果如图3-103所示。

04 沿Y轴平移,效果如图3-104所示。

图3-103

图3-104

05 沿Z轴平移,效果如图3-105所示。

06 分别沿X,Y,Z轴平移后,最终效果如图3-106所示。

图 3-105

图 3-106

Tip 技巧提示

　　在选择多个影片剪辑时，可以使用 3 D 平移工具移动其中一个选中的对象，其他对象将以相同的方式移动。通过双击 Z 轴控件，也可以将轴控件移动到多个所选对象的中间。按住 Shift 键并双击其中一个选中对象可将轴控件移动到该对象上。

3.9 Deco 工具的应用

　　使用 Deco 工具可以对舞台上的选定对象应用效果。在选择 Deco 工具后，可以从"属性"面板中选择效果，有 3 种效果可选择，分别是藤蔓式填充、网格填充和对称刷子。

3.9.1 藤蔓式填充的应用

　　利用藤蔓式填充效果可以用藤蔓式图案填充舞台、元件或封闭区域。通过从库中选择元件，可以替换自己的叶子和花朵插图。生成的图案将包含在影片剪辑中，而影片剪辑本身包含组成图案的元件。

　　应用藤蔓式填充的步骤如下：

01 新建一个 Flash 文档，如图 3-107 所示。

02 从工具箱中选择 Deco 工具，然后在"属性"面板中从"绘制效果"下拉列表中选择"藤蔓式填充"选项。在 Deco 工具的"属性"面板中，选择默认花朵和叶子形状的填充颜色，如图 3-108 所示，在舞台上进行绘制，如图 3-109 所示。

图 3-107

图 3-108

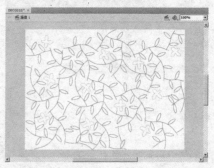

图 3-109

03 在"属性"面板中单击"编辑"按钮，从库中选择一个自定义元件，以替换默认花朵元件和叶子元件，如图 3-110 和图 3-111 所示。

04 根据不同的元件可以做出不同的效果，如图 3-112 和图 3-113 所示。

图 3-110

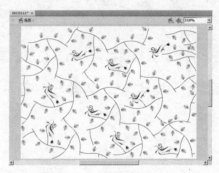

图 3-112

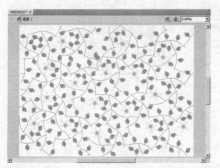

图 3-111

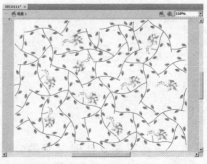

图 3-113

Tip 技巧提示

应用藤蔓式填充效果前可以指定填充形状的水平间距、垂直间距和缩放比例。应用藤蔓式填充效果后，将无法更改"属性"面板中的高级选项来改变填充图案，如图3-114所示。

分支角度：指定分支图案的角度。

分支颜色：指定用于分支图案的颜色。

图案缩放：缩放操作会使对象同时沿水平方向（沿X轴）和垂直方向（沿Y轴）放大或缩小。

段长度：指定叶子节点和花朵节点之间的段的长度。

动画图案：指定效果的每次迭代都绘制到时间轴中的新帧中。在绘制花朵图案时，此选项将创建花朵图案的逐帧动画序列。

帧步骤：指定绘制效果时每秒要横跨的帧数。

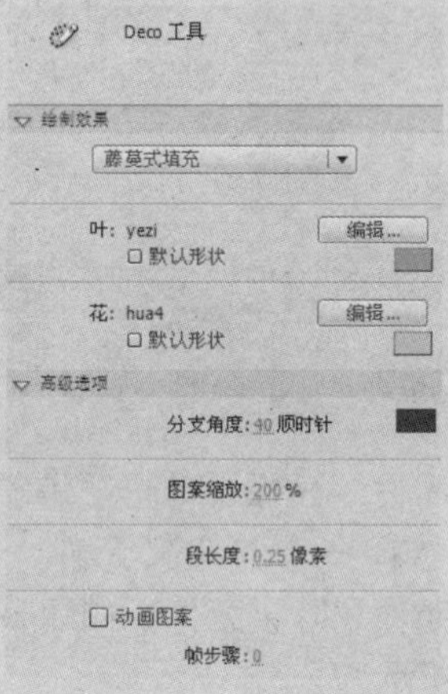

图 3-114

藤蔓式填充效果还提供了自动生成动画的功能，下面我们通过实例来介绍此功能。

01 新建一个 Flash 文档，如图 3-115 所示。

02 从工具箱中选择 Deco 工具，然后在"属性"面板中从"绘制效果"下拉列表中选择"藤蔓式填充"选项，如图 3-116 所示。

图 3-115

图 3-116

03 在舞台中进行绘制，此时时间轴会自动生成关键帧动画，如图 3-117 所示。

04 按 Ctrl+Enter 键浏览最终效果，如图 3-118 所示。

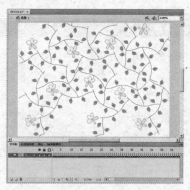

图 3-117

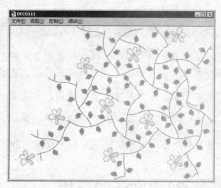

图 3-118

3.9.2 网格填充的应用

使用网格填充效果可以用库中的元件填充舞台、元件或封闭区域。将网格填充绘制到舞台中后，如果移动填充元件或调整其大小，网格填充将随之移动或调整大小。使用网格填充效果可创建棋盘图案、平铺背景，也可以用自定义图案填充区域或形状。网格填充的默认元件是 25 像素 x 25 像素、无笔触的黑色矩形形状。

使用网格填充的步骤如下：

01 新建一个 Flash 文档，如图 3-119 所示。

02 选择 Deco 工具，然后在"属性"面板中从"绘制效果"下拉列表中选择"网格填充"选项，如图 3-120 所示。

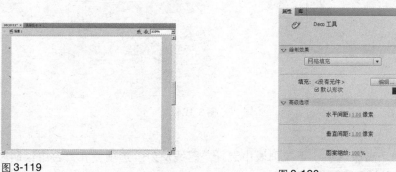

图 3-119

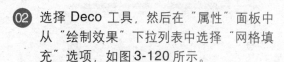

图 3-120

03 在舞台中单击鼠标会自动生成网格效果，如图 3-121 所示。

04 在"属性"面板中单击"编辑"按钮，从库中选择自定义元件，生成如图 3-122 所示效果。

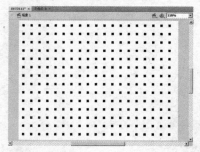

图 3-121

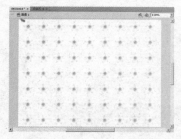

图 3-122

Tip 技巧提示

网格填充效果可以指定填充形状的水平间距、垂直间距和缩放比例。应用网格填充效果后，将无法更改"属性"面板中的高级选项来改变填充图案。

水平间距：指定网格填充中所用形状之间的水平距离（以像素为单位）。

垂直间距：指定网格填充中所用形状之间的垂直距离（以像素为单位）。

图案缩放：可使对象同时沿水平方向（沿 X 轴）和垂直方向（沿 Y 轴）放大或缩小。

3.9.3 对称刷子的应用

使用对称刷子，可以围绕中心点对称排列元件。在舞台上绘制元件时，将显示一组手柄，可以使用手柄通过增加元件数、添加对称内容或者编辑修改效果的方式来控制对称效果。

使用对称刷子的步骤如下：

01 新建一个 Flash 文档，如图 3-123 所示。

02 选择 Deco 工具，然后在"属性"面板中从"绘制效果"下拉列表中选择"对称刷子"选项，如图 3-124 所示。

图 3-123

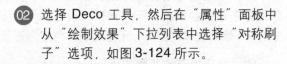

图 3-124

03 在"属性"面板的"高级选项"下拉列表中选择"跨线反射"选项，在舞台中绘制效果并进行操作，如图 3-125 和图 3-126 所示。

图 3-125

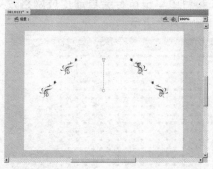

图 3-126

04 在"属性"面板中从"绘制效果"下拉列表中选择"对称刷子"选项，在"高级选项"下拉列表中选择"跨点反射"选项，在舞台中绘制效果并进行操作，如图3-127 和图3-128 所示。

05 在"属性"面板中从"绘制效果"下拉列表中选择"对称刷子"选项，在"高级选项"下拉列表中选择"绕点旋转"选项，在舞台中绘制效果并进行操作，如图3-129 和图3-130 所示。

图 3-127

图 3-129

图 3-128

图 3-130

06 在"属性"面板中从"绘制效果"下拉列表中选择"对称刷子"选项，在"高级选项"下拉列表中选择"网格平移"选项，在舞台中绘制效果并进行操作，如图3-131 和图3-132 所示。

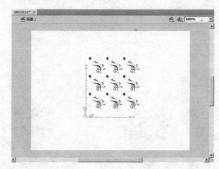

图 3-131

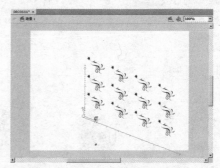

图 3-132

技巧提示

在"属性"面板中从"绘制效果"下拉列表中选择"对称刷子"选项后,各高级选项的含义如下。

跨线反射:跨可指定的不可见线条等距离翻转形状。

跨点反射:围绕指定的固定点等距离放置两个形状。

绕点旋转:围绕指定的固定点旋转对称中的形状,默认参考点是对称的中心点。若要围绕对象的中心点旋转对象,可按圆形运动进行拖动。

网格平移:使用对称刷子绘制的形状创建网格。每次在舞台上单击 Deco 工具都会创建形状网格,可使用由对称刷子手柄定义的 X 和 Y 坐标调整这些形状的高度和宽度。

测试冲突:勾选此复选框后,不管如何增加对称效果内的实例数,都可防止绘制的对称效果中的形状相互冲突。取消勾选此复选框后,会将对称效果中的形状重叠。

3.10 小老虎

Tip 技巧提示

→ 实例目标

通过绘制角色的案例掌握 Flash 动画中卡通角色的制作方法。制作"小老虎"卡通角色后,要掌握铅笔工具和颜料桶工具的使用方法。

→ 技术分析

本实例主要使用绘图工具中的铅笔工具和颜料桶工具制作画面中的一些图形元素。

最终效果图

制作步骤

01 新建一个 Flash 文档，选择椭圆工具，并将填充色指定为"无"，在工作区中绘制一个圆，如图 3-133 所示。

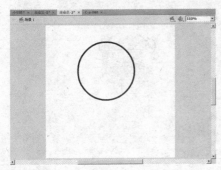

图 3-133

02 使用选择工具用鼠标拖曳调整圆的形态，绘制出小老虎头部的轮廓，如图 3-134 所示。

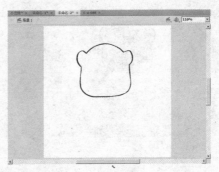

图 3-134

03 选择铅笔工具，绘制出小老虎头上的"王"字和身上的斑点，如图 3-135 所示。

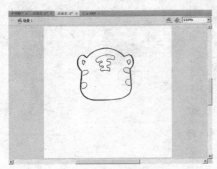

图 3-135

04 用铅笔工具绘制小老虎的眼睛、鼻子、嘴和嘴上叼的烟，如图 3-136 所示。

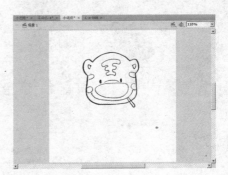

图 3-136

05 选择工具箱中的颜料桶工具，给小老虎上色，如图 3-137 所示。

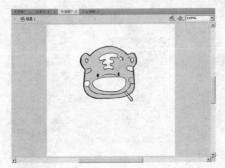

图 3-137

06 按照前面的步骤把其他的地方分别用颜料桶工具上色，如图 3-138 所示。

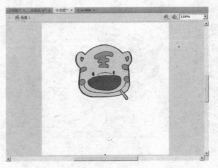

图 3-138

07 选择工具箱中的铅笔工具，绘制出小老虎头部的阴影，如图3-139所示。

08 选择工具箱中的铅笔工具，绘制出小老虎的胡子和脖子，如图3-140所示。

图 3-139

图 3-140

09 选择工具箱中的铅笔工具，绘制出小老虎的衣服，如图3-141所示。

10 选择工具箱中的颜料桶工具，给小老虎的衣服上色，如图3-142所示。

图 3-141

图 3-142

11 选择工具箱中的铅笔工具，绘制出小老虎衣服的阴影部分，并用颜料桶工具上色，如图3-143所示。

12 选择工具箱中的铅笔工具，绘制出小老虎的裤子和鞋，如图3-144所示。

图 3-143

图 3-144

13 选择工具箱中的颜料桶工具，给小老虎的裤子和鞋上色，如图 3-145 所示。

图 3-145

14 选择工具箱中的铅笔工具，绘制出小老虎的裤子和鞋的阴影部分，然后上色，如图 3-146 所示。

图 3-146

15 选择工具箱中的铅笔工具，绘制出小老虎的尾巴，如图 3-147 所示。

图 3-147

16 选择工具箱中的颜料桶工具，给小老虎的尾巴上色，如图 3-148 所示。

图 3-148

17 选择工具箱中的铅笔工具，绘制出小老虎尾巴上的阴影部分，然后上色，这样小老虎就绘制完成了，如图 3-149 所示。

图 3-149

Chapter 04

文本和对象的基本操作

　　文本是影片中很重要的组成部分，利用文本工具可以在 Flash 影片中添加各种文字，因此熟练使用文本工具也是掌握 Flash 的一个关键。在制作动画时，常常需要对对象进行各种基本操作，熟练掌握这些操作是对 Flash 制作者的基本要求。本章就详细讲解文本和对象的基本操作。

4.1 文本的基本操作

一个完整而精彩的动画或多或少地都需要一些文字来修饰，而文字的表现形式又非常丰富，所以使用文本工具将增加 Flash 动画的整体美观效果，使动画显得更加丰富多彩。

4.1.1 文本的输入与修改

在输入文本时，文本框有两种状态：无宽度限制和有宽度限制。

无宽度限制文本框：选择文本工具 T ，在工作区中单击，此时文本框的右上角有一个小圆圈，文本框随文字的输入而加长，如图 4-1 所示。

有宽度限制文本框：选择文本工具 T ，在工作区中拖动鼠标出现一个文本框，右上角有一个正方形，在该文本框中输入的文字会根据文本框的宽度自动换行，使用鼠标拖动正方形可以调整文本框的宽度，如图 4-2 所示。

图 4-1

图 4-2

选择工具箱中的文本工具，在工作区中单击鼠标，就可以在插入点闪动的位置直接输入文本，输入完文本后，在文本框外的任意位置单击鼠标，即可结束文本的输入，如图 4-3 所示。

对于已经输入好的文本，再进行编辑的方法是：选择工具箱中的文本工具，单击文本框中要编辑的文字，此时文本框变成可编辑状态，就可以编辑其中的文字了，如图 4-4 所示。

图 4-3

图 4-4

4.1.2 设置文本的一般属性

当选择文本工具后，文本属性设置选项将出现在舞台中的"属性"面板中，如图4-5所示。

下面介绍文本工具"属性"面板中各选项的含义和功能。

静态文本：它是一种普通文本，在动画运行期间是不可以编辑修改的。

动态文本：动态文本用来显示动态更新的文本，如动态显示日期和时间、天气预报信息等。

输入文本：在标点和调查表中常常需要用到输入文本，在播放动画时供浏览者输入，如用户名、邮件地址等，以便实现与浏览者的交互，收集反馈信息。

图 4-5

系列：设置文字的字体。

样式：设置文字的样式。

大小：可以在其后直接输入字体大小值，也可以选择"文本 / 大小"命令来改变当前文本的大小。

字母间距：对文字间距起微调作用，可使文字排列得更为紧密。

颜色：设置和改变当前文字的颜色。

段落格式选项：用来设置和改变当前文本相对于舞台的缩进，以及文本之间的行距、右边距、左边距等。对于如图4-6所示的文本，当设置文本缩进为45像素时的效果如图4-7所示。

图 4-6

图 4-7

在段落格式选项中"方向" 用来设置和改变当前文本的排列方向，此下拉列表中包括"水平"、"垂直，从左向右"、"垂直，从右到左"3个选项，效果如图4-8和图4-9所示。

图 4-8

图 4-9

4.1.3 设置文本的类型

单击文本工具"属性"面板中的文本类型下拉按钮，可以选择下拉列表中的三种文本类型：静态文本、动态文本和输入文本。选择不同的文本类型，"属性"面板中的参数也会有所变化。

静态文本

选择静态文本类型后，在工作区中单击可以直接输入文本内容。对于静态文本类型，可以对文本进行各种各样的设置，如图 **4-10** 所示。

动态文本

选择动态文本类型后，输入的文字相当于变量，可以随时调用或修改，如图 **4-11** 所示。

图 4-10

图 4-11

动态文本的格式设置和静态文本的设置相同，下面主要介绍动态文本"属性"面板与静态文本"属性"面板中的不同设置。

将文本呈现为 HTML　：单击该按钮，Flash 显示动态文本时保持超文本类型，包括文本类型、超链接和其他 HTML 相关格式。

在文本周围显示边框　：单击该按钮，可以为文本域设定边框。

输入文本

选择输入文本类型后，使用文本工具可以在工作区中绘制表单，用户可以在表单中直接输入用户信息，如图4-12所示。

图 4-12

4.1.4　设置文本超链接

在 Flash 中可以通过两种方式来给文本添加超链接。一种是给选定文本块中特定的文字添加超链接，选中要添加超链接的文本，在"属性"面板中的 URL 链接文本框中输入需要的链接即可。另一种是给整个文本框设置超链接，直接在"属性"面板中的 URL 链接文本框中输入需要的链接即可。

下面通过实例讲解设置超链接的方法。

01 打开光盘中的原始文件，如图4-13所示。

02 选择工具箱中的选择工具，选中文字"Replay"，如图4-14所示。

图 4-13

图 4-14

03 在文本"属性"面板中的 URL 链接文本框中输入"zisexinghai@163.com"，如图4-15所示。

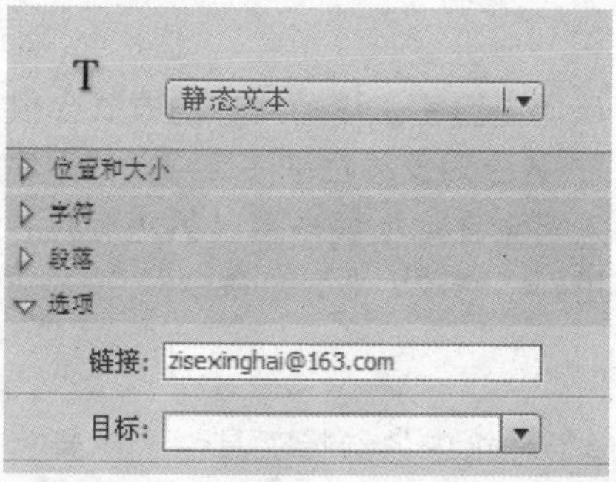

04 在文本框外单击鼠标，结束上面的编辑操作，此时文字"Replay"下面会出现一条实线，如图4-16所示。

图 4-15

图 4-16

05 按下 **Ctrl+Enter** 组合键，测试影片，当鼠标移动到"Replay"文字上时会呈现小手的形状，如图 4-17 所示。

图 4-17

4.2 对象的基本操作

在开始动画制作之前，自行绘制和从其他地方引用的对象往往都杂乱地排列在编辑区中，所以必须先对它们的位置进行排列。另外，在制作动画本身的过程中，也常常需要改变和调整对象的位置。对象的基本操作包括对象的对齐和合并等几个方面。

4.2.1 对象的对齐

在制作较复杂的动画时，有时会有很多的对象，简单地应用手工移动对齐的方式会很麻烦。Flash 提供了自动对齐的功能，当用户想导入对象时，各个对象往往是按照导入的顺序排列前后位置的，即最先导入对象在最下面一层，最后导入对象在最上面一层。另外有时必须调整各对象的排列顺序以满足设计者的需要，这时就要用到"修改/排列"命令。

对齐对象的操作步骤如下：

01 打开光盘中的原始文件，如图 4-19 所示。

02 选择工具箱中的选择工具，选中舞台中的所有花，如图 4-20 所示。

图 4-19

图 4-20

03 选择"窗口/对齐"命令，在"对齐"面板中单击"底对齐"按钮，可以看到选中的对象已经以下面的对象为基准对齐了，如图 4-21 所示。

04 执行"修改/排列/移至顶层"命令，可将舞台中的花置于草地的上面，如图 4-22 所示。

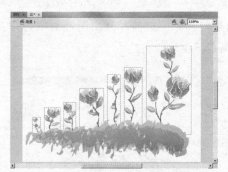

图 4-21

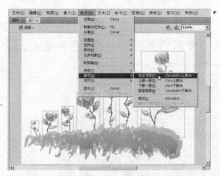

图 4-22

05 按下 Ctrl+Enter 组合键，测试影片，如图 4-23 所示。

图 4-23

Tip 技巧提示

"对齐"面板如图 4-24 所示，其中各选项的含义如下。

左对齐：以选中对象最左边的对象为参照基准对齐。

水平对齐：以选中对象的中心为基准在水平方向上对齐。

右对齐：以选中对象最右边的对象为参照基准对齐。

顶对齐：以选中对象最上边的对象为参照基准对齐。

垂直对齐：以选中对象的中心为基准在垂直方向上对齐。

底对齐：以选中对象最下边的对象为基准对齐。

匹配宽度：如果选中重叠的对象，单击该按钮会将它们在水平方向上分散开来。

匹配高度：如果选中重叠的对象，单击该按钮会将它们在垂直方向上分散开来。

匹配宽和高：将所有选中的对象调整为一样的宽度和高度。

相对舞台分布：如果对齐的基准对象在舞台外，使用该对齐方式将使之自动回到舞台内。

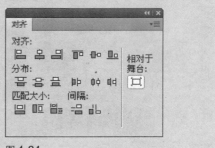

图 4-24

4.2.2 对象的合并

可以使用"修改/合并对象"命令，通过合并或改变现有对象来创建新形状。在一些特定的情况下，所选对象的堆叠顺序决定了操作的工作方式。

联合：使用"联合"命令，可以将两个或多个形状合成单个形状，如图 4-25 所示。

打孔：使用"打孔"命令，可以删除所选对象的某些部分，这些部分由所选对象与排在所选对象前面的另一个所选对象的重叠部分来定义，如图 4-26 所示。

图 4-25

图 4-26

交集：使用"交集"命令，可以创建两个或多个对象交集的对象，如图 4-27 所示。

裁切：使用"裁切"命令，可以使用某一对象的形状裁切另一个对象，前面或最上面的对象定义裁切区域的形状，如图 4-28 所示。

图 4-27

图 4-28

4.2.3　对象的滤镜

滤镜是可以应用到对象上的图形效果。可用滤镜有投影、模糊、发光、斜角、渐变发光、渐变斜角和调整颜色。可以直接从"属性"面板中对所选对象应用滤镜，如图 4-29 所示。

应用滤镜后，可以随时改变其效果，或者重新调整滤镜顺序以调整组合效果。在"属性"面板中，可以启用、禁用或者删除滤镜。删除滤镜时，对象恢复原来的外观。通过选择可以查看应用于该对象的滤镜，该操作会自动更新"属性"面板中所选对象的滤镜列表。

使用"属性"面板，可以对选定对象应用一个或多个滤镜。对象添加一个新的滤镜，在"属性"面板中，就会将其添加到该对象所应用的滤镜列表中。下面分别介绍各滤镜并通过实例查看其效果。

单击此按钮即可添加滤镜

图 4-29

投 影

投影滤镜用以模拟对象向一个表面投影的效果，或者在背景中剪出一个形似对象的洞来模拟外观，如图 4-30 所示。

模糊 X、模糊 Y：设置投影的方向。

强度：设置阴影暗度。数值越大，阴影就越暗。

品质：选择投影的质量级别。

角度：输入一个值来设置阴影的角度。

距离：设置阴影与对象之间的距离。

挖空：挖空源对象，并在挖空图像上只显示投影。

内阴影：在对象边界内应用投影。

隐藏对象：隐藏对象，并只显示其阴影。

颜色：打开"颜色"面板，然后设置阴影的颜色。

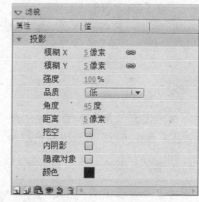

图 4-30

01 打开光盘中的原始文件，如图 4-31 所示。

02 执行"窗口/属性"命令，在"属性"面板中给文字添加投影效果，如图 4-32 所示。

图 4-31

图 4-32

模糊

模糊滤镜可以柔化对象的边缘和细节，如图4-33所示为模糊滤镜的设置选项。将模糊滤镜应用于对象，可以让它看起来好像位于其对象的后面，或者使对象看起来好像是运动的。

模糊X、模糊Y：设置模糊的方向。

品质：选择模糊的质量级别。

图4-33

01 打开光盘中的原始文件，如图4-34所示。

02 执行"窗口/属性"命令，在"属性"面板中给文字添加模糊效果，如图4-35所示。

图4-34

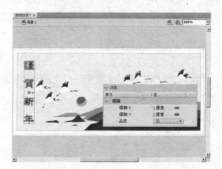
图4-35

发光

使用发光滤镜可以为对象的整个边缘应用发光效果，如图4-36所示为发光滤镜的设置选项。

模糊X、模糊Y：设置发光的方向。

强度：设置发光的清晰度。

品质：选择发光的质量级别。

颜色：打开"颜色"面板，然后设置发光颜色。

挖空：挖空源对象，并在挖空图像上只显示发光。

内发光：在对象边界内应用发光。

图4-36

01 打开光盘中的原始文件，如图4-37所示。

02 执行"窗口/属性"命令，在"属性"面板中给文字添加发光效果，如图4-38所示。

图 4-37

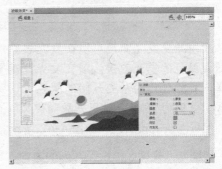

图 4-38

斜角

应用斜角滤镜就是向对象应用加亮效果，使其看起来凸出于背景表面。可以创建内斜角、外斜角或者完全斜角，如图 4-39 所示。

模糊 X、模糊 Y：设置斜角的方向。

强度：设置斜角的不透明度，而不影响其宽度。

品质：选择发光的质量级别。

阴影、加亮显示：设置斜角的阴影和加亮颜色。

角度：更改斜边投下的阴影角度。

距离：定义斜角的宽度。

挖空：挖空源对象，并在挖空图像上只显示斜角。

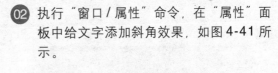

图 4-39

类型：从弹出的下拉列表中选择要为对象应用的发光类型，可以选择"内侧"、"外侧"或"全部"。

01 打开光盘中的原始文件，如图 4-40 所示。

02 执行"窗口/属性"命令，在"属性"面板中给文字添加斜角效果，如图 4-41 所示。

图 4-40

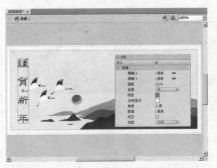

图 4-41

渐变发光

应用渐变发光滤镜可以在发光表面产生带渐变颜色的发光效果。渐变发光滤镜要求选择一种颜色作为渐变开始的颜色，该颜色的 Alpha 值为 0%，用户无法移动该颜色的位置，但可以改变该颜色，如图 4-42 所示。

模糊 X、模糊 Y：设置发光的方向。

强度：设置发光的不透明度，而不影响其宽度。

品质：选择渐变发光的质量级别。

角度：更改发光体投下的阴影角度。

距离：设置阴影与对象之间的距离。

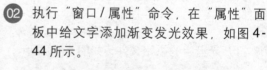

图 4-42

挖空：挖空源对象，并在挖空图像上只显示渐变发光。

类型：从弹出的下拉列表中选择要为对象应用的发光类型，可以选择"内侧"、"外侧"或"全部"。

渐变：渐变包含两种或多种可相互淡入或混合的颜色。选择的渐变开始颜色称为 Alpha 颜色。要更改渐变颜色，单击渐变颜色框显示出渐变定义栏，在其中拖动指针，可以调整该颜色在渐变中的级别和位置。要向渐变定义栏中添加颜色指针，应单击渐变定义栏或渐变定义栏的下方，最多可添加 15 个颜色指针，也就是说可以创建最多能够转变 15 种颜色的渐变。要重新设置渐变定义栏上的指针，应沿着渐变定义栏拖动指针，将指针向下拖离渐变定义栏即可删除它。

01 打开光盘中的原始文件，如图 4-43 所示。

02 执行"窗口 / 属性"命令，在"属性"面板中给文字添加渐变发光效果，如图 4-44 所示。

图 4-43

图 4-44

渐变斜角

应用渐变斜角滤镜可以产生一种凸起效果，使对象看起来好像从背景上凸起，且斜角表面有渐变颜色。渐变斜角要求渐变的中间有一个颜色，颜色的 Alpha 值为 0%，如图 4-45 所示。

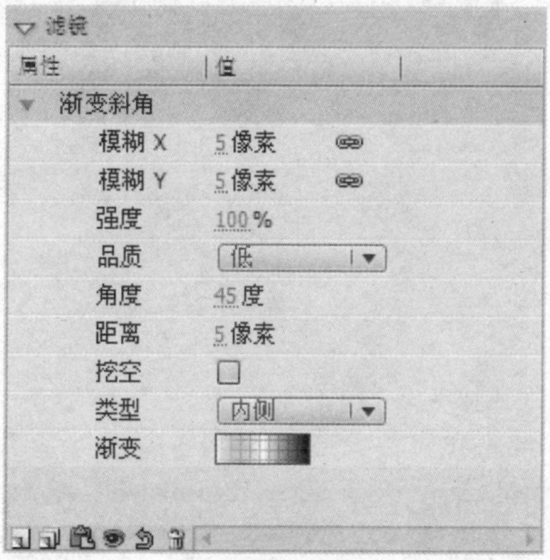

模糊 X、模糊 Y：设置渐变斜角的方向。

强度：输入一个值以设置其平滑度，而不会影响斜角宽度。

品质：选择渐变斜角的质量级别。

角度：输入一个值或者使用弹出的角度盘来设置光源的角度。

图 4-45

距离：设置阴影与对象之间的距离。

挖空：挖空源对象，并在挖空图像上只显示渐变斜角。

类型：从弹出的下拉列表中选择要为对象应用的发光类型，可以选择"内侧"、"外侧"或"全部"。

渐变：更改斜角渐变中的颜色。

01 打开光盘中的原始文件，如图 4-46 所示。

02 执行"窗口 / 属性"命令，在"属性"面板中给文字添加渐变斜角效果，如图 4-47 所示。

图 4-46

图 4-47

调整颜色

使用调整颜色滤镜可以调整对象的亮度、对比度、饱和度和色相，如图 4-48 所示。

图 4-48

亮度：调整对象的亮度。

对比度：调整对象的对比度。

饱和度：调整对象的饱和度。

色相：调整对象的色相。

01 打开光盘中的原始文件，如图 4-49 所示。

02 执行"窗口 / 属性"命令，在"属性"面板中给文字添加调整颜色效果，如图 4-50 所示。

图 4-49

图 4-50

4.3 花语

Tip 技巧提示

→ **实例目标**

通过"花语"图形创意设计实例的制作，掌握利用位图制作图像的方法。

→ **技术分析**

本实例主要使用绘图工具中的文字工具和颜料桶工具制作画面中的一些文字元素，还运用了"分离"命令，重点要掌握利用位图制作图像的方法。

最终效果图

制作步骤

在 Flash 中打开的位图具有组合属性，对位图图像进行编辑要使用"分离"命令将其打散，使其具有图形属性。分离后的位图是以像素为单位的，可以利用滴管工具获取位图中的颜色，也可以利用套索工具的魔术棒选项选取图像区域。

01 执行"文件 / 新建"命令，新建一个动画文档，在其"属性"面板中可以设置动画大小、背景颜色等，如图 4-51 所示。

02 在舞台中导入一张图片，将该图片作为填充背景，如图 4-52 所示。

图 4-51

图 4-52

03 选择"修改 / 分离"命令或按 Ctrl+B 组合键打散图形，如图 4-53 所示。

04 选择工具箱中的滴管工具，利用滴管工具单击已被打散的图形，此时就会自动将图形颜色载入到颜色表中，如图 4-54 所示。

图 4-53

图 4-54

05 选择工具箱中的文本工具，在舞台中输入文字，如图 4-55 所示。

06 选择工具箱中的任意变形工具，将文字放大，如图 4-56 所示。

图 4-55

图 4-56

07 选择"修改/分离"命令或按 Ctrl+B 组合键打散文字（二次分离），如图 4-57 所示。

08 选择工具箱中的颜料桶工具，对打散的文字进行填充，如图 4-58 所示。

图 4-57

图 4-58

09 按 Ctrl+Enter 组合键，预览影片，如图 4-59 所示。

图 4-59

4.4 垂钓

Tip 技巧提示

→ 实例目标

为"垂钓"文字制作立体效果，通过使文字显示 3D 效果，达到使其醒目和突出的目的。

→ 技术分析

本实例主要使用绘图工具中的文字工具和墨水瓶工具制作画面中的一些文字元素，还使用了排列工具调整图形，重点是文字特效中立体字效果的制作方法。

最终效果图

制作步骤

在使用墨水瓶工具为打散的文字添充颜色时，可能遇到由于文字较小而很难找到填充点的情况，此时可以在工作区右上角的下拉列表中选择一个较大的缩放值。

01 执行"文件/新建"命令，新建一个动画文档，在其"属性"面板中可以设置动画大小、背景颜色等，如图 4-60 所示。

02 在舞台中导入一张图片，将该图片作为背景，如图 4-61 所示。

图 4-60

图 4-61

03 选择工具箱中的文本工具，在舞台中输入文字，如图 4-62 所示。

04 对文本进行编辑，选择"修改/分离"命令或按 Ctrl+B 组合键打散文字（二次分离），如图 4-63 所示。

图 4-62

图 4-63

05 选取文字边缘，在工具箱中选择墨水瓶工具，在"属性"面板中设置笔触的颜色、高度和样式，设置完成后将鼠标移动到舞台中，单击文字填充边缘颜色，如图 4-64 所示。

图 4-64

06 使用选择工具选中文字，按住 Alt 键的同时拖动鼠标，复制文字，如图 4-65 所示。

图 4-65

07 将新复制的文字填充为灰色作为投影，如图 4-66 所示。

图 4-66

08 单击鼠标右键，在弹出的快捷菜单中选择"排列/下移一层"命令，如图 4-67 所示。

图 4-67

09 按 Ctrl+Enter 组合键，预览影片，如图 4-68 所示。

图 4-68

Chapter 05

管理和编辑图层

　　图层包括普通层、引导层、运动引导层、遮罩层等。本章重点讲解 Flash CS4 中图层的创建与管理、图层的不同工作模式以及图层的类型等。

5.1 图层原理简介

可以把图层看成是堆叠在一起的多张透明纸。在一个图层上绘制和编辑对象，不会影响其他图层上的对象。在图层上没有内容的舞台区域中，可以透过该图层看到下面的图层中的对象。时间轴上的图层面板如图 5-1 所示。

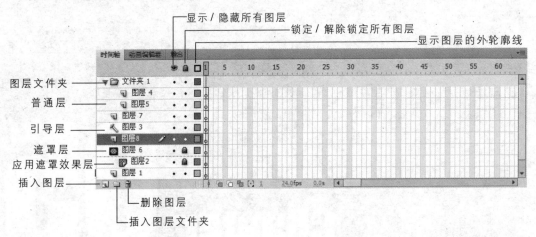

图 5-1

要绘制、涂色或者对图层或图层文件夹进行修改，需要在时间轴中选择该图层以激活它。时间轴中图层或图层文件夹名称旁边显示铅笔图标表示该图层或图层文件夹处于活动状态。 一次只能有一个图层处于活动状态。

创建 Flash 文档时，其中仅包含一个图层。要在文档中组织插图、动画和其他元素，应添加更多的图层。 还可以隐藏、锁定或重新排列图层。可以创建的图层数只受计算机内存的限制，而且图层不会增加发布的 SWF 文件的大小，只有放入图层中的对象才会增加文件的大小。

要组织和管理图层，需要创建图层文件夹，然后将图层放入其中。可以在时间轴中展开或折叠图层文件夹，而不会影响在舞台中看到的内容。对声音文件、ActionScript、帧标签和帧注释分别使用不同的图层或图层文件夹，有助于快速找到这些项目以进行编辑。

为了有助于创建复杂效果，需要使用特殊的引导层，以便更容易地进行绘画和编辑，有时还需要创建遮罩层。

在 Flash 中使用的图层包括以下 5 种类型。

常规层：包含 FLA 文件中的大部分插图。

遮罩层：包含用做遮罩的对象，这些对象用于隐藏其下方的选定图层部分。

被遮罩层：位于遮罩层下方并与之关联的图层，被遮罩层中只有未被遮罩覆盖的部分才是可见的。

引导层：包含一些笔触，可用于引导其他图层上对象的排列或其他图层上传统补间动画的运动。

被引导层：是与引导层关联的图层，可以沿引导层上的笔触排列被引导层上的对象或为这些对象创建动画效果。被引导层可以包含静态插图和传统补间，但不能包含补间动画。

5.2 图层的创建与管理

图层是以堆叠状态形式存在的，可以看成是一张透明的纸。在工作区中，当上面的图层上没有任何对象的时候，便可以通过上面的图层看到下面图层上的图像，用户可以通过图层创建出各种复杂的动画，图层的应用能使动画的定位更加准确。

5.2.1 图层的创建与编辑

要创建一个图层，单击"插入图层"按钮 即可，每次单击该按钮都会插入一个新的图层，图层将会以"图层 1"、"图层 2"、"图层 3"等依次排序命名。创建一个图层之后，该图层将出现在当前图层的上方，新添加的图层将成为活动图层，添加新图层前后分别如图 5-2 和图 5-3 所示。

图 5-2

图 5-3

要删除一个图层，单击"删除图层"按钮 即可，删除前后分别如图 5-4 和图 5-5 所示。

图 5-4

图 5-5

图层过多时，根据创作需要，我们可以调整图层的顺序，选择要调整的图层，向上或向下拖动到合适的位置即可，如图 5-6 和图 5-7 所示。

图 5-6

图 5-7

当图层过多时，为了方便查找和区分，可以修改图层的名称。双击要更改的图层的名称，然后输入新的图层名称，按下 Enter 键即可，如图 5-8 和图 5-9 所示。

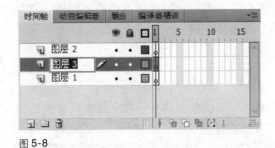

图 5-8

图 5-9

5.2.2 分散到图层

分散到图层功能可以将一个图层中的多个独立的对象分散布置在多个图层中，分散到图层功能可以应用在图形、文字、位图、群组对象和元件上。

可以一次选定图层中的多个对象，使用"分散到图层"命令将每个对象单独放置在一个图层中。如果要制作文字动画，分散到图层功能可以大大提高工作效率。

将文字分散到图层的具体步骤如下：

01 打开文件"自由翱翔"，可以看到舞台中的文字和背景，如图 5-10 所示。

02 使用工具箱中的选择工具选中"自由翱翔"这几个文字，如图 5-11 所示，按Ctrl+B组合键将文字打散。

图 5-10

图 5-11

03 将单个文字选中，单击鼠标右键，从弹出的快捷菜单中选择"分散到图层"命令，如图 5-12 所示。

04 注意观察时间轴上图层的变化，每个文字被单独置于一个图层中，图层的名称分别为"自"、"由"、"翱"、"翔"，原图层上的帧自动转换成空白关键帧，如图 5-13 所示。

图 5-12

图 5-13

5.3 图层文件夹的创建与管理

　　或许你现在还意识不到，但当你开始创建网站或短片时，你会发现要从时间轴中的十几个或几十个图层中找到你要找的图层是一件非常繁琐的事情，下面我们就来解决这一题。

5.3.1 图层文件夹的添加与删除

　　添加图层文件夹的方法很简单，只要单击图层列表下方的"插入图层文件夹"按钮 即可，如图 5-14 所示。

　　要删除图层文件夹，需要将要删除的图层文件夹选中，然后单击时间轴上的 按钮，如图 5-15 所示。

图 5-14

图 5-15

5.3.2 图层文件夹的命名

在创建一个新的图层文件夹时，系统会为图层文字夹命名为"文件夹 1"，为了方便识别图层文件夹中的内容，可以根据文件夹中的内容给图层文件夹重命名，方法同重命名图层一样，双击图层文件夹的名称，然后输入新的名称即可，如图 5-16 和图 5-17 所示。

图 5-16

图 5-17

新建的图层文件夹中没有任何图层文件，需要将图层移入图层文件夹中，方法是：使用鼠标拖动图层到图层文件夹上，向上拖动是移入文件夹，向下拖动是移出文件夹，如图 5-18 和图 5-19 所示。

图 5-18

图 5-19

5.4 图层的不同工作模式

默认情况下，图层都是处于显示状态的。当影片中存在多个图层的时候，为了便于查看和编辑各图层中的内容，需要将其他的图层隐藏。

5.4.1 隐藏模式

时间轴中图层或文件夹名称旁边显示的红色 X 表示图层或文件夹处于隐藏状态。在发布设置中，可以选择在发布 SWF 文件时是否包括隐藏图层。

隐藏图层的具体操作步骤如下：

01 打开光盘中的文件"房子"，可以看到舞台中的所有对象，如图 5-20 所示。

02 当单击文件夹名称右侧的"眼睛"图标时，其中的图像即可被隐藏起来，要显示图像再次单击文件夹名称右侧的"眼睛"图标即可，如图 5-21 所示。

图 5-20

图 5-21

Tip 技巧提示

要隐藏图层或图层文件夹，单击时间轴中该图层或文件夹名称右侧的"眼睛"图标即可。要显示图层或图层文件夹，再次单击右侧的"眼睛"图标即可。

要显示或隐藏多个图层或文件夹，在"眼睛"对应的列中拖动即可。

若要隐藏除当前图层或文件夹以外的所有图层和文件夹，按住 Alt 键单击当前图层或文件夹名称右侧的"眼睛"图标即可。要显示所有图层和文件夹，需要再次按住 Alt 键单击。

5.4.2 锁定模式

当我们对某一对象进行编辑时常常会对其他对象进行误编辑，为了减少失误，可以激活当前编辑的图层，而将其他图层全部锁定。图层被锁定后，图层上的所有图形将不能再被操作。要想解除锁定，只要单击一次锁定图标即可，如图 5-22 和图 5-23 所示。

图 5-22

图 5-23

5.4.3 轮廓模式

要区分对象所属的图层，可用彩色轮廓显示图层上的所有对象。

要使图层上所有对象显示轮廓，单击该图层名称右侧的"轮廓"图标即可。要关闭轮廓显示，再次单击它即可。

在应用 Flash 的过程中，当我们对遮盖物体进行编辑时，常常要掌握当前图层内对象的外轮廓线，显示轮廓线有助于我们更好地修改图形，如图 5-24 和图 5-25 所示。

图 5-24

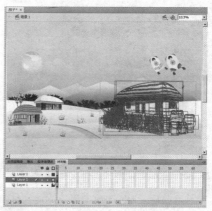

图 5-25

当舞台中要修改的图像过多时，为了方便修改，可以更改图层的轮廓颜色。

01 在时间轴中选择该图层，然后选择"修改/时间轴/图层属性"命令，此时会弹出"图层属性"对话框，在"轮廓颜色"颜色框中选择颜色，如图 5-26 所示。

02 单击"确定"按钮，可以看到舞台中的图像轮廓颜色改变了，如图 5-27 所示。

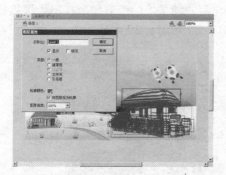

图 5-26

图 5-27

5.5 引导层的应用

引导层在影片的制作过程中起到辅助作用。引导层分为两种：普通引导层和运动引导层。普通引导层在影片中起到辅助静态定位的作用，而运动引导层在创建影片时起到引导运动路径的作用。在需要实现某个对象沿着某个路径移动时，常常用到运动引导层。

5.5.1 普通引导层的应用

普通引导层的应用步骤如下：

01 打开文件"人物"，可以看到时间轴上有"灯"所在图层（图层3）和"模特"所在图层（图层2）两个图层，如图5-28所示。

02 "灯"所在图层的作用是为了辅助完成整个画面的底图，并不需要输出成为影片中的角色，所以下面将其转化为普通引导层。选择"灯"所在图层，并单击鼠标右键，选择快捷菜单中的"引导层"命令，如图5-29所示。

图 5-28

图 5-29

03 这时所选图层变成了普通引导层，如图5-30所示。要将普通引导层转换为层，只要再次在图层上单击鼠标右键，选择快捷菜单中的"引导层"命令即可。

04 按Ctrl+Enter组合键，测试影片效果，如图5-31所示。

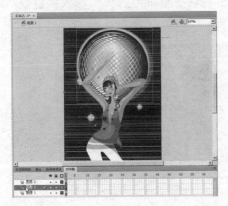

图 5-30

图 5-31

5.5.2 运动引导层的应用

运动引导层在动画中起着设置路径和导向的作用。

01 打开原始文件"小猪走钢丝"，如图5-32所示。

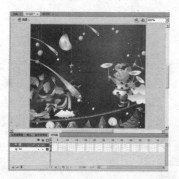

图5-32

02 下面给"小猪"创建一条运动路径。单击"小猪"所在图层确认其为当前图层，单击时间轴中的 按钮，在"小猪"所在图层创建一个运动引导层，如图5-33所示。

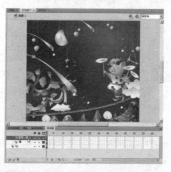

图5-33

03 选择工具箱中的钢笔工具，在引导层中绘制一条"小猪"的运动路径，如图5-34所示。

图5-34

04 选择工具箱中的任意变形工具，把"小猪"的中心点移动到它的脚上，如图5-35所示。

图5-35

05 单击"小猪"所在图层中的第1帧，将"小猪"的中心点与路径右边的端点重合，如图5-36所示。

图5-36

06 在图层的第60帧处单击鼠标右键，在弹出的快捷菜单中选择"插入关键帧"命令，如图5-37所示。

图5-37

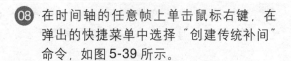
07 单击图层中的第60帧，将"小猪"的中心点与路径左边的端点重合，如图 5-38 所示。

08 在时间轴的任意帧上单击鼠标右键，在弹出的快捷菜单中选择"创建传统补间"命令，如图 5-39 所示。

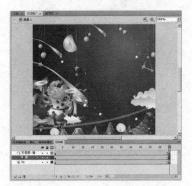

图 5-38

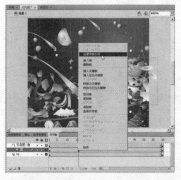

图 5-39

09 按 Ctrl+Enter 组合键，测试影片效果，如图 5-40 所示。

图 5-40

5.6 遮罩层的应用

遮罩的原理是将一个特殊的图层作为遮罩图层，遮罩图层下面的图层是被遮罩图层，只有在遮罩图层中填充色块下的被遮罩图层的内容才能被看到。利用遮罩图层可以制作许多复杂多变的动画效果，但在遮罩图层中不能使用按钮元件。遮罩一般分为运动遮罩和变形遮罩，运动遮罩还存在两种效果：一种是遮罩图层中的对象运动，另一种是被遮罩图层中的对象运动。添加遮罩层的步骤如下：

01 打开原始文件"大海"，如图 5-41 所示。

02 复制蓝天的部分，并执行"分离"命令，准备制作遮罩层，如图 5-42 所示。

图 5-41

图 5-42

03 选择图层"2",单击鼠标右键,选择快捷
菜单中的"遮罩层"命令,如图5-43所示。

04 为了能更清楚地表示,用线框轮廓形式
表现此图,如图5-44所示。

图 5-43

图 5-44

05 按Ctrl+Enter组合键,测试影片效果,可以
看到轮廓线不见了,当影片播放时遮罩层
默认被自动隐藏,效果如图5-45所示。

图 5-45

Tip 技巧提示

遮罩层显示两个图层之间相重合部分,在
Flash中线条不能作为遮罩层出现。

Chapter 06

解密时间轴

本章重点讲解时间轴，时间轴用于组织和控制一定时间内图层和帧中的内容。与胶片一样，Flash 文档也将时长分为帧。图层就像堆叠在一起的多张幻灯胶片一样，每个图层都包含一个显示在舞台中的不同图像。时间轴的主要组件是图层、帧和播放头。

6.1 关于时间轴

Adobe 的制作者一直致力于提高 Flash CS4 的实用性和可操作性。Flash CS4 的新面貌不但大大简化了编辑过程，还为用户提供了更大的自由发挥空间。Flash CS4 的基本界面主要由标题栏、菜单栏、工具箱、工作区、"属性"面板和时间轴等组成。下面我们详细介绍时间轴的属性和作用。

文档中的图层在时间轴左侧的列中。每个图层中包含的帧显示在该图层名右侧的一行中。时间轴顶部的时间轴标题指示帧编号。播放头指示当前在舞台中显示的帧。播放文档时，播放头从左向右通过时间轴。在时间轴底部显示的时间轴状态指示所选的帧编号、当前帧频以及到当前帧为止的运行时间，如图 6-1 所示。

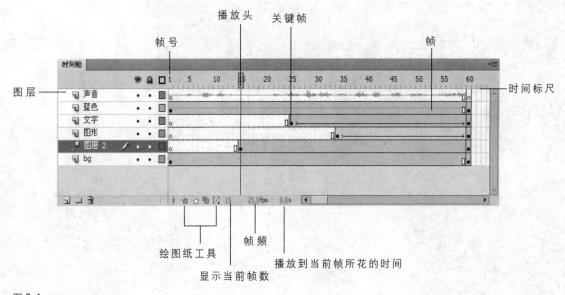

图 6-1

时间标尺：时间标尺中的每一个小格表示一个帧。

帧号：帧的序号，每隔 5 帧显示一个帧号。

帧：包含对象在内的普通帧。

播放头：使用鼠标沿着时间轴的左右拖动播放头从一个区域移动到另一个区域，可以预览动画。

关键帧：包含对象在内的帧，该帧内容与前后帧的内容有所不同，有黑色实心圆的格子代表关键帧。

绘图纸工具：可以同时显示动画的多个帧。

帧频：每秒播放的帧数。

图层：动画所在的分层信息。

播放影片是改变连续帧内容的过程，时间轴上的不同帧代表不同的时间，包含不同的对象，影片中的画面随着时间的变化逐一出现。

6.2 帧的类型

无内容的帧用空心圆显示，有内容的帧用黑色的实心圆显示，帧和帧之间不同的颜色代表不同的动画，淡蓝色的代表补间动画，淡绿色的代表补间形状，淡紫色的代表传统补间，关键帧后面的普通帧继续显示关键帧的内容。

6.2.1 普通帧

在影片背景的制作过程中，要将一个含有背景的图像继续使用的话，只需在关键帧的后面添加一些普通帧就可以了。

01 打开光盘中的原始文件"城堡"，如图 6-2 所示。

02 在不同的帧处插入关键帧，此时可以看到图层"城堡"中有 30 帧的内容，"背影"层只有一帧的内容，当影片播放到第 2 帧时背影层中的内容就不存在了，如图 6-3 所示。

图 6-2

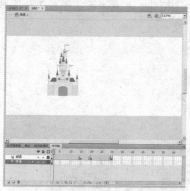

图 6-3

03 为了使画面更加完整，我们在图层"背景"上的第 30 帧处插入一些普通帧，按 F5 键添加一些普通帧即可，如图 6-4 所示。

图 6-4

6.2.2 普通空白帧

普通空白帧主要用来调节动画之间的时间间隔。在制作影片时，对象进入工作区的前后有所不同，因此开始帧的位置也不相同，如图 6-5 所示。

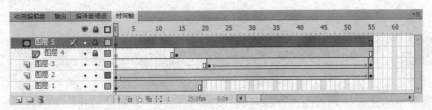

图 6-5

6.2.3 关键帧

关键帧用于定义动画的关键元素。关键帧也可以包含 ActionScript 代码以控制文档的某些方面的帧。还可以将空白关键帧添加到时间轴作为计划稍后添加元件的占位符，或者将该帧保留为空。

打开光盘中的文件"女人和狗"，可以看到时间轴上有 3 个关键帧，分别是第 1 帧、第 15 帧和第 30 帧，从图中可以看到 3 个关键帧的图形发生了变化，如图 6-6、图 6-7 和图 6-8 所示。

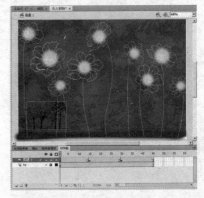

图 6-6

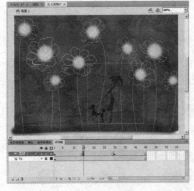

图 6-7

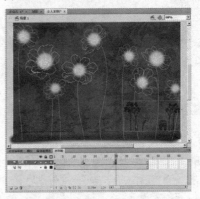

图 6-8

6.2.4 空白关键帧

新建 Flash 文档以后，默认每个图层的第一帧为空白关键帧，可以在上面创建对象，一旦创建了对象，空白关键帧就变成了关键帧，如图 6-9 和图 6-10 所示。

图 6-9

图 6-10

6.2.5 帧动作

在图层的某一个帧上有符号 a 出现的地方表示存在帧动作。

打开光盘中的文件"小丑"，在"图层 3"上的第 1 帧中添加了帧动作，如图 6-11 所示。

图 6-11

6.2.6 帧名称

帧名称可显示帧和帧之间的区别，而不是帧编号。给帧命名的好处是可以移动它而不改变 ActionScript 指定的调用。输出时，帧名称包含在 SWF 文件中，因此帧名称不要过长，过长会影响到文件的大小。

选择需要添加帧名称的帧，在"属性"面板的"名称"文本框中输入名称就可以添加帧名称，如图 6-12 和图 6-13 所示。

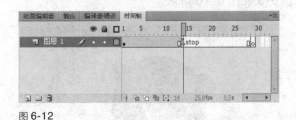

图 6-12

图 6-13

6.2.7 帧注释

帧注释以"//"开始，它不能输出，因此不必注意注释内容的长短。选择某一帧，在"属性"面板的"名称"文本框中先输入"//"，然后输入注释内容，按 Enter 键就可以为帧添加帧注释了，如图 6-14 和图 6-15 所示。

图 6-14

图 6-15

6.3 帧的编辑

帧的类型是复杂多变的，在影片中起到的作用也各不相同，但对于帧的各种编辑操作是相同的。下面介绍帧的插入、删除、复制、粘贴、清除以及多个帧的编辑操作方法。

6.3.1 插入帧和删除帧

插入帧的情况分为以下几种。

插入一个普通帧：选择"插入 / 时间轴 / 帧"命令，或按下快捷键 F5，会在当前帧的后面插入一个普通帧。

插入一个关键帧：选择"插入 / 时间轴 / 关键帧"命令，或按下快捷键 F6，会在鼠标选择的位置插入一个关键帧。

插入一个空白关键帧：选择"插入 / 时间轴 / 空白关键帧"命令，或按下快捷键 F7，会在鼠标选择的位置插入一个空白关键帧。

一次插入多个普通帧：只要单击要插入的最后一帧的位置，选择"插入 / 时间轴 / 帧"命令，或按下快捷键 F5 即可。

　　Ctrl 键配合鼠标拖动添加帧：按住 **Ctrl** 键的同时用鼠标拖动最后的帧的分界线，可以将帧延续，如图 6-16 和图 6-17 所示。

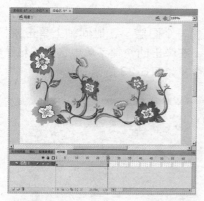

图 6-16

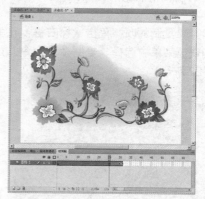

图 6-17

　　鼠标拖动添加帧：在不使用任何按键的状态下，选中某一帧用鼠标向右拖动帧的末尾部分，帧就会添加到拖动区域中，但最后一帧是关键帧，如图 6-18 和图 6-19 所示。

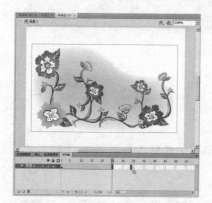

图 6-18

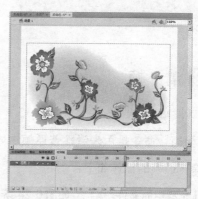

图 6-19

　　要删除或修改影片中的帧，选中要删除的帧，单击鼠标右键，从弹出的快捷菜单中选择"删除帧"命令就可以了，或者选中要删除的帧，按下 **Shift+F5** 组合键，如图 6-20 和图 6-21 所示。

图 6-20

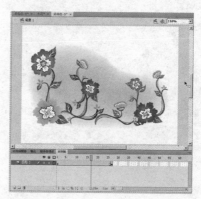

图 6-21

6.3.2 复制帧和粘贴帧

复制帧和粘贴帧的方法如下：

01 选择要复制的帧，单击鼠标右键，在弹出的快捷菜单中选择"复制帧"命令，如图 6-22 所示。

02 新建一个图层，在时间轴上单击鼠标右键，在弹出的快捷菜单中选择"粘贴帧"命令，如图 6-23 所示。

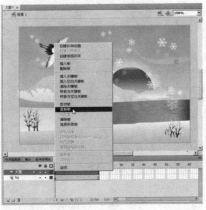

图 6-22

图 6-23

6.3.3 清除帧

清除普通帧

"清除帧"命令是用来清除普通帧中内容的命令，可以清除帧内部的所有对象。

清除普通帧的操作如下：

01 打开光盘中的文件"鹤"，如图 6-24 所示。

02 清除"鹤"图层中的末尾帧，只需选中末尾帧，单击鼠标右键，在弹出的快捷菜单中选择"清除帧"命令，如图 6-25 所示。

图 6-24

图 6-25

03 此时可以看到未尾帧已经转化为空白关键帧, 如图 6-26 所示。

图 6-26

05 此时可以看到该帧将转化为空白关键帧, 而后面的帧将变为关键帧, 如图 6-28 所示。

04 清除"鹤"图层位于中间部分的帧, 只要选中该帧, 单击鼠标右键, 从弹出的快捷菜单中选择"清除帧"命令, 如图 6-27 所示。

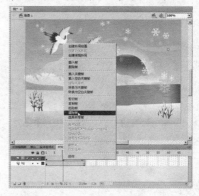

图 6-27

图 6-28

清除关键帧

清除关键帧的操作如下:

01 清除"鹤"图层位于开始的关键帧, 只需选中该关键帧, 单击鼠标右键, 选择快捷菜单中的"清除关键帧"命令, 如图 6-29 所示。

图 6-29

02 该关键帧被位于后面的关键帧所取代, 如图 6-30 所示。

图 6-30

03 清除 "鹤" 图层中末尾的关键帧，只需选中该帧，单击鼠标右键，选择快捷菜单中的 "清除关键帧" 命令，如图 6-31 所示。

04 此时可以看到该关键帧已转化为普通帧，如图 6-32 所示。

图 6-31

图 6-32

05 清除 "鹤" 图层位于中间部分的关键帧，只需选中该关键帧，单击鼠标右键，选择快捷菜单中的 "清除关键帧" 命令，如图 6-33 所示。

06 此时可以看到该关键帧已被清除，如图 6-34 所示。

图 6-33

图 6-34

6.3.4 多个帧的编辑

选择多个帧有两种情况。第一种是选择连续的帧，选择某一帧后，按住 Shift 键的同时单击另一帧，可以选中两帧之间的所有帧，如图 6-35 所示；第二种是选择不连续的帧，按住 Ctrl 键开始单击，可以选中多个不连续的帧，如图 6-36 所示。

图 6-35

图 6-36

可以将一个帧转化为关键帧，也可以将多个帧转化为关键帧。选中要转化的帧，单击鼠标右键，选择快捷菜单中的"转化为关键帧"命令即可，如图 6-37 和图 6-38 所示。

图 6-37

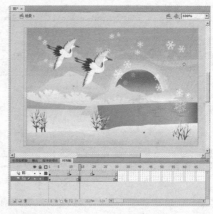

图 6-38

选取某一段动画，然后单击鼠标右键，从弹出的快捷菜单中选择"翻转帧"命令，可以将影片的播放次序翻转，如图 6-39 和图 6-40 所示。

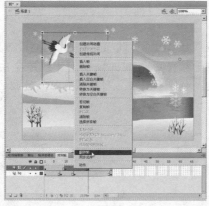

图 6-39

图 6-40

6.4　绘图纸

　　一般在 Flash 工作区中只能看到一帧的画面，如果使用了绘图纸工具，就可以同时显示或编辑多个帧的内容，更便于对整个影片中对象的定位和安排。

　　绘图纸工具有"绘图纸外观"、"绘图纸外观轮廓"、"编辑多个帧"和"修改绘图纸标记" 4 个，如图 6-41 所示。

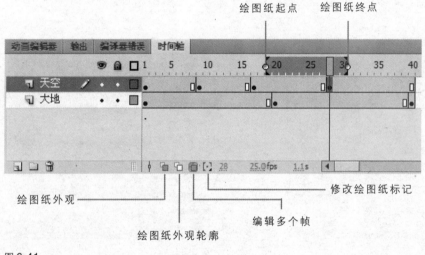

图 6-41

6.4.1　绘图纸外观

　　下面通过实例了解绘图纸外观的效果。

01 打开光盘中的原始文件，单击时间轴上的"绘图纸外观"按钮，如图 6-42 所示。

02 按下 Enter 键可以看到影片的播放效果，位于绘图纸之间的帧在工作区中会由深入浅地显示出来，当前帧的颜色最深，如图 6-43 所示。

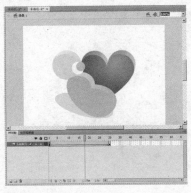

图 6-42

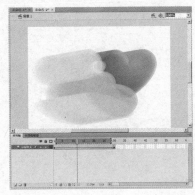

图 6-43

6.4.2 绘图纸外观轮廓

绘图纸外观显示帧的内容与实际帧的内容没有多少差别，而绘图纸外观轮廓会显示对象的轮廓线，与实际帧的内容有较大差别。

01 打开光盘中的原始文件，单击时间轴上的"绘图纸外观轮廓"按钮，如图 6-44 所示。

02 按下"绘图纸外观轮廓"按钮后，舞台上的图像会以轮廓的模式显示，如图 6-45 所示。

图 6-44

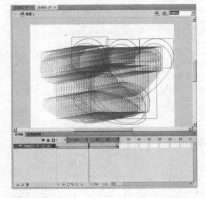

图 6-45

6.4.3 编辑绘图纸中的多个帧

可以对绘图纸中的多个帧同时进行编辑。

01 打开光盘中的原始文件，单击时间轴上的"编辑多个帧"按钮，如图 6-46 所示。

02 同时对选定为绘图纸区域中的关键帧进行编辑，可以改变对象的大小、颜色、位置、角度等，如图 6-47 所示。

图 6-46

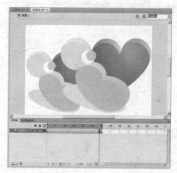

图 6-47

6.4.4 修改绘图纸标记

使用绘图纸工具，可以同时显示或编辑多个帧的内容，更便于对整个影片中对象的定位的安排。修改绘图纸标记的方法如下：

01 打开光盘中的原始文件，单击时间轴上的 "修改绘图纸标记" 按钮，如图 6-48 所示。

02 在弹出的快捷菜单中选择 "始终显示标记" 命令，如图 6-49 所示。

图 6-48

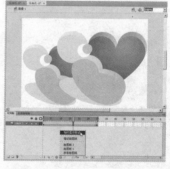

图 6-49

Tip 技巧提示

"修改绘图纸标记" 按钮的主要功能就是修改当前绘图纸的标记。通常情况下，移动播放头的位置，绘图纸的位置也会随之发生相应的变化。单击该按钮，会弹出一个菜单，里面包括 5 个命令，分别是 "始终显示标记"、"锚记绘图纸"、"绘图纸 2"、"绘图纸 5" 和 "所有绘图纸"。

始终显示标记：选择该命令后，无论是否启用绘图纸模式，绘图纸标记都会显示在时间轴上。

锚记绘图纸：选择该命令后，将时间轴上的绘图纸标记锁定在当前的位置，不再随着播放头的移动而发生位置上的改变。

绘图纸 2：在当前帧的左右两侧只显示两帧。

绘图纸 5：在当前帧的左右两侧只显示 5 帧。

所有绘图纸：显示当前帧两侧的所有帧。

Chapter 07

资源的导入与使用

Flash CS4 可导入和创建多种资源来填充 Flash 文档，这些资源在 Flash 中作为元件、实例和库资源进行管理。合理地选择如何以及何时使用这些资源，可以大大提高工作效率。

7.1 元件的创建及使用

元件是指在 Flash 创作环境中创建过一次的图形、按钮或影片剪辑，并且在整个文档或其他文档中重复使用的对象。

在 Flash 中有图形、按钮和影片剪辑 3 种类型的元件，这些元件都有其各自的时间轴、舞台和图层，所以在创建元件时要先选择元件的类型。下面就来详细介绍这 3 种元件。

7.1.1 图形元件的创建

图形元件通常由影片中使用多次的静态图形或者不需要控制的连续动画片段组成。使用图形元件制作的影片效果不可以用动作脚本控制。如果需要使用脚本控制，就要将影片制作成影片剪辑元件。图形元件和影片的主时间轴是同步运行的，交互式控制和声音不会对图形元件的动画序列起任何作用。

下面我们来了解图形元件的创建方法，其操作步骤如下：

01 新建 Flash 文件，执行"插入/新建元件"命令，弹出"创建新元件"对话框，在"名称"文本框中输入"xiaoren"，在"类型"下拉列表中选择"图形"选项，单击"确定"按钮，如图 7-1 所示。

02 在图形元件编辑舞台上绘制一个小人，或者直接导入某素材的图形，按 Ctrl+A 组合键将舞台上的对象全选中，再执行"修改/组合"命令，或按 Ctrl+G 组合键将对象组合，如图 7-2 所示。

图 7-1

图 7-2

03 回到主场景，执行"窗口/库"命令，从"库"中把"xiaoren"图形元件拖入主场景中，并调整图形元件的大小。如果不满意，只要双击这个组合就能进入该组合的编辑场景，这样动画图形元件就完成了，如图 7-3 所示。

图 7-3

> **Tip** 技巧提示
>
> 元件可以包含从其他应用程序中导入的插图。创建的任何元件都会自动成为当前文档的库的一部分。

7.1.2 按钮元件的创建

使用按钮元件可以创建用于响应鼠标弹起、指针经过、按下和单击 4 种动作的交互式按钮。可以定义与各种按钮状态关联的图形，然后将动作指定给按钮实例。

按钮的时间轴中的每一帧都有特定的功能和固定的名称。下面详细讲解 4 种按钮的含义，只有理解了它们之间的关系，才能制作出具有互动效果的按钮。

弹起状态：表示在鼠标指针没有滑过按钮或者单击按钮后又立即释放时的状态。

指针经过状态：表示在鼠标指针经过按钮时的状态。

按下状态：表示在使用鼠标单击按下按钮时的状态。

单击状态：表示自定义的可以响应鼠标单击动作的有效区域。这帧中定义的区域在影片中是看不见的，但它可以自定义按钮响应鼠标的最大区域。如果这一帧没有自定义图形，鼠标的响应区域则由指针经过和弹起这两帧的图形来执行。另外，也可以使用动作脚本中的 MovieClip 动态地创建按钮。

创建按钮元件的步骤如下：

01 执行"文件 / 新建"命令，创建一个新的文档，导入一张底图作为背景，如图 7-4 所示。

02 执行"插入 / 新建元件"命令，弹出"创建新元件"对话框，设置其名称为"zhuang"，设置其类型为"按钮"，如图 7-5 所示。

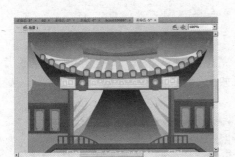

图 7-4

图 7-5

03 单击"确定"按钮，进入按钮编辑区域，创建"弹起状态"的按钮图像。可以直接在舞台上绘制，也可以导入一幅图形或者在舞台上置入另外一个元件实例。例如，在这个按钮编辑舞台中导入一幅图形，如图 7-6 所示。

04 选择第 2 帧"指针经过"，单击鼠标右键，选择"插入空白关键帧"命令，在"指针经过"状态下导入新的图形，作为鼠标经过时的按钮外观，如图 7-7 所示。

图 7-6

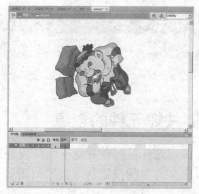

图 7-7

05 选择第 3 帧"按下",单击鼠标右键,选择"插入空白关键帧"命令,在"按下"状态处导入第 1 帧的图像,作为鼠标按下按钮时的外观,如图 7-8 所示。

06 选择第 4 帧"点击",单击鼠标右键,选择"插入空白关键帧"命令,在舞台上绘制出一个和按钮一样大小的白色矩形,这个矩形在影片播放时是看不见的,如图 7-9 所示。

图 7-8

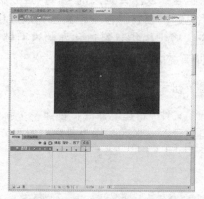

图 7-9

07 制作好按钮后,回到主场景,执行"窗口 / 库"命令,从"库"中把元件拖入主场景,并调整按钮元件的大小,如图 7-10 所示。

08 完成后,按 Ctrl+Enter 组合键,预览影片,如图 7-11 和图 7-12 所示。

图 7-10

图 7-11

图 7-12

Tip 技巧提示

在默认情况下，Flash 在创建按钮元件的实例时会将按钮设置为禁用状态，这样在编辑影片的时候不会响应按钮操作，可以更好地选择和处理按钮。

7.1.3 影片剪辑元件的创建

影片剪辑是 Flash 中最具交互性、用途最多、功能最强的一种元件。使用影片剪辑元件可以创建可重用的动画片段。影片剪辑拥有各自独立于主时间轴的多帧时间轴，可以将多帧时间轴看做是嵌套在主时间轴内的，它可以包含交互式控件、声音甚至其他影片剪辑实例。也可以将影片剪辑实例放在按钮元件的时间轴内，以创建动画按钮。此外，还可以使用 ActionScript 对影片剪辑进行改编。

使用影片剪辑对象的动作和方法可以对影片剪辑进行拖动、加载等控制。要想控制影片剪辑必须通过目标路径来指明它所在的位置。接下来我们用实例来具体说明。

01 新建一个 Flash 文档，执行"文件 / 导入 / 导入到舞台"命令，导入素材图片到舞台中，如图 7-13 所示。

02 选择工具箱中的任意变形工具，对舞台中的图形大小和位置进行调整，将其作为背景，如图 7-14 所示。

图 7-13

图 7-14

03 调整后，锁定"图层 1"，执行"插入 / 新建元件"命令，或按 Ctrl+F8 组合键，弹出"创建新元件"对话框，设置"名称"为"wu"，设置"类型"为"影片剪辑"，如图 7-15 所示。

04 单击"确定"按钮，进入影片剪辑的编辑区域，执行"文件 / 导入 / 导入到舞台"命令，导入素材图像，如图 7-16 所示。

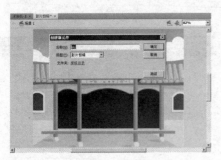

图 7-15

图 7-16

05 为了制作动画效果，我们把人物的各个部分转换成图形元件，如图 7-17 所示。

06 在时间轴的第 20 帧处插入关键帧，执行"修改 / 元件 / 交换元件"命令，如图 7-18 所示。

图 7-17

图 7-18

07 选择工具箱中的任意变形工具，调整人物拿刀的动作，如图 7-19 所示。

08 在时间轴的第 40 帧处插入关键帧，选择工具箱中的任意变形工具，调整人物抬臂的动作，如图 7-20 所示。

图 7-19

图 7-20

09 在时间轴的第 60 帧处插入帧，用来延长最后一个动作，以使其跟第一个动作之间有一个缓冲，如图 7-21 所示。

10 回到场景中，将做好的元件拖入到舞台中，放到合适的位置，并进行调整，如图 7-22 所示。

图 7-21

图 7-22

11 完成后，按 Ctrl+Enter 组合键，预览影片，如图 7-23、图 7-24 和图 7-25 所示。

图 7-23

图 7-24

图 7-25

Tip 技巧提示

　　影片剪辑可以包含比主场景多的帧数并作为一个独立的对象出现，其内容可以是图形元件、按钮元件和影片剪辑元件，并且支持嵌套功能，这种嵌套功能在影片剪辑中发挥的作用非常大。

　　当把一个影片剪辑实例置入另一个影片剪辑的时间轴上时，被置入的影片剪辑就是子级剪辑，原影片剪辑是父级剪辑，父级剪辑实例包含子级剪辑实例。影片剪辑的父子关系是一种树形结构，根目录相当于 Flash 影片的主时间轴，是其他目录的父级，而子目录则类似于影片剪辑。可以使用影片剪辑的树形结构来组织相关的可视对象，对父级剪辑所做的任何更改都会在其子级剪辑上执行。

7.1.4 将位图转换为影片剪辑

　　除了前面讲的创建影片剪辑元件的方法外，还可直接将舞台中的对象转换为影片剪辑元件。下面通过实例介绍转换的具体操作方法。

01 新建一个 Flash 文档，执行"文件/导入/导入到舞台"命令，导入一张位图并将其打散，如图 7-26 所示。

02 选择工具箱中的魔术棒工具，将多余的部分选中并进行删除，如图 7-27 所示。

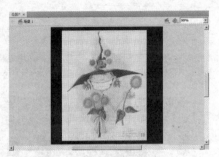

图 7-26

图 7-27

03 选中图像，执行"修改 / 转换为元件"命令，或按 F8 键，弹出"转换为元件"对话框，设置名称为"向日葵"，如图 7-28 所示。

04 完成后，单击"确定"按钮，此时元件将自动保存到库中，如图 7-29 所示。

图 7-28

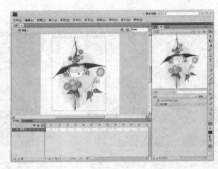

图 7-29

7.1.5 将动画转换为影片剪辑

要想将做好的动画转换为影片剪辑，首先要将该动画创建为元件，虽然被选取的对象还在舞台上，但它实际上已经变成元件的实例了。将动画转换成影片剪辑的具体操作步骤如下：

01 按住 Shift 键，在制作好的动画的时间轴左侧的图层编辑区中选取所有的图层，如图 7-30 所示。

02 在时间轴中的帧上单击鼠标右键，然后从弹出的菜单中选择"复制帧"命令，或者执行"编辑 / 复制帧"命令，复制所有的动画帧，如图 7-31 所示。

图 7-30

图 7-31

03 执行"插入／新建元件"命令，或按Ctrl+F8 组合键，弹出"创建新元件"对话框，设置名称为"蔬菜"，设置其类型为"影片剪辑"，如图7-32所示。

04 在时间轴中的帧上单击鼠标右键，然后从弹出的菜单中选择"粘贴帧"命令，或者执行"编辑／粘贴帧"命令，粘贴所有的动画帧，如图7-33所示。

图 7-32

图 7-33

05 此时可以看到舞台中的图像已经生成了元件，元件已经自动保存到库里，如图7-34所示。

图 7-34

7.2 实例的创建及使用

创建元件之后，可以在文档中任何地方（包括在其他元件内）创建该元件的实例。当修改元件时，Flash会更新元件的所有实例。

7.2.1 创建实例

创建实例的方法很简单：选中库中的元件，按住鼠标左键拖动到舞台上，再释放鼠标就完成了。

影片剪辑实例的创建和包含动画的图形实例的创建是不一样的。影片剪辑只需要一个帧就可以播放动画，且在编辑环境中是不能演示动画的，而包含动画的图形实例必须在与其元件同样长的帧中放置，只有这样才能播放完整的动画。如图7-35与图7-36所示分别为影片剪辑元件及其实例。

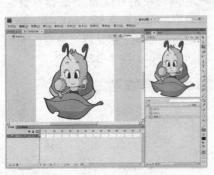

图 7-35

图 7-36

7.2.2 编辑实例颜色

每个元件实例都可以有自己的色彩效果。为了让动画显得更为生动，制作者可以改变实例的属性。

元件的每一个实例都可以有不同的颜色效果。单击实例"属性"面板"色彩效果"栏中的"样式"下拉按钮，在其下拉列表中有 5 个选项，如图 7-37 所示。

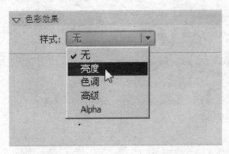

图 7-37

> **Tip** 技巧提示
>
> 除非另外指定，否则实例的行为与元件的行为相同。对实例所做的任何更改都只影响实例，并不影响元件。

亮度：用来调整图像的相对亮度和暗度。亮度值在 -100%~100% 之间，100% 为白色，-100% 为黑色，默认值为 0。可以拖动滑块来调节，也可以直接输入数字，设置不同亮度的效果如图 7-38、图 7-39 和图 7-40 所示。

图 7-38

图 7-39

图 7-40

色调：对实例进行着色操作。可以在颜色框中调出想要的颜色，然后在其后拖动滑块调节色调的百分比。0 表示选定的颜色是透明的，没有影响，100% 表示完全被选定的颜色覆盖。色调调整效果如图 7-41、图 7-42 和图 7-43 所示。

图 7-41

图 7-42

图 7-43

高级：分别调节实例的红色、绿色、蓝色和透明度值。对于在位图这样的对象上创建和制作具有微妙色彩效果的动画，此选项非常有用。左侧的控件可以按指定的百分比降低颜色或透明度的值，右侧的控件可以按常数值降低或增大颜色或透明度的值，如图 7-44、图 7-45 和图 7-46 所示。

图 7-44

图 7-45

图 7-46

Alpha：调节实例的透明度，调节范围是从透明（0）到完全饱和（100%）。0 表示完全透明，看不见，100% 表示完全可以看见，如图 7-47、图 7-48 和图 7-49 所示。

图 7-47

图 7-48

图 7-49

7.2.3 更改实例类型

在舞台上创建实例后，要想改变其类型，可以通过实例"属性"面板来实现。在"属性"面板中，实例的类型下拉列表中有3种类型，分别是"影片剪辑"、"按钮"和"图形"，如图7-50所示。

影片剪辑：选择这种元件类型后，要为实例输入名字，以便在影片中控制这个实例，如图7-51所示。

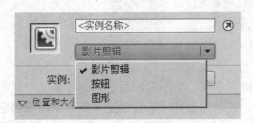

图 7-50

图 7-51

按钮：选择这种元件类型后，单击"音轨"栏下的"选项"下拉列表框，在其下拉列表中有两个选项供选择，如图7-52所示。

图形：选择这种元件类型后，按钮实例"属性"面板如图7-53所示，在"选项"下拉列表中有3个选项供选择。

图 7-52

图 7-53

Tip 技巧提示

各循环选项的含义如下。

循环：按照当前实例占用的帧数来循环包含在该实例内的所有动画序列。

播放一次：从指定帧开始播放动画序列直到动画结束，然后停止。

单帧：显示动画序列的一帧，需要指定要显示的帧。

7.2.4 交换元件

在舞台上创建实例后，可以用另外一个元件替换这个实例，使舞台上出现一个完全不同的实例，而原来的实例属性不会改变。

选取舞台上的实例，在工作区右侧显示出该实例的"属性"面板，如图 7-54 所示。在实例的"属性"面板中单击"交换"按钮，弹出"交换元件"对话框，在"交换元件"对话框中选择要替换的元件，同时可以在左侧的图框中观看该元件的微缩图，确认后单击"确定"按钮即可完成替换，如图 7-55 所示。

图 7-54

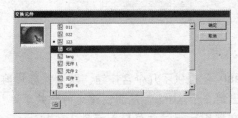

图 7-55

为动画添加声音可以起到烘托动画效果的作用，使动画更加生动，更具有表现力。利用 Flash 提供的一些控制音频的方法可以使声音独立于时间轴循环播放。可以专门为动画配上一段声音，或为按钮添加某种声音，还可以设置声音的渐入渐出效果。

Flash 可以控制两种类型的音频，一种是事件音频，另一种是流式音频。

7.3 库资源的使用及共享

Flash 文档中的库用于存储在 Flash 创作环境中创建的或在文档中导入的媒体资源。库中包含已添加到文档的所有组件。组件在库中显示为编译剪辑。在 Flash 中可以打开任意 Flash 文档的库，将该文档的库项目用于当前文档。可以在 Flash 应用程序中创建永久的库，只要启动 Flash 就可以使用这些库。

7.3.1 两种类型的库

库分为专用库和公用库，下面将分别介绍这两种库的特点。

专用库

执行"窗口 / 库"命令或直接使用 Ctrl+L 组合键，将弹出当前文件的专用库，前面提到的库大部分都是这种类型的库，如图 7-56 所示。这种库的文件和文件夹包含了当前编辑环境下的所有元件、声音、导入的位图、视频及其他对象，就像电影中每个角色的集合。无论在当前编辑的动画中某个实例出现了多少次、变了多少模样、换了多少位置，它都只能作为一个元件被放入库中。

图 7-56

预览框：选择元件库中的某一个元件，该元件将显示在预览框中。当选择元件的类型是影片剪辑或声音文件时，预览框的右上角就会出现 ■ ▶ 按钮，单击 ▶ 按钮可以在预览框中欣赏影片剪辑或声音。

"新建元件"按钮：单击该按钮，可以打开"创建新元件"对话框，选择元件的类型。

"新建文件夹"按钮：单击该按钮，可以创建一个元件文件夹。

"属性"按钮：单击该按钮，可以打开"元件属性"对话框，在其中可以修改元件的类型。

公用库

Flash 还提供了几个含按钮、图形、影片剪辑和声音的范例库。可以将库资源作为 SWF 文件导出到一个 URL，从而创建运行时共享库，这样即可从 Flash 文档链接到这些库资源，而这些文档用运行时共享导入元件。

执行"窗口 / 库"命令，可以在其级联菜单中看到"声音"、"按钮"、"类"三个命令。

声音库：执行"窗口 / 公用库 / 声音"命令，将弹出声音库，其中包括多种声音，双击"播放"按钮，可以进行试听，如图 7-57 所示。

按钮库：执行"窗口 / 公用库 / 按钮"命令，弹出按钮库，如图 7-58 所示。其中包含多个文件夹，双击其中的某个文件夹将其打开，即可看见该文件夹中包含的多个按钮。单击选中其中一个，便可以在预览框中预览它，预览框中右上角的"播放"按钮和"停止"按钮可以用来查看按钮效果。

类库：执行"窗口 / 公用库 / 类"命令，打开该库，可以看见其中有"DataBindingClasses"（数据绑定）、"UtilsClasses"（组件）及"WebServiceClasses"（网络服务）3 个选项，如图 7-59 所示。

图 7-57

图 7-58

图 7-59

7.3.2 库资源的管理

所谓的库资源是对 Flash 库中的所有项目元件和各种引进的元件的通称。

利用库文件夹来组织库资源

当用户接手一些大的项目时，会发现 Flash 文档库中的库资源越来越多，此时就可以用文件夹来管理库资源，具体步骤如下：

01 从"库"面板的选项菜单中选择"新建文件夹"命令，一个新的文件夹将出现在"库"面板中，为了方便查找，可以为文件夹命名，如图 7-60 所示。

02 将应归类到这个文件夹中的库资源拖放到该文件夹上，然后释放鼠标即可，如图 7-61 所示。

03 要想再次看到和使用库文件夹中的库资源，只要双击该库文件夹即可，如图 7-62 所示。

图 7-60

图 7-61

图 7-62

库文件夹可以通过嵌套形成层级系统，可以在库文件夹中再创建子文件夹，方法是：选中库文件夹中的某个项目，然后从"库"面板的选项菜单中选择"新建文件夹"命令，也可以直接在库中创建，然后单击鼠标右键，从弹出的快捷菜单中选择"移至新文件夹"命令。

删除未使用的项目

在操作过程中，由于不停地对 Flash 文档进行修改，Flash 文档库中总会留下一些垃圾资源，尽管这些垃圾资源不会被发布到最终的 SWF 文件中，但由于它们的存在，经常会把真正的库资源淹没掉，因此，应该从库中删除那些没有在文档中使用过的库资源。

要删除库中的垃圾项目，只需在"库"面板的选项菜单中选择"选择未用项目"命令，这样"库"面板中所有的垃圾项目就都被选中了，然后在其上单击鼠标右键，从弹出的快捷菜单中选择"删除"命令即可，如图 7-63 所示。

图 7-63

在删除的过程中，Flash 会自动将所有引入的文件夹保留下来，即使这些文件夹在文档中没有使用过。

更新引入的文件

把某些文件引入 Flash 后，可能会在 Flash 软件以外再对这些文件进行编辑，为了使引入 Flash 的文件也能使用到它们的最新版本，可以更新引入的文件。

对于引入的位图和声音文件，只需在库面板中的项目上单击鼠标右键，从弹出的快捷菜单中选择"属性"命令，在出现的对话框中单击"更新"按钮即可，如图 7-64 所示。

图 7-64

在文档间交流库资源

有时可能希望某个 Flash 文档库中的库资源也能够在另一个 Flash 文档中使用。要实现这点，有以下几种方法。

通过复制和粘贴来交流库资源：

① 将源文档和目标文档打开，在源文档的舞台中选择要在目标文档中使用的项目，单击鼠标右键，然后在弹出的快捷菜单中选择"复制"命令。

② 通过单击文档窗口顶部的文档选项卡切换到目标文档中，在目标文档的舞台中单击鼠标右键，从弹出的快捷菜单中选择"粘贴"命令即可。

通过拖放来交流库资源：

① 将源文档和目标文档打开，在源文档的"库"面板中选择需要的那个库资源。

② 将选中的库资源拖放到目标文档的"库"面板中即可。

通过打开外部库来交流库资源：

① 打开目标文档，然后选择"文件 / 导入 / 打开外部库"命令。

② 在出现的对话框中选择要作为库打开的源文件，然后单击"打开"按钮。

③ 将源库面板中所需的库资源拖放到目标文档的库面板中即可。

解决库资源间的冲突

在文档间交流库资源时，假如在目标文档的"库"面板中己经有一个与要交流的库资源同名的库资源，并且这两个库资源的修改时间不同或它们的类型不同，则会出现"解决库冲突"对话框，如图 7-65 所示。

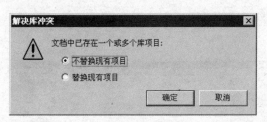

图 7-65

如果希望用交流的库资源替换目标文档中原本的库资源，则选中"替换现有项目"单选按钮，然后单击"确定"按钮，这样目标文档中的该库资源及所有的实例都会被替换。

如果不希望进行替换，则选中"不替换现有项目"单选按钮，然后单击"确定"按钮即可。

7.3.3 库资源的共享

下面将介绍如何在创作期间共享库资源，共享库资源允许在多个目标文档中使用来自一个源文档的库资源。对于运行时共享资源，源文档的资源是以外部文件的形式链接到目标文档中的。运行时资源在文档回放期间加载到目标文档中。在创作目标文档时，包含共享资源的源文档并不需要放在本地网络上。为了让共享资源在运行时可供目标文档使用，源文档必须发布到 URL 上。对于创作期间的共享资源，可以用本地网络上任何其他可用元件来更新或替换正在创作的文档中的任何元件。在创作文档时更新目标文档中的元件后，目标文档中的元件保留了原始名称和属性，但其内容会被更新或替换为所选元件的内容。使用共享库资源可以优化工作流程和文档资源管理。

在创作期间共享库资源

所谓在创作期间共享库资源就是在创作期间用一个外部的 Flash 文档中的元件来替换当前正在创作的 Flash 文档中的元件内容。

下面通过例子来展示在创作期间共享库资源的方法：

01 创建一个含有要被其他文档共享元件的 Flash 文档。该文档中那个要被共享的元件是一个影片剪辑，名为 shareSymbol，将该文档命名为 shareFLV.fla。

02 创建一个共享 shareFLV.fla 中的 shareSymbol 元件的 Flash 文档，将这个文档命名为 useShareFLV.fla，在该文档中新建一个元件，将其命名为 useShareSymbol，这个元件就是要用做傀儡或管道的那个元件，因此对元件的类型没有要求。

03 在"库"面板中的 useShareSymbol 元件上单击鼠标右键，在快捷菜单中选择"属性"命令，通过单击"高级"按钮使"元件属性"对话框中默认被隐藏的部分显示出来，如图 7-66 所示。

04 单击"源"栏中的"浏览"按钮，在弹出的"查找 FLA 文件"对话框中选择 shareFLV.fla 文件，单击"打开"按钮，在弹出的"选择源元件"对话框的元件列表中选择 shareSymbol 元件，然后单击"确定"按钮，如图 7-67 所示。

图 7-66

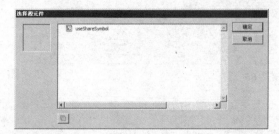

图 7-67

05 在"元件属性"对话框中勾选"总是在发布前更新"复选框，然后单击"确定"按钮即可，如图 7-68 所示。

06 如果在"库"面板中双击 useShareSymbol 元件，想对其进行编辑，则将看到如图 7-69 所示的对话框。此对话框表明该元件使用了共享的元件，应该去编辑那个源元件而不是该元件。如果想断开该元件和源元件之间的联系，则可以单击"是"按钮，这样源元件更新时该元件将不会再被更新。否则，单击"否"按钮。

图 7-68

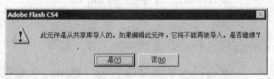

图 7-69

在运行时共享库资源

共享库资源的好处是可以把要在多个文档中重复使用的库资源从这些文档中剥离出来作为一个单独的 SWF 文件保存，其他需要使用该库资源的 SWF 文件只需要在运行时动态地调用它即可，这可以明显地减小文档的体积。

实现在运行时共享资源的思想主要体现在以下 4 个方面。

第一，被共享的库资源保存在一个可以被称之为共享库的 SWF 文件中，这个 SWF 文件一般应该放置在一个网站中，以便可以被共享其内容的其他 SWF 文件调用。

第二，为了能够使用共享的库资源，运行时对共享库资源进行调用的 Flash 文档中需要有一个能够充当傀儡的元件（或库资源），共享的库资源将通过这个傀儡元件在运行时被调用。

第三，尽管没有明确的规定，但使用与被共享的库资源相同类型的元件（或库资源）作为傀儡元件（或库资源）总是更为稳妥的选择。

第四，为了能够在对共享库资源进行调用的 Flash 文档中瞄准那个共享的库资源，共享的库资源需要被赋予一个标识符。

此外，在运行时共享库资源有以下 3 点要注意。

第一，为了能够赋予共享的库资源一个人工命名且便于记忆的标识符，必须在"创建新元件"对话框中勾选"为 ActionScript 导出"复选框或勾选"为运行时共享导出"复选框共享库资源，因为只有勾选了这两项中的一项后，标识符文本框才会变为可用状态。同时，勾选这两项后，也可以确保共享的库资源一定会被导出到 SWF 文件中。

第二，尽管勾选"为运行时共享导出"复选框似乎更符合在运行时共享库资源的目的，但实际上，只要这个共享库资源被保存在了共享 SWF 文件中，并且有一个标识符，对于进行调用的 Flash 文档来说就足够了。因此，勾选"为 ActionScript 导出"复选框也是完全可以的，且在这种情况下，不需要指明包含共享库资源的共享 SWF 文件的 URL 路径。

第三，影片剪辑元件、按钮元件、图形元件、字体元件以及声音文件和位图文件都可以作为共享库资源，但视频文件不能作为共享库资源。

理解了共享库资源的概念和原理，就可以举一反三地运用它了。有关共享字体元件和共享声音，我们在前面的章节中已经见过了。下面我们来看看如何共享位图，主要有以下两种方案。

一种方案是直接共享位图文件，即把位图文件作为共享库资源导出到作为共享库的 SWF 文件中，然后在进行调用的 Flash 文档中引入一个位图文件，把该位图文件作为傀儡库资源，并把它拖放到舞台中，在"库"面板中对该傀儡进行设置，让其链接到共享的位图文件，即可实现在运行时调用库资源的目的。这本应是一种可选的方案，然而由于 Flash 的缺陷，导致该方案失败，该缺陷只存在于 Flash 中文版中。

另一种方案是把位图放置到一个影片剪辑元件中，然后把该影片剪辑元件作为共享库资源导出到作为共享库的 SWF 文件中，最后在进行调用的 Flash 文档中创建一个影片剪辑元件作为傀儡元件对共享库资源进行调用。这种方案可以顺利执行。下面就让我们看看如何用这个方案来共享位图。

01 创建用做共享库的 Flash 文档，创建一个新的影片剪辑元件，可以将其命名为 shareJPG。

02 在 shareJPG 的编辑舞台中放置要共享的那个位图。

03 在"库"面板的 shareJPG 元件上单击鼠标右键，从弹出的快捷菜单中选择"属性"命令，在"元件属性"对话框中勾选"为运行时共享导出"或"为 ActionScript 导出"复选框，在"标识符"文本框中输入一个具有唯一性的名字用做识别该共享库资源的标识符，如图 7-70 所示。如果勾选"为运行时共享导出"复选框，还必须在 URL 文本框中输入这个用做共享库的 Flash 文档发布出的 SWF 文件在 Web 上将要存放的位置。

图 7-70

04 设置好后，单击"确定"按钮。

05 将该文档保存为 shareJPG.fla，并发布出 shareJPG.swf 文件。

06 创建对 SWF 文件中的共享库资源进行调用的那些 Flash 文档中的一个。打开一个新文档，创建一个新的影片剪辑元件，将其命名为 useSHAREJPG，它将被用做傀儡元件。

07 将 useSHAREJPG 元件拖放到舞台上。

08 在"库"面板中的 useSHAREJPG 元件上单击鼠标右键，从弹出的快捷菜单中选择"属性"命令，在打开的对话框的"共享"栏中勾选"为运行时共享导入"复选框，在"标识符"文本框中输入那个共享的库资源的标识符，在 URL 文本框中输入作为共享库的 Flash 文档发布出的 SWF 文件在 Web 上的 URL 路径，如图 7-71 所示。

图 7-71

09 设置好后，单击"确定"按钮即可。

7.4 导入文件

Flash CS4 可以使用在其他应用程序中创建的插图，包括各种文件格式的位图和矢量图形。

7.4.1 导入位图文件

Flash 可以很方便地导入使用其他程序制作的图像文件，主要导入位图图像，但是位图图像会增加 Flash 文件的大小，不过在"位图属性"对话框中可以对图像进行压缩，下面通过实例进行介绍。

01 新建一个 Flash 文件，选择"文件/导入/导入到舞台"命令，如图 7-72 所示。

02 在打开的"导入"对话框中选择图像，单击"打开"按钮，如图 7-73 所示。

图 7-72

图 7-73

Tip 技巧提示

　　如果导入的图像是序列中文件名以某一个数字结尾的文件，而且该序列中的文件位于相同的文件夹中，则Flash会自动将其识别为位图图像序列，这时，会自动弹出一个提示框，如图7-74所示，提示"此文件看起来是图像序列的组成部分。是否导入序列中的所有图像？"。如果单击"是"按钮，Flash将导入这个序列中所有的图像，如果单击"否"按钮，将只导入选中的图像。

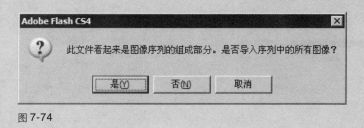

图7-74

---

03 此时在工作区中的库里可以看到导入的图像，如图7-75所示。

图7-75

04 为了减小图像的大小，选中库中的位图，单击鼠标右键，选择快捷菜单中的"属性"命令，如图7-76所示。

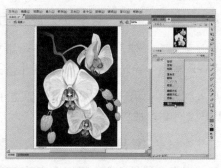

图7-76

05 此时会打开图像的"位图属性"对话框，为了对导入的位图图像进行压缩，取消选中"使用导入的JPEG数据"单选按钮，如图7-77所示。如果选中"自定义"单选按钮，可在其后的文本框中设定0~100之间的数值来控制图像的质量，输入的数值越高，图像压缩后的质量越高，图像的体积就会越大。

06 单击"确定"按钮，返加主场景，然后执行"文件/导出/导出影片"命令，打开"导出影片"对话框，输入导出的影片的文件名，单击"保存"按钮即可，如图7-78所示。

图 7-77

图 7-78

07 打开"发布设置"对话框，在"JPEG 品质"栏中可以设置 JPEG 的压缩数值，设置完成后，单击"确定"按钮即可，如图 **7-79** 所示。

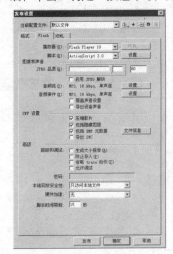

图 7-79

7.4.2 导入外部文件的菜单命令

执行"文件 / 导入"命令，将弹出级联菜单，其中包括以下命令。

导入到舞台：使用此命令可以将外部文件同时导入到工作区和库中，可以导入外部文件或者 SWF 文件，导入的 SWF 文件会生成关键帧。

导入到库：使用该命令可以将外部文件导入到库，可以导入外部文件或 SWF 文件，导入的 SWF 文件将生成影片剪辑。

打开外部库：使用该命令可以在当前影片文件中打开其他 Flash 文件的库。

导入视频：使用该命令可以在当前文件中打开本地计算机或已经部署到 Web 服务器上的视频文件。

执行"修改 / 位图 / 转换位图为矢量图"命令，可以将位图矢量化，这样就可以使用矢量化后的图片制作文字效果。

转换位图的具体操作步骤如下：

01 执行"文件 / 导入 / 导入到舞台"命令，将光盘中提供的素材文件导入到舞台中，如图 **7-80** 所示。

图 7-80

02 执行"修改 / 位图 / 转换位图为矢量图"命令，打开"转换位图为矢量图"对话框，如图 **7-81** 所示。

图 7-81

03 将"颜色阈值"设为80,"最小区域"设
为8像素,"曲线拟合"设为像素,"角阈
值"设为较多转角,单击"确定"按钮,
位图矢量化后的效果如图7-82所示。

图 7-82

Tip | 技巧提示

"转换位图为矢量图"对话框中各参数的含义如下。

颜色阈值:设置值越大,识别颜色的能力越弱。

最小区域:设置值越大,识别像素区域越广,颜色越单调。

曲线拟合:用来调整曲线的弧度。

角阈值:用来设置转角。

7.4.3 导入 Illustrator 文件

Flash 可以导入和导出 Illustrator 文件,将 Illustrator 文件导入到 Flash 中时,可以像其他
Flash 对象一样进行处理。

01 新建一个Flash文件,选择"文件/导入/
导入到舞台"命令,在"导入"对话框中
找到要导入的Illustrator文件,如图7-83
所示。

02 单击"打开"按钮,打开导入到舞台对话
框,针对图层、图像、路径可以设置不同
的导入选项,如图7-84、图7-85和图7-
86所示。

图 7-83

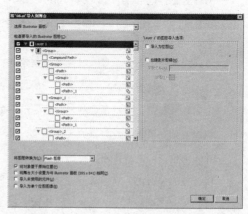

图 7-84

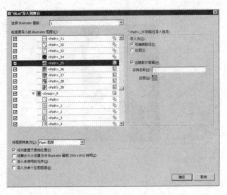

图 7-85

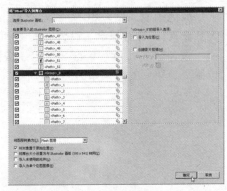

图 7-86

03 使用默认参数,单击"确定"按钮,
Illustrator 文件被导入到舞台的效果如
图 7-87 所示。

图 7-87

Tip 技巧提示

导入到舞台对话框中各选项的含义如下。

将图层转换为:选择"Flash 图层"选项会将 Illustrator 文件中的每个层都转换为 Flash 文件中的一层。
选择"关键帧"选项会将 Illustrator 文件中的每个层都转换为 Flash 文件中的单个平面化的层。

将对象置于原始位置:在 Photoshop 或 Illustrator 文件中的原始位置放置导入的对象。

将舞台大小设置为与 Illustrator 画板/(裁剪区域)相同:导入后,将舞台尺寸和 Illustrator 的画板/(裁
切区域)设置成相同的大小。

导入未使用的元件:导入时,将未使用元件一并导入进来。

导入为单个位图图像:导入为单一的位图图像。

创建影片剪辑:将指定层创建为影片剪辑的实例名称。

实例名称:设置影片剪辑的实例名称,并可在其下设置注册点位置。

导入为位图:将指定层以位图的形式导入。

拼合位图以保持外观:将位图图层压平,保持原有的外观。

导入为:设置导入为可编路径或位图。

7.4.4 导入 Photoshop 文件

Flash 可以导入和导出 Photoshop 的 PSD 文件。将 Photoshop 文件导入到 Flash 中时，可以像其他 Flash 对象一样进行处理。

01 新建一个 Flash 文件，选择"文件／导入／导入到舞台"命令，在"导入"对话框中找到要导入的 Photoshop 文件，如图 7-88 所示。

图 7-88

02 单击"打开"按钮，打开导入到舞台对话框，针对图像图层、文字图层、图层组有不同的设置，如图 7-89、图 7-90 和图 7-91 所示。

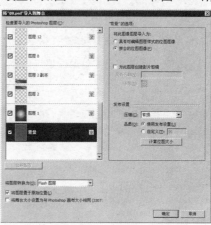

图 7-89

图 7-90

图 7-91

03 针对背景层、文本层使用默认参数，单击"确定"按钮后，PSD 文件被导入到舞台，如图 7-92 所示。

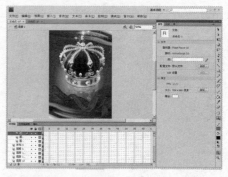

图 7-92

Tip 技巧提示

　　在进行图像图层设置时，选中"具有可编辑图层样式的位图图像"单选按钮，可将图像导入为带有可编辑图层样式的位图图像，选中"拼合的位图图像"单选按钮，可将图像导入为压平的位图图像。其他一些选项含义如下。

　　文字图层设置：可选择"可编辑文本"、"矢量轮廓"、"拼合的位图图像"中的某一项，将文字图层导入为相应的对象。

　　为此图层创建影片剪辑：为所选图层创建影片剪辑元件。

　　实例名称：设置影片剪辑的实例名称。

　　注册：设置影片剪辑实例的注册点位置。

　　压缩：设置压缩方式为"有损"或"无损"。

　　品质：可选中"使用发布设置"或"自定义"单选按钮设置图像品质。

　　计算位图大小：单击该按钮后可计算出当前位图的大小。

Chapter 08

声音和视频的应用

Flash 除了能够很好地表现动画效果外，它对声音的处理也是相当出色的，可以将声音附加到不同类型的对象，并用各种方式触发这些声音。此外，Flash 也支持多种视频格式，导入视频后可以通过脚本来创建视频对象的动画。

8.1 声音的应用

Flash CS4 提供了多种使用声音的方式，可以使声音独立于时间轴连续播放，或使用时间轴将动画与音轨保持同步。向按钮添加声音可以使按钮具有更强的互动性，通过声音淡入淡出还可以使音轨更加优美。

8.1.1 声音的类型

Flash 中有两种声音类型：一种是事件声音，另一种是音频流（流式声音）。

事件声音：用户可以把事件声音设置为单击按钮的声音，也可以将它们作为影片中的循环音乐。加入事件声音的 Flash 动画要放置在网页中，必须等声音完全下载后才能开始播放，除非明确停止，否则它将一直连续播放。

音频流：流式声音可以说是 Flash 的背景音乐。它与动画的播放同步，只需要下载影片开始的几帧就可以播放。

如果正在为移动设备创作 Flash 内容，则 Flash 还会允许在发布的 SWF 文件中包含设备声音。设备声音以设备本身支持的音频格式编码，如 MIDI，MFi 或 SMAF。

可以使用共享库将声音链接到多个文档。还可以使用 ActionScript 2.0 onSoundComplete 事件或 ActionScript 3.0 onSoundComplete 事件在声音完成时触发一个事件。

可以使用预先编写好的行为或媒体组件来加载声音和控制声音回放。媒体组件还提供了用于停止、暂停、后退等动作的控制器。

8.1.2 设置声音的属性

将声音导入到动画中后，可以对其属性进行设置，包括声音的循环、效果、压缩等各项设置。

双击"库"面板中的声音图标，打开"声音属性"对话框，如图 8-1 所示。在该对话框中，最上面的文本框中显示的是声音文件的名称，下面则是声音文件的路径、创建时间和声音的长度等。

"声音属性"对话框中各按钮的功能如下。

更新：如果导入声音文件后在外部对声音进行了编辑，可以通过单击该按钮更新导入的声音。

导入：单击该按钮，可打开"导入声音"对话框，更换声音文件。

测试：按照新的属性设置播放声音。

停止：停止声音的播放。

在"声音属性"对话框中，单击"压缩"下拉列表框，可以选择对声音进行压缩。声音的压缩可以减

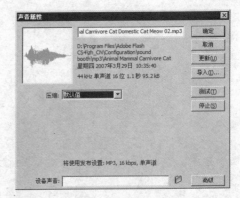

图 8-1

小动画的大小，随着声音采样率和压缩程度的不同，声音的质量和声音的大小也有所不同。声音的压缩倍数越大，采样率越低，声音文件就越小，声音的质量也就越差。下面介绍〝压缩〞下拉列表中的各选项。

ADPCM

设置 16 位的声音数据的压缩。当输出短的事件声音时推荐使用该选项。选择〝ADPCM〞选项后，对话框如图 8-2 所示。

将立体声转换为单声道：勾选该复选框可将立体声转换为单声道的声音。

采样率：设置输入声音的采样率，采样率越高，保真效果就越好，文件也就越大。

采样率包括以下几种。

5KHz：最低的可接受标准，能够达到人说话的声音。

11KHz：标准 CD 比率的四分之一，是最低的建议声音质量。

22KHz：鉴于目前的网速，建议使用 22KHz 的采样率。

44KHz：采用标准 CD 音质，可达到最佳的听觉效果。

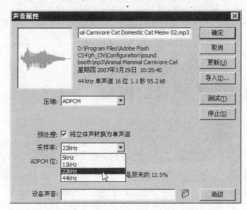

图 8-2

MP3

MP3 是公认的数字音乐格式，并已逐渐成为主流。它最大的特点就是能以较小的比特率、较大的压缩比达到近乎完美的 CD 音质。选择 MP3 压缩方式后，对话框如图 8-3 所示。

比特率：它决定由 MP3 编码器生成的声音的最大比特率。在导出音乐时，将比特率设置为 16kbps 或更高，能达到最佳的效果。

品质：设置发布 Flash 动画时声音的快慢。

品质包括以下 3 种。

快速：压缩速度快，但是声音的质量较低。

中等：压缩速度较慢，但是声音的质量较高。

最佳：压缩速度最慢，但是声音质量最高。

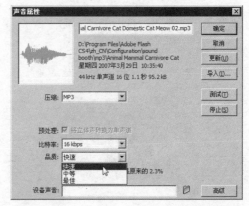

图 8-3

原 始

选择该选项将不能对声音进行压缩，可以设置〝将立体声转换成单声道〞和〝采样率〞，如图 8-4 所示。

语音

用于对语音进行压缩，只能设置"采样率"，如图 8-5 所示。

图 8-4

图 8-5

8.1.3 声音的控制

重复播放

无论声音文件是什么格式的，文件大小都会根据声音的长度而增大。如果影片很长，实在不适合放入等长的声音作为背景音乐，我们可以采用循环播放的方式来解决这个问题。如果希望重复播放某声音文件，只需在"属性"面板中选择"重复"选项后输入重复的次数，或者选择"循环"选项，如图 8-6 所示。

同步

同步是指影片和声音的配合方式，用户可以决定声音与影片是否同步或自行播放。在"同步"下拉列表中可设定声音的播放与停止，如图 8-7 所示。

图 8-6

图 8-7

"同步"下拉列表中各选项的含义如下。

事件：是默认的模式，该模式以声音为主，等声音下载完毕后才开始播放影片。如果声音已经下载完毕，而影片内容还在下载，则会先进行声音的播放。此外，在该模式下如果影片已经播放完成，声音会继续播放，它将会把所有声音播放完成后再结束影片。

开始：在播放前先检查是否正在播放同一个声音，如果是，则放弃这次播放，如果不是，将继续播放。

停止：它不是用来设定播放方式的，而是用来设定播放特定声音的。

数据流：用于在互联网上同步播放声音，最大的好处在于不用等待全部声音下载完毕即可播放。但是也有一个弊端，如果动画下载进度超前于声音，没有播放到的声音部分就直接跳过，而接着播放当前帧分配到的声音部分。

效果

在 Flash 中，同一个声音可以做出不同的效果。方法很简单，只需在"属性"面板的"效果"下拉列表中进行设置，可以使声音以及左右声道发生各种不同的变化，如图 8-8 所示。

自定义效果时，可以由"按制点"来调整音量大小，越往上声音越大，直接拖动"控制点"就可以了。而且可以自由增加"控制点"，只需在音量指示线条上单击并拖动即可，如图 8-9 所示。

图 8-8

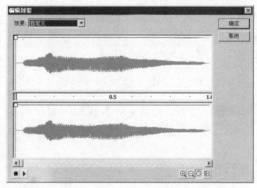

图 8-9

另外，还可以拖动"起点指针"来调整声音文件开始播放的时间。如果拖动的是"结束指针"，改变的则是声音文件结束的时间。

Tip 技巧提示

"效果"下拉列表中各选项的含义如下。

无：不对声音设置特效。

左声道：只在左声道中播放声音。

右声道：只在右声道中播放声音。

向右淡出：将声音从一个声道切换到右声道。

向左淡出：将声音从一个声道切换到左声道。

淡入：在声音的持续时间内逐渐增加其幅度。

淡出：在声音的持续时间内逐渐减小其幅度。

自定义：选择"自定义"选项，可自行建立声音特效。

删除声音

如果用户认为在某一帧处不该出现声音，则在"属性"面板的"声音"栏的"名称"下拉列表中选择"无"选项即可，如图 8-10 所示。

图 8-10

8.2 视频的导入

在 Flash 中可以导入 QuickTime 或 Windows 播放器支持的媒体文件。Flash 添加的 Sorenson Spark 解码器可以直接支持视频文件的播放，在 Flash 中可以对导入的视频对象进行缩放、旋转、扭曲等处理，也可以通过编写脚本来创建视频对象的动画。Flash 支持的视频格式有 MPEG、DV、MOV 和 AVI 等。

Flash CS4 提供了快速的视频导入功能——视频导入向导。视频导入向导可简化视频编码。

01 选择"文件 / 导入 / 导入视频"命令，打开"导入视频"对话框，如图 8-11 所示。

02 单击"启动 Adobe Media Encoder"按钮，弹出"另存为"对话框，如图 8-12 所示。

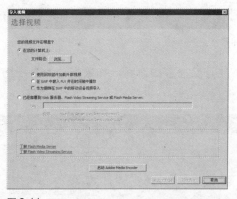

图 8-11

图 8-12

03 单击"保存"按钮，弹出"Adobe Media Encoder"窗口，在其中进行参数设置，如图 8-13 所示。

04 单击"开始队列"按钮，对影片进行解析，如图 8-14 所示。

图 8-13

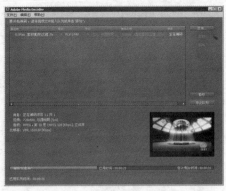

图 8-14

05 执行"编辑/首选项"命令,打开"首选项"对话框,对其参数进行相应的设置,如图 8-15 所示。

06 设置完成后,将对话框关闭,单击"下一步"按钮,加载视频文件的外观。可以自定义视频导航的外观,包括自定义视频导航外观时的 URL 地址以及视频控制的颜色,如图 8-16 所示。

图 8-15

图 8-16

07 单击"下一步"按钮,进入如图 8-17 所示界面。

08 解码完成后,影片即被导入到舞台当中,如图 8-18 所示。

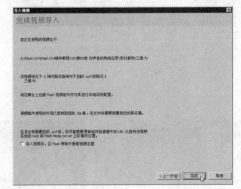

图 8-17

图 8-18

09 按下 **Ctrl+Enter** 组合键预览影片效果，视频自动播放，可以通过控制条对视频进行控制，如图 **8-19** 所示。

图 8-19

Tip 技巧提示

Flash CS4 可以导入的视频文件的种类很多。

常用的 DirectX 9 支持的视频文件有以下几种：

Audio Video Interleaved 文件，扩展名为.avi。

Windows Media 文件，扩展名为.wmv 或.asf。

Motion Picture Experts Group 文件，扩展名为.mpg 或.mpeg。

常用的由 QuickTime 7 支持的视频文件有如下几种：

Audio Video Interleaved 文件，扩展名为.avi。

Motion Picture Experts Group 文件，扩展名为.mpg 或.mpeg。

Quick Time Movie 文件，扩展名为.mov。

Digital Video 文件，扩展名为.dv。

8.3 蓝色心情

Tip 技巧提示

→ 实例目标

通过"蓝色心情"声音按钮设计实例的制作，掌握向按钮添加声音的方法。同时通过对按钮声音的控制，来进一步学习按钮的运用。

→ 技术分析

本实例主要学习为按钮添加声音的方法，重点讲解了给按钮的 4 个状态中"鼠标移过"状态添加短促的声音以制作音效按钮的方法。

最终效果图

制作步骤

01 打开 Flash 窗口，新建一个文档，导入一张素材图片，如图 8-20 所示。

02 执行 "文件 / 导入 / 导入到舞台" 命令，选择文件夹中的声音素材文件，如图 8-21 所示。

图 8-20

图 8-21

03 选择的声音被添加到 "库" 面板中，如图 8-22 所示。

04 在舞台中的按钮元件上单击鼠标右键，选择快捷菜单中的 "在当前位置编辑" 命令，如图 8-23 所示。

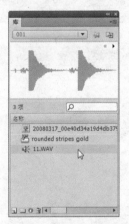

图 8-22

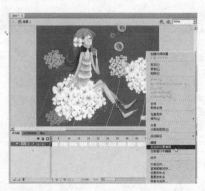

图 8-23

05 进入按钮元件的编辑状态，新建一个图层，在 "指针经过" 帧处插入空白关键帧，如图 8-24 所示。

06 在按钮元件的 "指针经过" 帧中添加一段声音，如图 8-25 所示。

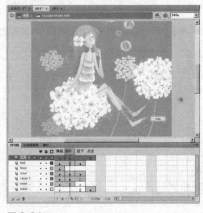

图 8-24

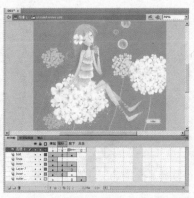

图 8-25

07 在"按下"帧处按 F7 键,并在"属性"面板的"声音"栏中的"名称"下拉列表中选择"无"选项,如图 8-26 所示。

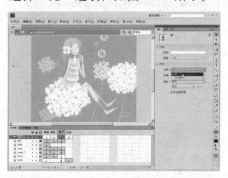

图 8-26

08 按 Ctrl+Enter 组合键预览影片效果,当鼠标指针经过按钮时,会发出清脆的响声,如图 8-27 所示。

图 8-27

8.4 清爽夏天

Tip 技巧提示

→ **实例目标**

在 Flash 动画中,也可以给整个影片添加声音以制作背景音乐效果。通过"清爽夏天"实例的制作,掌握给影片添加背景音乐的方法。

→ **技术分析**

本实例重点讲解给整个影片添加声音以制作背景音乐效果的方法。

最终效果图

01 打开 Flash 窗口,新建一个文档,导入一张素材图片,如图 8-28 所示。

图 8-28

02 执行"文件/导入/导入到舞台"命令,选择文件夹中的声音素材文件,如图 8-29 所示。

图 8-29

03 在时间轴上添加一个新的图层，将声音
从库中拖至舞台中，声音即被添加到新
建图层中，如图 8-30 所示。

04 按下 Ctrl+Enter 组合键预览影片效果，当
播放影片时，可以听到背景音乐的声音，
如图 8-31 所示。

图 8-30

图 8-31

读书笔记

Chapter 09

影片的优化和发布

本章首先介绍 Flash 影片的优化方法，然后介绍 Flash CS4 的几种发布格式：Flash 影片、GIF 文件、JPEG 文件、PNG 文件和 HTML 文件。

9.1 影片的优化

制作 Flash 影片的时候，要切记最终载体是页面。影片文件的大小直接影响到它在网上上传和下载的时间以及播放速度。因此，我们在发布影片之前应对动画文件进行优化，以尽量减小文件的大小。

优化字体和文字

在使用各种字体时，经常会出现乱码或字迹模糊的现象，可以使用系统默认字体来解决这一问题，并且使用系统默认字体可以得到更小的文件体积。

在 Flash 影片制作过程中，应该尽可能使用较少种类的字体，尽可能使用同一颜色和字号的字体。

对于嵌入字体，可选择只包括需要的字符，而不选择包括整个字体。

遮罩层下不能使用设备字体，任何嵌在遮罩层中的字体必须嵌入 SWF 文件中。

尽量避免将文字打散，因为图形比文字所占的空间要大。

优化线条

在 Flash 中提供了大量的线条供选择，如图 9-1 所示。要注意使用实线以外的其他类型线条，将会增加 Flash 影片的大小。

使用刷子工具创建的描边要比使用铅笔工具创建的直线占用的空间大。应减少创建图形所使用的点数或线数，并尽可能地组合元素。

使用"修改 / 形状 / 优化"命令可优化独立的线条，如图 9-2 所示，使用该命令前必须将所有组合的直线进行分组。

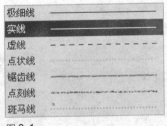

图 9-1

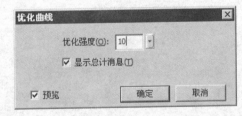

图 9-2

优化图形颜色

在使用绘图工具制作对象时，使用渐变颜色的影片文件将比使用单色的影片文件大一些，所以在制作影片时应该尽可能地使用单色且使用网络安全颜色，如图 9-3 所示。

对于在外部调用的矢量图形，最好是在分解状态下对其执行"修改 / 形状 / 优化"命令之后再使用，这样能够优化矢量图形中的曲线。"优化"命令可以删除一些不需要的曲线来减小文件的大小。

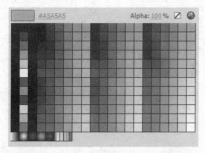

图 9-3

使用"修改/形状"级联菜单中的"将线条转换为填充"、"扩展填充"、"柔化填充边缘"命令会导致文件大小增加,还会降低动画的播放速度。

Tip 技巧提示

"优化曲线"对话框中的"优化强度"数值越大,线条越精细。

一般优化原则有以下几条:

对于影片中多次出现的对象使用元件。

在可能的情况下,尽量使用补间动画,避免使用逐帧动画。因为补间动画与在动画中增加一系列不必要的帧相比,会大大地减小影片的大小。

避免使用位图作为影片的背景。

尽量使用组合元素,使用层组织不同时间、不同元素的对象。

绘图时使用铅笔工具绘制出的线条要比使用笔刷工具绘制出的线条所占容量小。

限制特殊线条的出现,如虚线、折线等,使用"修改/形状/优化"命令优化曲线。

在影片中导入的音乐尽量采用 MP3 格式。

减少字体和字样的数量。

9.2 影片的发布

Flash CS4 中提供的影片发布功能可以很方便地将 Flash 源文件发布为各种格式的文件,如 SWF 文件、HTML 文件、GIF 文件、JPEG 文件和 PNG 文件等。

当测试 Flash 影片运行无误后,就可以发布影片了。在默认的情况下,"发布"命令可以创建 SWF 文件,并将 Flash 影片插入 HTML 文件。

除了以 SWF 格式发布外,用户还可以使用其他格式发布 Flash 文件,如 GIF,JPEG 和 PNG。

在发布之前,可选择"文件/发布设置"命令,打开"发布设置"对话框进行设置,如图 9-4 所示。

图 9-4

9.2.1 快速输出影片文件

Flash 作品制作完成后，如果想要将这个作品放置在网页中，最快的方法是直接输出成"影片文件"，即 SWF 文件，然后使用 Dreamweaver 制作页面。

快速输出影片文件的步骤如下：

01 打开光盘中的原始文件，选择"文件 / 导出 / 导出影片"命令，如图 9-5 所示。

02 在对话框中为输出的影片设置一个名字，同时确定"保存类型"为"SWF 影片"，单击"保存"按钮，如图 9-6 所示。

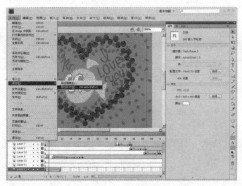

图 9-5

图 9-6

03 在"发布设置"对话框中保持默认设置，单击"确定"按钮，影片即输出成功，如图 9-7 和图 9-8 所示。

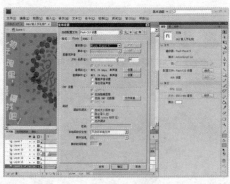

图 9-7

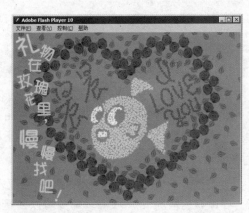

图 9-8

9.2.2 Flash 文件的发布设置

选择"文件 / 发布设置"命令，打开"发布设置"对话框。

单击"Flash"选项卡，切换到 Flash 发布设置界面，如图 9-9 所示。

播放器：显示当前播放器的版本，默认的是 Flash Player 10。

脚本：用来设置 Flash CS4 的 ActionScript 版本。

JPEG 品质：图像品质越低，生成的文件越小，反之越大。

音频流、音频事件：单击右侧的"设置"按钮，可打开"声音设置"对话框对影片中所有音频流或事件声音设置采样率和压缩选项，如图 9-10 所示。

图 9-9

图 9-10

压缩影片：设置可以压缩影片，从而减小文件的大小。

包括隐藏图层：导出动画中的隐藏层。

包括 XMP 元数据：导出动画中包含的 XMP 元数据。

生成大小报告：选中该复选框，最终影片的数据量生成一个报告，它与输出的影片同名，只是以 txt 作为扩展名。

防止导入：可以防止他人导入影片并将它转回 Flash 的 FLA 文件。

省略 trace 动作：忽略影片的跟踪动作，来自跟踪动作的信息不会显示在"输出"窗口中。

允许调试：激活调试器，并允许远程调试影片。

密码：勾选"允许调试"复选框后，在"密码"文本框中输入密码，可防止未授权用户调试影片。

本地回放安全性：设置只访问本地文件或网络文件。

硬件加速：设置硬件加速的等级。

脚本时间限制：用来设置脚本的运行时间。

9.2.3 GIF 文件的发布设置

在 "发布设置" 对话框的 "格式" 选项卡中勾选 "GIF 图像" 复选框, 如图 9-11 所示, 然后单击 "GIF" 选项卡, 它的设置选项如图 9-12 所示。

图 9-11

图 9-12

尺寸: 输入导出的位图图像的宽度和高度值 (以像素为单位), 或者勾选 "匹配影片" 复选框使 GIF 图像和 SWF 文件大小相同并保持原始图像的宽高比。

回放: 确定 Flash 创建的是静止 ("静态") 图像还是 GIF 动画 ("动画")。 如果选中 "动画" 单选按钮, 可设置为 "不断循环" 或输入重复次数。

优化颜色: 从 GIF 文件的颜色表中删除所有未使用的颜色。 该选项可减小文件大小, 而不会影响图像质量, 只是稍稍提高了内存要求。 该选项不影响最适色彩调色板 (最适色彩调色板会分析图像中的颜色, 并为选定的 GIF 文件创建一个唯一的颜色表)。

交错: 下载导出的 GIF 文件时, 在浏览器中逐步显示该文件。 使用户在文件完全下载之前就能看到基本的图形内容, 并能在较慢的网络连接中以更快的速度下载文件。 不要交错 GIF 动画图像。

平滑: 消除导出位图的锯齿, 从而生成较高品质的位图图像, 并改善文本的显示品质。 但是, 平滑可能导致彩色背景上已消除锯齿的图像周围出现灰色像素的光晕, 并且会增加 GIF 文件的大小。 如果出现光晕, 或者要将透明的 GIF 图像放置在彩色背景上, 则在导出图像时不要使用平滑操作。

抖动纯色: 将抖动应用于纯色和渐变色。

删除渐变: 默认为关闭。 它用渐变色中的第一种颜色将 SWF 文件中的所有渐变填充转换为纯色。 渐变色会增加 GIF 文件的大小, 而且通常品质欠佳。 为了防止出现意想不到的结果, 在使用该选项时要小心选择渐变色的第一种颜色。

透明: "不透明" 选项表示使背景成为纯色。 "透明" 选项表示使背景透明。 选择 "Alpha" 选项可设置局部透明度, 输入一个介于 0~255 之间的阈值, 值越小, 透明度越高, 值 128 对应 50% 的透明度。

抖动："无"选项表示关闭抖动，并用基本颜色表中最接近指定颜色的纯色替代该表中没有的颜色。如果关闭抖动，则产生的文件较小，但颜色不能令人满意。"有序"选项表示提供高品质的抖动，同时文件大小的增长幅度也最小。"扩散"选项表示提供最佳品质的抖动，但会增加文件的大小。

9.2.4 JPEG 文件的发布设置

在"发布设置"对话框的"格式"选项卡中勾选"JPEG 图像"复选框，如图 9-13 所示，然后单击"JPEG"选项卡，它的设置选项如图 9-14 所示。

图 9-13

图 9-14

尺寸：输入导出的位图图像的宽度和高度值（以像素为单位），或者勾选"匹配影片"复选框使 JPEG 图像和舞台大小相同并保持原始图像的宽高比。

品质：拖动滑块或输入一个值，可控制 JPEG 文件的压缩量。图像品质越低则文件越小，反之亦然。若要确定文件大小和图像品质之间的最佳平衡点，可尝试使用不同的设置，但会延长处理时间。

渐进：在 Web 浏览器中增量显示渐进式 JPEG 图像，从而可在低速网络连接上以较快的速度显示加载的图像，类似于 GIF 和 PNG 图像中的交错。

9.2.5 PNG 文件的发布设置

在"发布设置"对话框的"格式"选项卡中勾选"PNG 图像"复选框，如图 9-15 所示，然后单击"PNG"选项卡，它的设置选项如图 9-16 所示。

图 9-15

图 9-16

尺寸：输入导出的位图图像的宽度和高度值（以像素为单位），或者勾选"匹配影片"复选框使 PNG 图像和 SWF 文件大小相同并保持原始图像的宽高比。

位深度：设置创建图像时要使用的每个像素的位数和颜色数。位深度越高，文件就越大。

优化颜色：从 PNG 文件的颜色表中删除所有未使用的颜色，在不影响图像品质的情况下将文件大小减少 1000～1500 个字节，但会稍稍提高内存要求，不影响最适色彩调色板。

交错：下载导出的 PNG 文件时，在浏览器中逐步显示该文件。使用户可以在文件完全下载之前就能看到基本的图形内容，并能在较慢的网络连接中以更快的速度下载文件。不要交错 PNG 动画文件。

平滑：消除导出位图的锯齿，从而生成较高品质的位图图像，并改善文本的显示品质。 但是，平滑可能导致彩色背景上已消除锯齿的图像周围出现灰色像素的光晕，并且会增加 PNG 文件的大小。 如果出现光晕，或者要将透明的 PNG 图像放置在彩色背景上，则在导出图像时不要使用平滑操作。

抖动纯色：将抖动应用于纯色和渐变色。

删除渐变：默认为关闭。它可用渐变色中的第一种颜色将应用程序中的所有渐变填充转换为纯色。 渐变色会增加 PNG 文件的大小，而且通常品质欠佳。 为了防止出现意想不到的结果，在使用该选项时要小心选择渐变色的第一种颜色。

抖动：可以改善颜色品质，但是也会增加文件大小。

调色板类型：定义用于图像的调色板。

最多颜色：设定 GIF 图像的颜色数量。当将"调色板类型"设置为"自动适应"时，可以设定最大的颜色数量。

9.2.6　HTML 文件的发布设置

在"发布设置"对话框中勾选"HTML"复选框，如图 9-17 所示，然后单击"HTML"选项卡，它的设置选项如图 9-18 所示。

图 9-17

图 9-18

模板：在其下拉列表中选择已经安装的模板，单击右侧的"信息"按钮，可打开"HTML模板信息"对话框查看相应的信息，如图 9-19 所示。

图 9-19

检测 Flash 版本：能自动检测 Flash 版本。勾选该复选框后，可以设定主修订版本号和次修订版本号。

在"尺寸"下拉列表中有三个选项。

匹配影片：这是默认选项，将使用影片的大小。

像素：将"宽"和"高"的单位设定为像素。

百分比：根据浏览器窗口以相对的百分比设定影片的尺寸。

在"回放"栏中有四个复选框。

开始时暂停：勾选该复选框，会一直暂停播放影片，直到用户要求播放时，才取消暂停，默认情况下，该复选框处于取消勾选状态。

循环：影片播放到最后一帧后再重复播放。

显示菜单：用户单击鼠标右键显示快捷菜单，取消勾选该复选框，快捷菜单中将只有"关于 Flash"一个命令。

设备字体：使用消锯齿的系统字体来替换未安装在用户系统上的字体，此设置只适用于 Windows 环境。

"品质"参数将在处理时间与应用消锯功能之间确定一个平衡点，在将每帧呈现在屏幕之前对其进行平滑处理。

"窗口模式"参数让用户在 IE 中充分利用透明图像、绝对位置和可使用层的性能，该下拉

列表中有 "窗口"、"不透明无窗口" 和 "透明无窗口" 三个选项。

窗口：在网页上的矩形窗口中以最快的速度播放 Flash 影片。

不透明无窗口：移动影片后面的元素，以防止它们被透视。

透明无窗口：将显示影片所在的 HTML 页面的背景，透过影片的透明区域可以看到该背景，但是影片的播放速度会变慢。

"HTML 对齐" 参数用来确定影片在浏览器窗口中的位置，其选项含义如下。

默认值：在保持原始外观比例的区域内，使影片完整显现，不会发生扭曲。

左对齐、右对齐、顶部、底部：影片出现在浏览器窗口的相应位置，比原始影片小，会裁剪影片的边缘。

"缩放" 参数用于设置将影片放到指定的边界内，其选项含义如下。

默认（显示全部）：在保持原始外观比例的区域内，使影片完整显现，不会发生扭曲。

精确区配：在指定区域内显示整个文件，它不保持影片原始的比例，有可能会发生扭曲。

无缩放：禁止影片在调整 Flash 播放器窗口大小时进行缩放。

"HTML" 选项卡最下部的两个设置选项含义如下。

Flash 对齐：可以设置在窗口中如何放置影片，以及必要时如何裁剪影片边缘。

显示警告消息：设置当发生冲突时，Flash 是否显示错误警告信息。

Chapter 10

ActionScript 基本动作

本章主要介绍ActionScript的基本知识，学习掌握
ActionScript的开发环境，如何在Flash CS4的应用程序
中实现交互性、数据处理等其他功能。ActionScript脚本
编程语言与Flash动画是紧密相连的，应用脚本编写程序，
动画会在ActionScript脚本程序的指挥下产生各种绚烂的
效果。

10.1 关于 ActionScript 3.0

ActionScript 3.0 演变成一种强大的面向对象编程语言意味着 Flash 平台的重大变革。这次变革也意味着 ActionScript 3.0 将创造性地用语言理想地、迅速地建立出适应网络的丰富应用程序，成为丰富网络应用（Rich Internet Application）项目的本质部分。早期版本的 ActionScript 就已经提供了灵活地创造真实参与在线体验的功能，ActionScript 3.0 将促进和发展这种功能，提供强大的、先进的高度复杂应用，并结合大型数据库以及可移植性的面象对象代码。拥有 ActionScript 3.0，开发者可实现具有高效执行效率和表现同一的平台。

ActionScript 3.0 基于 ECMAScript，ECMAScript 是所有编程语言的国际规范，ActionScript 3.0 同样遵从 ECMAScript 语言规范。

ActionScript 3.0 编程语言用来编写 Adobe Flash 电影和应用程序。ActionScript 1.0 最初随 Flash 5 一起发布，这是第一个完全可编程的版本。Flash 6 增加了几个内置函数，允许通过程序更好地控制动画元素。在 Flash 7 中引入了 ActionScript 2.0，这是一种强类型的语言，支持基于类的编程特性，比如继承、接口和严格的数据类型。Flash 8 进一步扩展了 ActionScript 2，添加了新的类库以及用于在运行时控制位图数据和文件上传的 API。Flash Player 中内置的虚拟机 ActionScript Virtual Machine（AVM1）执行 ActionScript。通过使用新的虚拟机（AVM2），Flash 9（附带 ActionScript 3.0）大大提高了性能。

ActionScript 的老版本（ActionScript 1.0 和 ActionScript 2.0）提供了创建效果丰富的 Web 应用程序所需的功能和灵活性。ActionScript 3.0 现在为基于 Web 的应用程序提供了更多的可能性。它进一步增强了这种语言，提供了出色的性能，简化了开发的过程，因此更适合高度复杂的 Web 应用程序和大数据集。ActionScript 3.0 可以为以 Flash Player 为目标的内容和应用程序提供高性能和高开发效率。

ActionScript 3.0 符合 ECMAScript Language Specification 第三版，它还包含基于 ECMAScript Edition 4 的功能，比如类、包和名称空间，可选的静态类型，生成器和迭代器，以及非结构化赋值（destructuring assignments）。随着 Web 应用程序项目需求的增长，也要求 ActionScript 引擎有重大的突破。ActionScript 3.0 引入了一个新的高度优化的 ActionScript Virtual Machine（AVM2），与 AVM1 相比，AVM2 的性能有了显著的提高。这使得 ActionScript 3.0 代码的执行速度几乎比以前的 ActionScript 代码快了 10 倍。Flash Player 9 中包含 AVM2（ActionScript 3.0 的脚本语言引擎），设计它的目的是提供互联网应用程序开发人员所需的性能和特性。最新的 Flash Player10 更是在 Flash Player9 的基础上新增了许多功能。为了向后兼容现有的内容，Flash Player 将继续支持 AVM1。

10.2 ActionScript 3.0 的特点

ActionScript 3.0 包括两部分：核心语言和 Flash Player API。核心语言用于定义编程语言的结构，比如语句、表达式、条件、循环和类型。Flash Player API 是由一系列精确定义 Flash Player 功能的类组成的。

ActionScript 3.0 拥有尽可能地挖掘出计算机剩余性能的新特点。规则表示支持使操作性更加强大的 XML。 ECMAScript for XML（E4X）使得 XML 成为通用数据类型，将大大地简化 XML 的处理。新的 Display ListAPI 将使虚拟对象更加协调一致。 规范化的 DOM 事件模型使得那些对象的表示和响应结合得更加强劲。当然这些只是 ActionScript 3.0 许多新的体验当中的一部分。

ActionScript 3.0 是 ActionScript 2.0 的核心语言融入 ECMAScript 以遵守其标准和引入新的以及改进的一些功能的结合。所有这些特点在 ActionScript 3.0 语言参考中都有详细的介绍和讨论，在 Macromedia 实验室可得到试用版。下面是其开发者对其方便的地方和用法的一些总结。

增强处理运行错误的能力

应用 ActionScript 2.0 时，许多表面上"完美无暇"的运行错误无法得到记载，这使得 Flash Player 无法弹出提示错误的对话框， 就像 JavaScript 语言在早期的浏览器中所表现的一样。也就是说，这些缺少的错误报告使得我们不得不花更多的精力去调试 ActionScript 2.0 程序。ActionScript 3.0 引入了在编译当中容易出现的更加广泛的错误的情形，改进的调试方式使得能够健壮地处置应用项目当中的错误，提示的运行错误提供足够的附注（列出出错的源文件）和以数字提示的时间线，帮助开发者迅速地定位产生错误的位置。

对运行错误的处理方式

在 ActionScript 2.0 中，运行错误的注释主要提供给开发者一个帮助，所有的帮助方式都是动态的。而在 ActionScript 3.0 中， 这些信息将被保存，Flash Player 将提供时间型检查以提高系统的运行安全， 这些信息将记录下来用于监视变量在计算机中的运行情况， 以使开发者能够让自己的应用项目得到改进并减少对内存的使用。

密封的类

ActionScript 3.0 将引入密封的类的概念。在编译期间密封类拥有唯一固定的特征和方法，其他的特征和方法不可能被加入。这使得比较严密的编译期间检查成为可能，以创造出健壮的项目。它可以提高对内存的使用效率， 因为不需要为每一个对象实例增加内在的杂乱指令。当然动态类依然可以声明为 dynamic 的。

Loader.loadBytes()

这个方法可以从二进制数据直接显示列表中的条目。例如，在我的电子邮件客户机上，如果从 POP3 服务器上下载的一个电子邮件包含附件，就检查附件的 mime-type。如果这种类型是播放器支持的，那么就可以将附件的二进制源代码读入 ByteArray，并在 Flash Player 中显示这个附件。这意味着我的电子邮件客户机可以显示 PNG，JPEG，GIF 和 SWF 附件。

Sound.computeSpectrum()

这个方法分析播放的所有声音并返回一个 ByteArray，其中包含 512 个归一化的值（-1 ~ 1），可以使用它们显示声音波形（256 个值用于左声道，256 个值用于右声道）。可以使用这些值为 Media Player 创建 Audio Equalizers 以及对播放的声音做出反应的视觉效果。

BitmapData.getPixels()

这个方法返回一个 ByteArray，其中包含位图的指定矩形区域中每个像素的十六进制颜色值。可以将这个方法与新的 ZLib 压缩方法 ByteArray.compress() 结合使用，从而将位图压缩，然后再发送给服务器，这样就能够将它转换为一个适合下载的文件。

Loader.close()

这个方法可以停止播放器装载外部媒体的过程。以前如果将一个图像装载进播放器，那么在完成处理之前无法停止，现在使用这个方法就可以停止了。

Tip 技巧提示

ActionScript 3.0 具有以下优点：

这种语言支持类型安全性，使代码维护更轻松。

与其他语言相比，这种语言相当简单，很容易编写。

开发人员可以编写具有高性能的响应性代码。

这种语言向后兼容 ActionScript 2.0，并向前兼容 ECMAScript for XML（E4X）。

10.3 认识 ActionScript 3.0 的开发环境

作为开发环境，Flash CS4 有一个具备强大功能的 ActionScript 代码编辑器：动作面板。使用该编辑器，初学者和熟练的程序员都能迅速而有效地编写出功能强大的程序。Flash CS4 的程序编辑器提供代码提示、代码格式自动识别以及搜索替换功能。代码提示功能非常强大，它不但会提示类的属性和方法，还会对属性和方法的参数做出描述。

除此之外，Flash CS4 还提供了一个帮助窗口，当用户在程序编辑器中编写程序时，按 F1 键，帮助窗口可以根据选择的关键字自动识别，即当打开帮助窗口时它会自动跳到相关的词条，这使得用户可以快速查看和学习程序语法，而不必死记硬背。

10.3.1 动作面板简介

下面我们来认识一下动作面板。

从主菜单上选择"文件 / 新建"命令打开"新建文档"对话框，选择"Flash 文件（ActionScript 3.0）"选项，单击"确定"按钮就新建了一个 Flash 文档，该文档将可以使用 ActionScript 3.0 语言开发程序。从主菜单上选择"窗口 / 动作"命令（或者按 F9 键）就可以打开动作面板，如图 10-1 所示。

图 10-1

在动作面板上，可以看到面板左边有一个类似资源管理器的树，称为动作工具箱；右边是一个文本框，用于键入代码；左下部列出了当前影片中所有包含程序代码的帧，用户可以很容易地导航到相应的帧。

动作工具箱中列出了 ActionScript 程序语言的所有词条，我们称之为动作。动作工具箱中包含几个大的节点，根据不同的类型把动作分为几大类，各大类下面又分为几个小类，小类下面包含了程序代码的关键字，这样的区分大大方便了用户的使用。

用户可以从动作工具箱中选择动作来创建 ActionScript 程序语句，也可以使用顶部的添加（+）按钮创建 ActionScript 程序语句。

当然，动作面板就像是一个文本编辑器，也可以在该面板右边的文本框中直接键入程序代码。使用动作面板，用户可以像在文本编辑器中编写程序一样编辑 ActionScript 代码，可以为语句定义参数，也可以在文本框中直接删除语句。

10.3.2 动作面板的助手模式

当用户第一次使用动作面板时，实际上使用的是该面板的标准模式。动作面板充分考虑到了用户的需求，它有两种模式：一种是标准模式（Normal Mode），适用于对 ActionScript 比较熟悉的高级用户；另一种是助手模式（Help Mode），适用于初学者。

在动作面板上单击"脚本助手"按钮就会切换到助手模式，如图 10-2 所示。

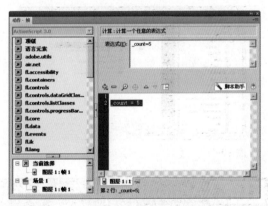

图 10-2

10.3.3 自定义 ActionScript 编辑器环境

编辑器环境一般都是可以自己定制的，ActionScript 代码编写环境也是可以自己定制的。通过定制动作面板中编辑器的环境参数，不但可以定制背景色和前景色，还可以定制保留字、语法关键字、字符串以及注释的颜色、字体及大小等。

要想自定义编辑器环境，首先在主菜单上选择"编辑／首选参数"命令，弹出"首选参数"对话框。

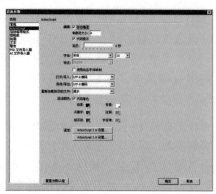

图 10-3

接着在"类别"列表框中选择"ActionScript"选项，可以看到 ActionScript 编辑器所有的定制选项，如图 10-3 所示，在其中用户可以随自己的爱好设置自己的编辑器环境。

10.3.4 使用代码提示功能

自动代码提示也是 ActionScript 程序编辑器的一大特点，就像使用其他的编辑器（例如 Visual C++、Visual Basic）一样，当在编辑器中键入一个关键字时，程序编辑器会自动识别关键字及上下文环境，并自动弹出适用的属性和方法供用户选择，甚至可以提供属性和方法的参数列表。

自动代码提示功能是针对动作面板的标准模式而言的，如图 10-4 和图 10-5 所示。

图 10-4

图 10-5

10.4 ActionScript 3.0 动作面板详解

动作面板中提供了一些常用的基本功能模块，使用时只需在动作面板中选择所需的功能即可。通过动作面板，用户可以为某个对象附加动作或编辑某个对象的动作。

在动作面板中可以选择拖动、重新安排和删除等动作，可以为帧、影片剪辑和按钮设置动作。

在 Flash CS4 中，动作面板的功能有了很大的增强，取消了以前版本中编辑简单命令的普通模式，提供了代码的提示功能，可以很方便地进行 ActionScript 程序的编写和修改操作。

执行"窗口/动作"命令，开启动作面板，动作面板是 Flash CS4 为 ActionScript 编程提供的专用工作环境，下面详细介绍动作面板的典型状态，如图 10-6 所示。

图 10-6

动作工具箱

在动作工具箱中包含了所有 ActionScript 命令和相关的语法。列表中的图标 是命令夹，单击它就打开了这个命令夹。图标 是可使用的命令、语法或者其他相关工具，双击或直接用鼠标拖动放入动作编辑区即可。

程序添加对象

在动作工具箱的下面显示的是 ActionScript 的程序添加对象。可以单击折叠按钮将此栏隐藏如图 10-7 所示，图中所示当前的动作面板中的 ActionScript 命令都是要添加到场景 1 的图层 1 的第 1 帧中的。

动作编辑区

这个区主要用于进行 ActionScript 编程。当前对象的所有脚本程序都显示在这个区域里，程序内容也在该区域里进行编辑。双击动作工具箱中的脚本，即可将其添加到动作编辑区内，如图 10-8 所示。

图 10-7

图 10-8

工具栏

工具栏是进行 ActionScript 命令编辑时经常用到的，其中各个图标的具体功能如下。

添加新动作：单击此按钮，弹出如图 10-9 所示的下拉菜单，在其中可以选择需要添加的新动作。

查找：单击此按钮，弹出如图 10-10 所示的对话框，只要在"查找内容"文本框中输入要查找的内容，再单击"查找下一个"按钮，就可以开始查找了。

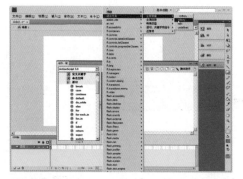

图 10-9

图 10-10

插入目标路径：选中要插入目标路经的地方，单击 ⊕ 按钮将弹出"插入目标路径"对话框，如图 10-11 所示。选择要插入的对象，单击"确定"按钮即可。如果选中"相对"单选按钮，那么在动作编辑区出现的代码将是"this"。如果选中"绝对"单选按钮，那么在动作编辑区出现的代码是"root"，如图 10-12 所示。

图 10-11

图 10-12

语法检查：它可以检查脚本程序中的错误。在动作面板上的动作编辑区输入"stopAllSounds();"语句，然后单击 ✔ 按钮，如图 10-13 所示。如果有错的话，将自动弹出提示对话框，如图 10-14 所示，并显示该段含有错误，错误将被列在输出对话框中，如图 10-15 所示。

图 10-13

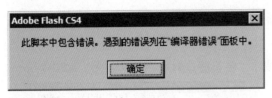

图 10-14

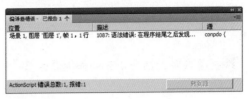

图 10-15

■ 自动套用格式：单击该按钮，可使 ActionScript 代码自动套用格式。

■ 显示代码提示：Flash CS4 在默认情况下会自动启用 Code Hint（代码提示）功能，实时地检测输入的程序。当辨认出输入的代码所使用的语法时，就会自动对程序的输入进行提示，同时在代码后面显示出有关这种语法的提示信息，使用者可以直接引用其中的内容。代码提示根据形式的不同，分为以下两种。

一种是编写程序时，如果输入一个对象名称，然后在名称后面输入"."，Flash 就会自动弹出提示。需要对其属性和方法进行选择时，只要把光标放到"."后，然后单击工具栏中的"代码提示"按钮 ，这时"."后面将出现一个包含各种可用属性和方法的列表，可用鼠标或键盘中的上下键选取其中的选项，如图 10-16 所示。确认后双击该选项，相应的内容就会出现在代码中，如图 10-17 所示。

图 10-16

图 10-17

另一种是在编辑区输入动作时，会显示工具条提示，提示该动作正确完整的语法，提示中包含所有参数及语法的正确格式，编程人员只需按照提示进行输入即可，如图 10-18 所示。

图 10-18

调试选项：在它的下拉菜单中有"切换断点"和"删除所有断点"两个命令，如图10-19 所示。

折叠成对大括号：在动作编辑区单击此按钮，会折叠成对大括号，如图10-20 所示。

图 10-19

图 10-20

折叠所选：在动作编辑区单击此按钮，会将所选动作折叠。按住 Alt 键单击此按钮，将所选动作之外的动作折叠，如图10-21 所示。

应用块注释：单击此按钮，将在光标所在位置插入块注释，如图10-22 所示。

图 10-21

图 10-22

展开全部：单击此按钮，将所有动作编辑区内的折叠动作全部展开。

应用行注释：单击此按钮，将在光标所在位置插入行注释，如图10-23 所示。

脚本助手：单击此按钮，脚本编辑区将弹出如图10-24 所示的面板，此面板可以解释脚本的含义。

图 10-23

图 10-24

单击动作面板右上角的 按钮即可弹出如图 10-25 所示的菜单，菜单中主要是关于脚本编辑环境设置的命令。下面详细介绍此菜单中各命令的含义。

重新加载代码提示：选择此命令表示刷新左侧的代码提示框中的所有提示。

固定脚本：选择此命令与单击按钮的作用是一样的，如图 10-26 所示，均可弹出第二个脚本窗格。

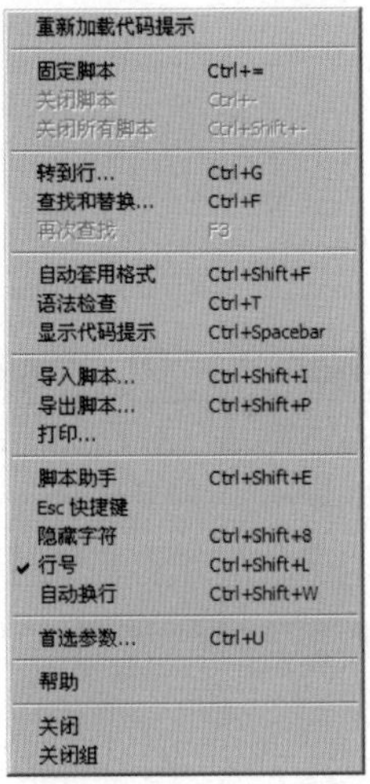

图 10-25

图 10-26

关闭脚本：选择此命令表示关闭脚本窗格。

关闭所有脚本：选择此命令表示关闭除了默认的窗格以外的所有窗格。

转到行：选择此命令会弹出如图 10-27 所示的"转到行"对话框，在该对话框中的"行号"文本框中输入要查找的行号，然后单击"确定"按钮，被转到的行就会处于选中状态。

图 10-27

查找和替换：选择此命令会弹出"查找和替换"对话框。在该对话框中的"查找内容"文本框中输入要查找的内容，然后单击"查找下一个"按钮，即可查找到相应的脚本。在"替换为"文本框中输入要替换的内容，然后单击"替换"按钮，表示替换当前的脚本，单击"全部替换"按钮，表示替换当前窗格中所有对应的脚本。

再次查找：Flash 将根据上一次查找的记录继续查找脚本。

自动套用格式：不论脚本中是否按格式编辑，它都会为所编写的脚本编排格式。

语法检查：可以检查所写脚本中的错误。如果脚本中没有错误则会弹出提示对话框。

显示代码提示：在编辑代码时 ActionScript 编辑器将显示该变量的代码提示。

导入脚本：可以弹出如图 10-28 所示的"打开"对话框。在该对话框中查找要导入的脚本，然后单击"打开"按钮即可。

导出脚本：可以弹出如图 10-29 所示的"另存为"对话框。在该对话框中选择要保存的路径，然后单击"保存"按钮即可。

图 10-28

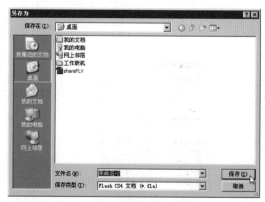

图 10-29

打印：可以弹出"打印"对话框。

脚本助手：此面板可以解释脚本的含意。

Esc 快捷键：可以利用 Esc 键进行查看。

隐藏字符：可以显示出隐藏的字符，如空格。

行号：可以查看所写脚本的行号。

自动换行：在编辑脚本时可以自动换行。

首选参数：可以弹出如图 10-30 所示的"首选参数"对话框。在该对话框中可以对 ActionScript 选项进行设置。

帮助：可以弹出如图 10-31 所示的显示帮助信息窗口。

关闭：将动作面板关闭。

关闭组：将动作面板组关闭。

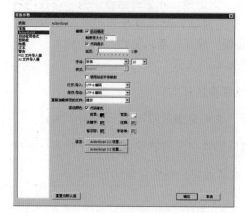

图 10-30

图 10-31

Chapter 11

基础动画的制作

Flash 是通过时间轴上帧的变化来实现动画效果的，只要更改时间轴中帧的内容，就可以在舞台中制作出移动对象、增加或减少对象，以及改变对象的大小、位置和颜色等效果。Flash 既可以独立更改动画内容，也可以交互更改动画内容。

11.1 逐帧动画的应用

Flash 包含两种创建动画的方法：一种是逐帧动画，另一种是补间动画。逐帧动画需要在每一帧中都生成图像，而补间动画只需要生成开始和结束的关键帧就可以了，Flash 会自动在开始帧和结束帧之间均匀地改变对象的大小、方向、位置等其他属性，使之产生动画。

逐帧动画也称"帧帧动画"，顾名思义，就是定义每一帧的内容，从而完成动画的创建。要创建逐帧动画，需要将每个帧定义为关键帧，然后给每个帧创建不同的图像。每个新关键帧最初包含的内容和它前面的关键帧是一样的，因此可以递增地修改动画中的帧。

逐帧动画的每一帧均是手工画上去的，而不是 Flash 自动生成的，也就是动画中的所有界面均是用户自己制作的，并且整个动画都由用户来控制。由于它是逐帧的，所以用它制作动画的工作量很大，但特别适用于制作复杂的动画效果。

11.1.1 手工制作逐帧动画

下面我们通过一个小例子来介绍逐帧动画的制作方法。

01 新建一个 Flash 文档，打开"文档属性"对话框，设置尺寸为"230 像素 × 180 像素"，背景色为"白色"，帧频为"25"，如图 11-1 所示。

02 在舞台上绘制角色，为了方便动画的制作，我们在绘制时将角色的每个部分都转换为元件，如图 11-2 所示。

图 11-1

图 11-2

03 在时间轴的第 2 帧和第 3 帧处分别单击鼠标右键，在弹出的快捷菜单中选择"插入关键帧"命令，如图 11-3 所示。

04 选择时间轴上的第 2 帧，更改角色的动作，如图 11-4 所示。

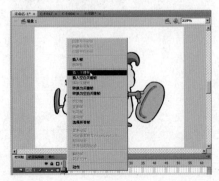

图 11-3

图 11-4

05 选择时间轴上的第 3 帧，更改角色的动作，如图 11-5 所示。

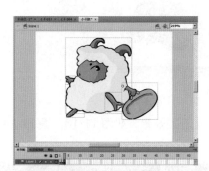

图 11-5

图 11-7

06 按下 Ctrl+Enter 组合键预览影片效果，动画的每一帧组合起来是小羊跑的效果，如图 11-6、图 11-7 和图 11-8 所示。

图 11-6

图 11-8

11.1.2 从外部导入图片直接生成动画

从外部导入图片直接生成动画的方法如下：

01 新建一个 Flash 文档，打开"属性"对话框，设置尺寸为"300 像素 × 300 像素"，背景色为"白色"，帧频为"6"，如图 11-9 所示。

图 11-9

02 选择"文件 / 导入 / 导入到舞台"命令，打开"导入"对话框，选择要导入影片文件中的图片 1.jpg，如图 11-10 所示。

图 11-10

03 单击"打开"按钮，系统会弹出一个提示框，因为文件的名称是以数字结尾的，所以系统会询问是否导入所有文件，如图11-11所示。

图11-11

04 单击"是"按钮，将素材文件导入，观察时间轴和库面板的变化，如图11-12所示。

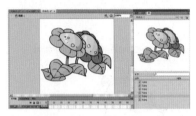

图11-12

05 按下Ctrl+Enter组合键预览影片效果，动画动起来是花开的效果，如图11-13、图11-14和图11-15所示。

图11-13

图11-14

图11-15

11.2 运动补间动画的应用

利用运动补间动画可以实现的动画类型包括位置和大小的变化、旋转的变化、速度的变化，以及颜色和透明度的变化等。

Flash 支持两种不同类型的补间以创建动画：一种是传统补间动画，另一种是补间动画。

传统补间动画：传统补间动画的创建过程更为复杂，补间动画提供了更多的补间控制，而传统补间动画提供了一些用户可能希望使用的某些特定功能。

补间动画：在 Flash CS4 中引入，功能强大且易于创建。通过补间动画可对补间的动画进行最大程度的控制。

11.2.1 补间动画的应用

下面通过实例讲解补间动画的应用方法。

01 新建一个 Flash 文档，打开"文档属性"对话框，设置尺寸为"500 像素 × 300 像素"，背景色为"白色"，帧频为"6"，如图 11-16 所示。

02 执行"插入/新建元件"命令，弹出"创建新元件"对话框，设置名称为"羊跑"，类型为"影片剪辑"，如图 11-17 所示。

图 11-16

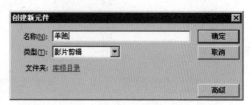

图 11-17

03 进入元件内部，利用工具箱中的工具绘制一个小羊的卡通形象，如图 11-18 所示。

04 回到主场景中，将"羊跑"元件拖入到舞台中，如图 11-19 所示。

图 11-18

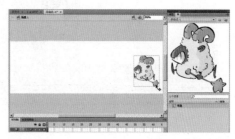

图 11-19

05 在时间轴上的第 120 帧处单击鼠标右键，在弹出的快捷菜单中选择"插入关键帧"命令，如图 11-20 所示。

06 将第 120 帧处的小羊向左移动并移出舞台，如图 11-21 所示。

图 11-20

图 11-21

07 在时间轴上两帧之间的任意帧上单击鼠标右键，在弹出的快捷菜单中选择"创建补间动画"命令，如图 11-22 所示。

08 将第 1 帧处的小羊向右移动并移出舞台，如图 11-23 所示。

图 11-22

图 11-23

09 按下 **Ctrl+Enter** 组合键预览影片效果，如图 **11-24** 所示。

图 11-24

11.2.2 补间动画的缓动应用

缓动是用于修改 Flash 计算补间中关键帧之间属性值的方法的一种技术。如果不使用缓动，Flash 在计算这些值时，会使对值的更改在每一帧中都一样。如果使用缓动，则可以调整对每个值的更改程度，从而实现更自然、更复杂的动画。

缓动是应用于补间属性值的数学曲线，补间的最终效果是补间和缓动曲线中属性值范围组合的结果。

接下来我们通过下面的小例子来学习一下缓动补间的应用。

01 新建一个 Flash 文档，打开"文档属性"对话框，设置尺寸为"400 像素 × 400 像素"，背景色为"白色"，帧频为"6"，如图 11-25 所示。

02 打开"颜色"面板，设置渐变类形为"线性"，调整颜色为蓝色到白色的渐变，如图 11-26 所示。

图 11-25

图 11-26

03 选择工具箱中的任意变形工具，调整渐变的角度，如图 11-27 所示。

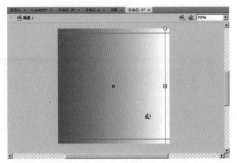

图 11-27

04 执行"插入 / 新建元件"命令，弹出"创建新元件"对话框，设置参数如图 11-28 所示。

图 11-28

05 进入元件内部，制作小羊跑的动画效果，如图 11-29 所示。

图 11-29

06 回到主场景中，将元件拖入到舞台中，如图 11-30 所示。

图 11-30

07 创建"图层 2"，在"图层 2"的第 60 帧处单击鼠标右键，在弹出的快捷菜单中选择"插入关键帧"命令，如图 11-31 所示。

图 11-31

08 单击中间的任意帧，在弹出的快捷菜单中选择"创建补间动画"命令，如图 11-32 所示。

图 11-32

09 在"图层2"的第30帧处单击鼠标右键，在弹出的快捷菜单中选择"插入关键帧/旋转"命令，如图11-33所示。

10 打开"属性"面板，设置补间动画的属性，"缓动"设为"60"，"方向"设为"顺时针"，如图11-34所示。

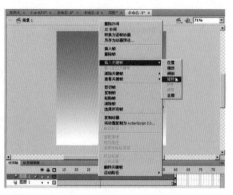

图 11-33

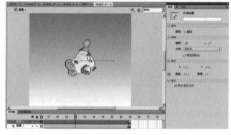

图 11-34

11 按下 Ctrl+Enter 组合键预览影片效果，如图11-35和图11-36所示。

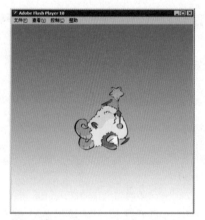

图 11-35

图 11-36

Tip 技巧提示

补间动画和传统补间动画之间的差异包括：

传统补间使用关键帧。关键帧是其中显示对象的新实例的帧，补间动画只能具有一个与之关联的对象实例，并使用属性关键帧而不是关键帧。

补间动画在整个补间范围上由一个目标对象组成。

补间动画和传统补间动画都只允许对特定类型的对象进行补间。若应用补间动画，则在创建补间时会将所有不允许的对象类型转换为影片剪辑，而应用传统补间动画会将这些对象类型转换为图形元件。

补间动画会将文本视为可补间的类型，而不会将文本对象转换为影片剪辑。传统补间动画会将文本对象转换为图形元件。

在补间动画范围内不允许有帧脚本，传统补间动画允许有帧脚本。

补间目标上的任何对象脚本都无法在补间动画范围内更改。

可以在时间轴中对补间动画范围进行拉伸和调整大小，并将它们视为单个对象。传统补间动画时间轴中包括可分别选择的帧的组。

若要在补间动画范围中选择单个帧，必须按住Ctrl键单击帧。

对于传统补间，缓动可应用于补间内关键帧之间的帧组。对于补间动画，缓动可应用于补间动画范围的整个长度。若要仅对补间动画的特定帧应用缓动，则需要创建自定义缓动曲线。

利用传统补间，可以在两种不同的色彩效果（如色调和Alpha透明度）之间创建动画。补间动画可以对每个补间应用一种色彩效果。

只可以使用补间动画来为3D对象创建动画效果，无法使用传统补间为3D对象创建动画效果。

对于补间动画，无法交换元件或设置属性关键帧中显示的图形元件的帧数，应用了这些技术的动画要求使用传统补间。

11.2.3 补间形状的应用

通过形状补间可以实现一幅图形变成另一幅图形的效果。形状补间和动画补间的主要区别在于，形状补间不能应用到实例上，必须在被打散的形状图形之间才能产生形状补间。所谓形状补间就是由数个点堆积而成的对象，而并非一个整体。选中该对象时外部没有一个蓝色边框，而是会显示为掺杂着白色小点的图形。

01 新建一个Flash文档，打开"文档属性"对话框，设置尺寸为"400像素×400像素"，背景色为"白色"，帧频为"6"，如图11-37所示。

02 利用工箱中的工具在舞台中绘制一个龙的动物形象，如图11-38所示。

图11-37

图11-38

03 在时间轴上的第30帧处单击鼠标右键，在弹出的快捷菜单中选择"插入关键帧"命令，如图11-39所示。

04 利用工具箱中的工具在舞台中绘制一团火的形象，如图11-40所示。

图 11-39

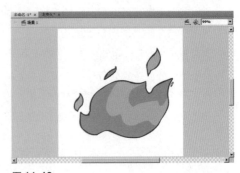

图 11-40

05 在时间轴上两帧之间的任意帧上右击，在弹出的快捷菜单中选择"创建补间形状"命令，如图 **11-41** 所示。

06 此时可以看到时间轴上两帧之间出现了淡绿色，如图 **11-42** 所示。

图 11-41

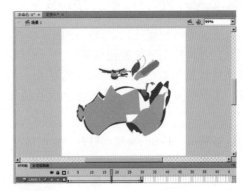

图 11-42

07 按下 **Ctrl+Enter** 组合键预览影片效果，如图 **11-43** 所示。

图 11-43

> **Tip 技巧提示**
>
> 　　形状补间动画中关键帧上的内容不能是元件或组，如果用元件在场景中创建变形动画，一定要先将元件打散。

11.3 引导层动画的应用

　　基本的运动补间动画只能使对象产生直线方向上的移动，而对于一个曲线运动，就必须不断地设置关键帧，为运动指定路线。为此，Flash提供了一个自定义运动路径功能。该功能可在运动对象的上方添加一个运动路径图层，然后用户可在该层中绘制对象的运动路线，让对象的运动代替路径。在播放影片时，引导层是隐藏的。路径、补间实例、组或文本均可以沿着路径运动，也可以将多个层链接到一个运动引导层，使多个对象沿同一条路径运动。我们可以利用引导层指定对象的运动方向，实现补间动画效果。

01　打开原始文件，可以看到文件中的背景和缆车，如图 11-44 所示。

02　选中所有层，在时间轴上的第 60 帧处单击鼠标右键，在弹出的快捷菜单中选择"插入帧"命令，如图 11-45 所示。

图 11-44

图 11-45

03　在时间轴上的图层"缆车"上单击鼠标右键，在弹出的快捷菜单中选择"添加传统运动引导层"命令，如图 11-46 所示。

04　在引导层上，选择钢笔工具，绘制一条运动路径，如图 11-47 所示。

图 11-46

图 11-47

05　选择工具箱中的任意变形工具，将图层"缆车"上第 1 帧的图像缩小并与运动路径起点重合，如图 11-48 所示。

06　选择工具箱中的任意变形工具，将图层"缆车"上第 60 帧的图像缩小并与运动路径终点重合，如图 11-49 所示。

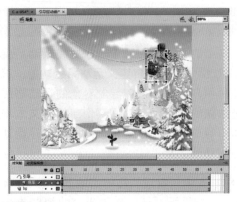

图 11-48

图 11-49

07 在图层"缆车"上的两帧之间，选择任意帧，单击鼠标右键，在弹出的快捷菜单中选择"创建传统补间"命令，如图 11-50 所示。

08 按下 Ctrl+Enter 组合键预览影片效果，如图 11-51 所示。

图 11-50

图 11-51

11.4 遮罩动画的应用

创建遮罩层是将遮罩项目放在要用做遮罩的图层上。与填充或笔触不同，遮罩项目就像一个窗口一样，透过它可以看到位于它下面的链接层区域，除了透过遮罩项目显示的内容之外，其余的所有内容都被遮罩层的其余部分隐藏起来。一个遮罩层只能包含一个遮罩项目。遮罩层不能在按钮内部，也不能将一个遮罩应用于另一个遮罩。

要创建动态效果，可以让遮罩层动起来。对于用做遮罩的填充形状，可以使用补间形状。对于类型对象、图形实例或影片剪辑，可以使用补间动画。当使用影片剪辑实例作为遮罩时，可以让遮罩沿着运动路径运动。

01 新建一个 Flash 文档，打开"文档属性"对话框，设置尺寸为"350 像素 × 537 像素"，背景色为"白色"，帧频为"25"，如图 11-52 所示。

02 执行"文件 / 导入 / 导入到舞台"命令，导入素材文件，作为背景图片，如图 11-53 所示。

图 11-52

图 11-53

03 单击时间轴中的"插入图层"按钮，插入一个图层，选择工具箱中的矩形工具，在舞台中绘制一些长条的矩形，如图 11-54 所示。

04 将所绘制的矩形全部选中，按 Ctrl+C 组合键复制，再按多次 Ctrl+V 组合键粘贴对象，并将其复制出来的图形位置对应好，如图 11-55 所示。

图 11-54

图 11-55

05 单击时间轴中的"插入图层"按钮，插入一个新的图层，选择工具箱中的矩形工具，在舞台中绘制一个大的矩形。选中所有的图层，在第 60 帧处单击鼠标右键，在弹出的快捷菜单中选择"插入关键帧"命令，如图 11-56 所示。

06 在图层"矩形"上的第 60 帧处，将矩形图形向舞台下方拖动，拖动到合适的位置，如图 11-57 所示。

图 11-56

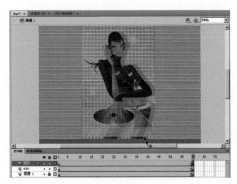

图 11-57

07 选择两帧之间的任意帧，单击鼠标右键，在弹出的快捷菜单中选择"创建补间形状"命令，如图 11-58 所示。

图 11-58

08 在图层"矩形"上单击鼠标右键，在弹出的快捷菜单中选择"遮罩层"命令，如图 11-59 所示。

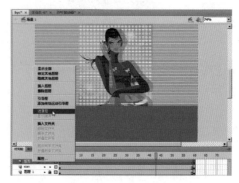

图 11-59

09 选中所有的图层，在第 80 帧处单击鼠标右键，在弹出的快捷菜单中选择"插入帧"命令，如图 11-60 所示。

图 11-60

10 按下 Ctrl+Enter 组合键预览影片效果，如图 11-61 所示。

图 11-61

Chapter **12**

组件的使用

组件可以为应用程序添加相应的功能内容，本章重点
讲解如何使用组件构建复杂的 Flash 应用程序。

12.1 认识组件

Flash 中的组件是向 Flash 文档添加特定功能的可重用打包模块。组件可以包括图形以及代码，因此它们是可以轻松添加到 Flash 项目中的预置功能。例如，组件可以是单选按钮、对话框、预加载栏，也可以是根本没有图形的某个项，如定时器、服务器连接实用程序或自定义 XML 分析器。

如果对编写 ActionScript 还不够熟练，可以向文档添加组件，在"属性"面板或组件检查器中设置其参数，然后使用"行为"面板处理其事件。例如，无须编写任何 ActionScript 代码，就可以将"转到 Web 页"行为附加到一个按钮组件，用户单击此按钮时会在 Web 浏览器中打开一个 URL。

如果希望创建功能更加强大的应用程序，则可通过动态方式创建组件，使用 ActionScript 在运行时设置属性和调用方法，还可使用事件侦听器模型来处理事件。

用户通过使用组件可以将应用程序的设计过程和编码过程分开，开发人员可以将常用功能封装到组件中，而设计人员可以通过更改组件的参数来自定义组件的大小、位置和行为。通过编辑组件上的图形元素，还可以更改组件的外观。

组件之间共享核心功能，如样式、外观和焦点管理。将第一个组件添加至应用程序时，核心功能约占用 20KB 的内存空间。当用户添加其他组件时，添加的组件共享初始分配的内存，以减小应用程序所占的内存空间。

Flash CS4 包括 ActionScript 2.0 组件以及 ActionScript 3.0 组件，运用时不能将这两组组件混合使用。对于给定的应用程序，只能使用其中的一组。根据打开的是 ActionScript 2.0 文件还是 ActionScript 3.0 文件，Flash CS4 将显示 ActionScript 2.0 组件或 ActionScript 3.0 组件，分别如图 12-1 和图 12-2 所示。

图 12-1

图 12-2

　　向 Flash 影片中添加组件的方法有很多种，对于初学者来说，可以使用"组件"面板编写动作脚本来控制该组件。中级用户可以使用"组件"面板将组件添加到 Flash 影片中，然后使用"属性"面板、动作脚本或两者的组合来指定参数。高级用户可以将"组件"面板和动作脚本结合在一起使用，通过在影片运行时执行相应的动作脚本来添加并设置组件。"组件"面板和"组件检查器"分别如图 12-3 和图 12-4 所示。

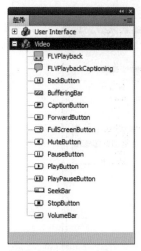

图 12-3

图 12-4

12.2　常用的用户界面组件

　　常用的用户界面组件包括 CheckBox、Button、ComboBox、ListBox、PushButton、RadioButton、ScrollBar、Scrollpane 等。下面分别介绍各组件及其常用参数。

12.2.1　CheckBox（复选框）

　　复选框是表单中最常见的，它的主要作用是判断是否选取该方块所指代的功能。一个表单中可以有许多不同的复选框，其主要应用在有许多选择且可以多项选择的情况。用户可以使用"组件检查器"中的"参数"面板为 Flash 影片中的每个复选框实例设置如下参数，CheckBox 组件及对应的"参数"面板如图 12-5 和图 12-6 所示。

　　label：设置复选框旁边的文字说明，通常位于复选框的右侧。

　　labelPlacement：指定复选框说明文字的位置，默认情况下，将显示在复选框的右侧，这样也比较符合广大读者的习惯。

图 12-5

图 12-6

selected：设置复选框初始状态，默认设置为不选中。

12.2.2 Button（按钮）

用户可以使用"参数"面板为 Flash 影片中的每个按钮实例设置下列参数，如图 12-7 和图 12-8 所示。

图 12-7

图 12-8

label：设置按钮上的文字。

labelPlacement：设置按钮上的文字放置的位置。

12.2.3 ComboBox（下拉列表）

它将所有的选择设置在同一个列表中，单击它的下拉按钮，才会显示其列表中的选项。用户可以使用"参数"面板为 Flash 影片中的每个下拉列表设置下列参数，如图 12-9 和图 12-10 所示。

图 12-9

图 12-10

editable：设置用户是否可以修改菜单的内容，默认设置是 False。

rowCount：设置下拉菜单所显示的行数。如果选项个数超过行数，则会出现滚动条。

12.2.4 DataGrid（数据网格）

DataGrid 组件能够将数据库中的数据以表格的形式呈现出来，并保持原有结构。可以使用 DataGrid 组件来实例化使用 Flash Remoting 的记录集，然后将其显示在列表中。用户可以使用"参数"面板为 Flash 影片中的数据网格设置下列参数，如图 12-11 和图 12-12 所示。

图 12-11

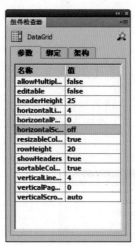

图 12-12

editable：是一个布尔值，它指示网格是（true）否（false）可编辑，默认值为 false。

rowHeight：指定每行的高度（以像素为单位），更改字体大小不会更改行高度，默认值为 20。

12.2.5 Label（文本标签）

一个 Label（文本标签）组件就是一行文本。可以指定一个标签采用 HTML 格式，也可以控制标签的对齐和大小。Label 组件没有边框、不能具有焦点，并且不绑定任何事件。用户可以使用"参数"面板为 Flash 影片中的文本标签设置下列参数，如图 12-13 和图 12-14 所示。

autoSize：指定如何调整标签的大小并对齐标签以适合文本，默认值为 none。

text：指定标签的文本内容，默认值为 Label。

htmlText：指定标签是（true）否（false）采用 HTML 格式。如果此参数设置为 ture，则不能使用样式来设置标签的格式，但可以使用 font 标记将文本格式设置为 HTML，默认值为 false。

图 12-13

图 12-14

12.2.6 List（列表）

列表与下拉列表非常相似，只是下拉列表一开始只显示一行，而列表则显示多行。用户可以使用"参数"面板为 Flash 影片中的每个列表设置下列参数，如图 12-15 和图 12-16 所示。

图 12-15

图 12-16

dateProvider：在其中设置需要的数据。

allowMultipleSelection：如果选择 ture，用户可以配合 Ctrl 键进行复选。

12.2.7 NumericStepper（数字进阶）

NumericStepper（数字进阶）组件允许用户逐个选择一组经过排序的数字，该组件由显示在上下箭头按钮旁边的文本框中的数字组成。用户单击按钮时，数字将根据 stepSize 参数中指定的单位递增或递减，直到用户释放按键或达到最大或最小值为止。NumericStepper（数字进阶）组件的文本框中的文本也是可编辑的。用户可以使用"参数"面板为 Flash 影片中的数字进阶组件设置下列参数，如图 12-17 和图 12-18 所示。

图 12-17

图 12-18

maximum：设置可显示的最大值，默认值为 10。

minimum：设置可显示的最小值。

stepSize：设置每次单击时增大或减小的单位，默认值为 1。

value：设置在文本框中显示的默认值，默认值为 0。

12.2.8 ProgressBar（进度栏）

ProgressBar（进度栏）组件用于显示加载内容的进度，包括加载图像和部分应用程序的状态。加载进程可以是确定的，也可以是不确定的。用户可以使用"参数"面板为 Flash 影片中的进度栏设置下列参数，如图 12-19 和图 12-20 所示。

图 12-19

图 12-20

direction：指定进度栏填充的使用方向。该值可以是 right 或 left，默认值为 right。

mode：指定进度栏的运行模式。此值可以是 event，polled 或 manual，默认值为 event。

source：它表示源的实例名称，是一个要转换为对象的字符串。

12.2.9 RadioButton（单选按钮）

单选按钮通常用在选项不多的情况下，与复选框的差异在于它必须设定群组（Group），同一群组中的单选按钮不能复选。用户可以使用"参数"面板为 Flash 影片中的每个单选按钮设置下列参数，如图 12-21 和图 12-22 所示。

图 12-21

图 12-22

label：使用方法和下拉列表相同。

selected：默认情况选择 false，被选中的单选按钮中会显示一个圆点。一个组内只有一个单选按钮可以设置为表示被选中的值 true。如果组内有多个单选按钮被设置为 ture，则会选中最后实例化的单选按钮。

12.2.10 ScrollPane（滚动窗格）

ScrollPane（滚动窗格）组件在一个可滚动区域中显示影片剪辑、JPEG 文件和 SWF 文件。使用滚动窗格可以限制这些媒体类型所占用的屏幕区域的大小。ScrollPane（滚动窗格）可以显示从本地磁盘或 Internet 上加载的内容。用户可以使用"参数"面板为滚动窗格设置下列参数，如图 12-23 和图 12-24 所示。

图 12-23

图 12-24

scrollDrag：它是一个布尔值，用于确定当用户在滚动窗格中拖动内容时是（true）否（false）发生滚动，默认值为false。

12.2.11 TextArea（文本区域）

TextArea（文本区域）组件的效果等于将ActionScript的TextField对象进行换行，可以使用样式自定义TextArea（文本区域）组件。当实例被禁用时，其内容以disabledColor样式所指定的颜色显示。TextArea（文本区域）组件也可以采用HTML格式，或者作为掩饰文本的密码字段。用户可以使用"参数"面板为文本区域设置下列参数，如图12-25和图12-26所示。

图 12-25

图 12-26

editable：指定TextArea组件是（true）否（false）可编辑，默认值为true。

text：指定TextArea组件的内容。

wordWrap：指定文本是（true）否（false）自动换行，默认值为true。

12.2.12 TextInput（输入文本框）

TextInput（输入文本框）组件是单行文本组件，该组件是本机ActionScript TextFiled对象的包装，可以使用样式自定义TextInput（输入文本框）组件。当实例被禁用时，它的内容显示为disabledColor样式所指定的颜色。TextInput（输入文本框）组件也可以采用HTML格式，或作为掩饰文本的密码字段，用户可以使用"参数"面板为输入文本框设置下列参数，如图12-27和图12-28所示。

displayAsPassword：指定字段是（true）否（false）为密码字段，默认值为false。

editable：指定TextInput组件是（true）否（false）可编辑，默认值为true。

text：指定TextInput（输入文本框）组件的内容。

图 12-27

图 12-28

12.2.13 UIScrollBar（UI 滚动条）

UIScrollBar（UI 滚动条）组件允许将滚动条添加至文本字段。可以在创作时将滚动条添加至文本字段，或在运行 ActionScript 时添加。用户可以使用"参数"面板为 UI 滚动条设置下列参数，如图 12-29 和图 12-30 所示。

图 12-29

图 12-30

scrollTargetName：指定 UIScrollBar 组件附加到文本字段实例的名称。

visible：指定滚动条是水平方向（true）还是垂直方向（false）的，默认值为 false。

Chapter 13

鼠标特效

本章主要讲解 Flash 动画基础知识的应用和一些动画技巧，包括渐变动画和遮罩动画以及引导层动画等一些基本动画效果的应用，并且简单介绍如何通过 ActionScript 命令来实现动画效果。

13.1 模拟星光

→ 实例目标

本实例是一个用鼠标单击出效果的实例，根据个人的喜好，可以单击出不同风格的个性图案。

→ 技术分析

本实例主要使用了绘图工具中的矩形工具和椭圆工具等制作画面中的一些图形元素，通过为特定帧的图像添加标签来实现动画效果。

最终效果图

制作步骤

01 启动 Flash CS4，执行"文件 / 新建"命令或按 Ctrl+N 组合键，在弹出的"新建文档"对话框中选择文档类型，单击"确定"按钮，新建 Flash 文档，进入编辑页面，如图 13-1 所示。

02 单击"属性"面板中"大小"栏中的"编辑"按钮，打开"文档属性"对话框，设置文档大小为"500 像素 × 600 像素"，背景颜色为"#000000"，帧频为"12"，最后单击"确定"按钮，如图 13-2 所示。

图 13-1

图 13-2

03 执行"文件/导入/导入到舞台"命令，在弹出的对话框中选择图片，单击"确定"按钮，然后把图片放到合适的位置，如图13-3所示。

图 13-3

04 执行"窗口/对齐"命令，打开"对齐"面板，选中图像，在"对齐"面板中选中"相对于舞台"按钮，选择对齐方式为"水平中齐"、"垂直中齐"，如图 13-4 所示。

图 13-4

05 执行"插入/新建元件"命令或按 Ctrl+F8 组合键，在打开的"创建新元件"对话框中进行参数设置，单击"确定"按钮，如图 13-5 所示。

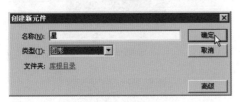

图 13-5

06 选择工具箱中的椭圆工具，按住 Shift 键绘制一个正圆，如图 13-6 所示。

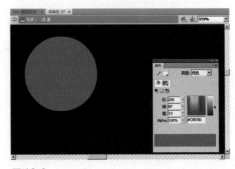

图 13-6

07 执行"窗口/颜色"命令，打开"颜色"面板，在"颜色"面板中将类型设为"放射状"，调整为白色到透明灰的渐变，如图 13-7 所示。

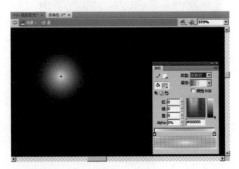

图 13-7

08 选择工具箱中的绘图工具，绘制星星的光芒，可使用任意变形工具变形矩形得到，如图 13-8 所示。

图 13-8

09 执行"窗口/颜色"命令,打开"颜色"面板,在"颜色"面板中将类型设为"放射状",调整为白色到透明灰的渐变,如图13-9所示。

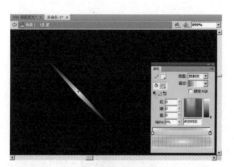

图 13-9

10 复制图像,选择工具箱中任意变形工具,对图像进行调整,如图 13-10 所示。

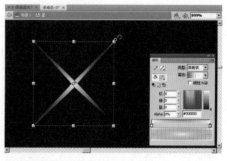

图 13-10

11 关闭"颜色"面板,我们可以看到星星图形绘制好了,如图 13-11 所示。

图 13-11

12 回到场景中,执行"插入/新建元件"命令或按 Ctrl+F8 组合键,在打开的"创建新元件"对话框中进行参数设置,单击"确定"按钮,如图 13-12 所示。

图 13-12

13 进入元件内部,将制作好的星星图形拖入到舞台中,如图 13-13 所示。

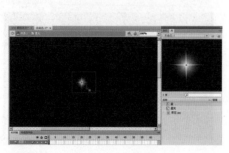

图 13-13

14 在第 10 帧处单击鼠标右键,在弹出的快捷菜单中选择"插入关键帧"命令,如图 13-14 所示。

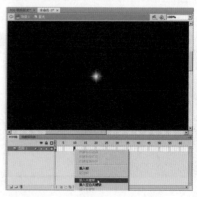

图 13-14

⑮ 在第 20 帧处单击鼠标右键，在弹出的快捷菜单中选择"插入关键帧"命令，如图 13-15 所示。

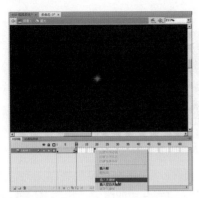

图 13-15

⑯ 选择工具箱中的任意变形工具，将星光进行变形，并调整 Alpha 值为"50%"，如图 13-16 所示。

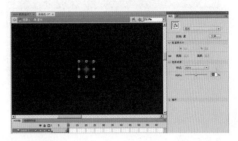

图 13-16

⑰ 选择帧与帧之间的任意帧，单击鼠标右键，在弹出的快捷菜单中选择"创建传统补间"命令，如图 13-17 所示。

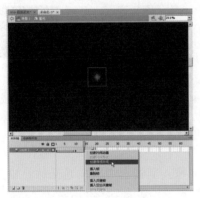

图 13-17

⑱ 回到场景中，新建一个图层，并命名为"星星"，如图 13-18 所示。

图 13-18

⑲ 将制作好的星星元件拖入舞台中，放到左侧的舞台外，如图 13-19 所示。

图 13-19

⑳ 新建一个图层，并命名为"按钮"，如图 13-20 所示。

图 13-20

㉑ 执行"插入/新建元件"命令或按 Ctrl+F8 组合键,在打开的"创建新元件"对话框中进行参数设置,单击"确定"按钮,如图 13-21 所示。

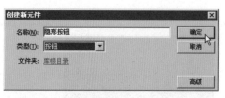

图 13-21

㉒ 双击进入元件内部,选择工具箱中的矩形工具绘制一个矩形,如图 13-22 所示。

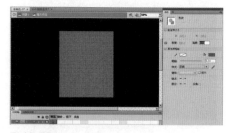

图 13-22

㉓ 将按钮的第一帧移至最后一帧,如图 13-23 所示。

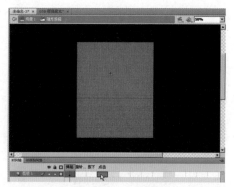

图 13-23

㉔ 回到场景中,将制作好的按钮元件拖入舞台中,放到合适的位置,如图 13-24 所示。

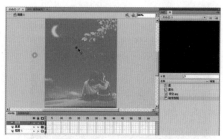

图 13-24

㉕ 执行"窗口/动作"命令,打开动作面板,在"按钮"图层的第 1 帧处添加动作命令,如图 13-25 所示。

图 13-25

㉖ 选中拖入到舞台中的按钮元件,给元件添加命令,如图 13-26 所示。

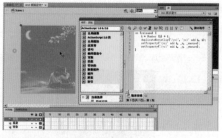

图 13-26

㉗ 按组合键 Ctrl+Enter 测试影片效果，如图 13-27 所示。

㉘ 可以根据自己的喜好，制作个性化的夜空效果，如图 13-28 所示。

图 13-27

图 13-28

Tip 技巧提示

　　为特定的帧添加标签后，就可以在 ActionScript 中引用该帧，这样就能够编写对这些帧执行动作的 ActionScript 代码，添加使播放头跳转到这些有标签帧的 ActionScript 代码。

13.2 下雪了

Tip 技巧提示

➡ 实例目标

本实例是一个用鼠标单击出效果的实例，主要通过鼠标单击出现动画的效果，使画面更具有动感。

➡ 技术分析

本实例主要通过给图层添加"引导层"和"遮罩层"来实现动画的特效，并通过接钮元件来控制影片的播放。

最终效果图

制作步骤

  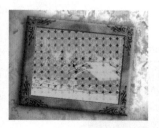 

01 启动 Flash CS4，执行"文件 / 新建"命令或按 Ctrl+N 组合键，在弹出的"新建文档"对话框中进行参数设置，单击"确定"按钮，新建 Flash 文件，进入编辑页面，如图 13-29 所示。

02 打开"属性"面板，单击"大小"栏中的"编辑"按钮，打开"文档属性"对话框，设置文档尺寸为"1000 像素 × 800 像素"，如图 13-30 所示。

图 13-29

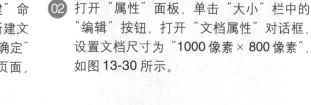
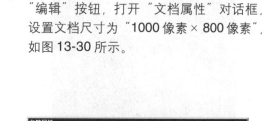

图 13-30

03 执行"文件 / 导入 / 导入到舞台"命令，导入素材文件，如图 13-31 所示。

04 在"属性"面板中调整导入图像的大小，如图 13-32 所示。

图 13-31

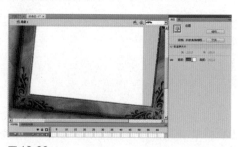

图 13-32

05 执行"窗口/对齐"命令,打开"对齐"面板,将"相对于舞台"按钮选中,单击"水平中齐"和"垂直中齐"按钮,如图13-33所示。

图 13-33

06 新建一个图层,命名为"画",如图13-34所示。

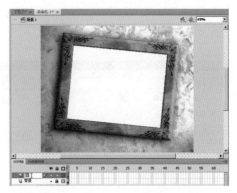

图 13-34

07 执行"文件/导入/导入到舞台"命令,导入素材文件,如图13-35所示。

图 13-35

08 选中图层"画",按住鼠标向下拖动,将背景层置于顶端,如图13-36所示。

图 13-36

09 选择工具箱中的任意变形工具,对图像进行调整,根据实际需要,调整到合适即可,如图13-37所示。

图 13-37

10 新建一个图层,命名为"雪花",选中图像,单击鼠标右键,在弹出的快捷菜单中选择"转换为元件"命令,元件类型设置为"影片剪辑",如图13-38所示。

图 13-38

11 执行"插入/新建元件"命令或按 Ctrl+F8 组合键，新建一个元件，如图 13-39 所示。

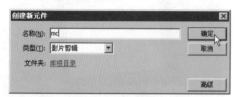

图 13-39

12 单击进入元件内部，在第 2 帧处单击鼠标右键，在弹出的快捷菜单中选择"插入空白关键帧"命令，如图 13-40 所示。

图 13-40

13 在舞台中绘制雪花的图形，选中图像，单击鼠标右键，在弹出的快捷菜单中选择"转换为元件"命令，如图 13-41 所示。

图 13-41

14 分别在第 20、第 21、第 50 帧处单击鼠标右键，在弹出的快捷菜单中选择"插入空白关键帧"命令。在"属性"面板中进行设置，选择"Alpha"样式，将第 20 帧的 Alpha 值设为"0"，可以看到舞台中图像变成了透明的，如图 13-42 所示。

图 13-42

15 接下来将第 50 帧的 Alpha 值设为"0"，可以看到舞台中图像变成了透明的，如图 13-43 所示。

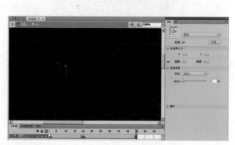

图 13-43

16 在"图层 1"上单击鼠标右键，在弹出的快捷菜单中选择"添加传统运动引导层"命令，如图 13-44 所示。

图 13-44

17 在第 2 帧处单击鼠标右键，在弹出的快捷菜单中选择"插入空白关键帧"命令，如图 13-45 所示。

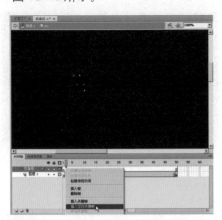

图 13-45

18 选择工具箱中的铅笔工具，在舞台中绘制一条曲线，如图 13-46 所示。

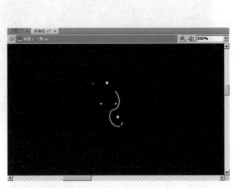

图 13-46

19 在第 21 帧处单击鼠标右键，在弹出的快捷菜单中选择"插入关键帧"命令，如图 13-47 所示。

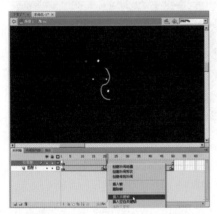

图 13-47

20 在第 22 帧处单击鼠标右键，在弹出的快捷菜单中选择"插入空白关键帧"命令，如图 13-48 所示。

图 13-48

21 选择工具箱中的铅笔工具，在舞台中绘制另一条曲线，如图 13-49 所示。

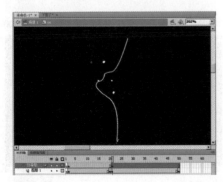

图 13-49

22 将"图层 1"中的第 1 帧与引导路径的起点重合，如图 13-50 所示。

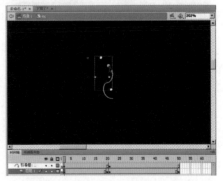

图 13-50

23 将第 20 帧与引导路径的终点重合，如图 13-51 所示。

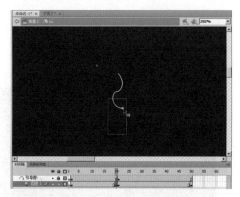

图 13-51

24 将第 21 帧与另一条引导路径的起点重合，如图 13-52 所示。

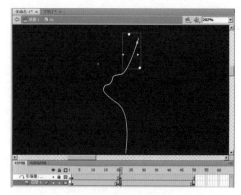

图 13-52

25 将第 50 帧与另一条引导路径的终点重合，如图 13-53 所示。

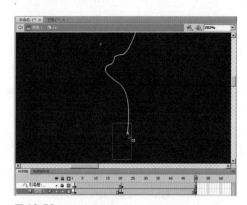

图 13-53

26 选择帧与帧之间的任意帧，单击鼠标右键，在弹出的快捷菜单中选择"创建传统补间"命令，如图 13-54 所示。

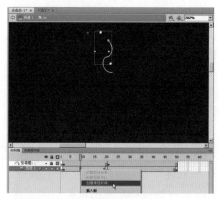

图 13-54

27 按照上面的制作方法，制作其他雪花的飘落效果，如图 13-55 所示。

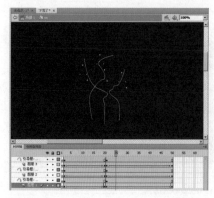

图 13-55

28 选择工具箱中的椭圆工具，在舞台中按住 Shift 键绘制一个正圆，如图 13-56 所示。

图 13-56

(29) 选中图像，单击鼠标右键，在弹出的快捷菜单中选择"转换为元件"命令，如图13-57所示。

图 13-57

(30) 双击进入元件内部，将第1帧移到第4帧处，如图13-58所示。

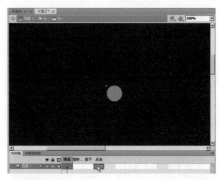

图 13-58

(31) 选中舞台中的图像，执行"窗口/动作"命令，打开动作面板，在其中输入动作命令，如图13-59所示。

图 13-59

(32) 选中图层中的第1帧，在关键帧上添加动作命令，如图13-60所示。

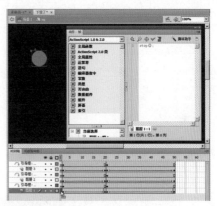

图 13-60

(33) 回到场景中，执行"插入/新建元件"命令或按Ctrl+F8组合键，新建一个元件，如图13-61所示。

图 13-61

(34) 双击进入元件内部，将制作好的按钮元件拖入到舞台中排成一个队列，如图13-62所示。

图 13-62

35 回到场景中，将做好的元件拖入到舞台中，放到合适的位置，如图 13-63 所示。

36 按 Ctrl+Enter 组合键进行影片测试，如图 13-64 所示。

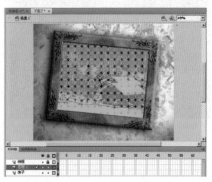

图 13-63

图 13-64

37 当鼠标移至图像上时，天空中出现了雪花飘落的效果，如图 13-65 所示。

图 13-65

13.3 莹火虫效果

Tip 技巧提示

→ 实例目标

本实例制作一个莹火虫的效果，主要通过脚本控制来实现整个动画的播放。

→ 技术分析

本实例主要使用了绘图工具中的椭圆工具制作画面中的一些图形元素，通过 ActionScript 来控制动画，最终实现动画效果。

最终效果图

制作步骤

 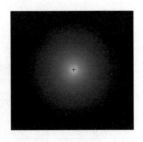  

01　启动 Flash CS4，执行"文件/新建"命令或按 Ctrl+N 组合键，在弹出的"新建文档"对话框中进行参数设置，单击"确定"按钮，进入编辑界面，如图 13-66 所示。

02　打开"文档属性"对话框，设置文档大小为"600 像素×577 像素"，如图 13-67 所示。

图 13-66

图 13-67

03　执行"文件/导入/导入到舞台"命令，导入素材文件，如图 13-68 所示。

04　执行"窗口/对齐"命令，打开"对齐"面板，将"相对于舞台"按钮选中，单击"水平中齐"和"垂直中齐"按钮，如图 13-69 所示。

图 13-68

图 13-69

05　在第 3 帧处单击鼠标右键，在弹出的快捷菜单中选择"插入帧"命令，如图 13-70 所示。

06　执行"插入/新建元件"命令或按 Ctrl+F8 组合键，新建一个元件，如图 13-71 所示。

图 13-70

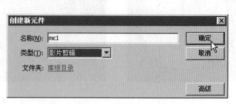

图 13-71

07 选择工具箱中的椭圆工具，在舞台中按住 Shift 键绘制一个正圆，如图 13-72 所示。

08 执行"窗口/颜色"命令，打开"颜色"面板，将类型设为"放射状"，调整颜色，如图 13-73 所示。

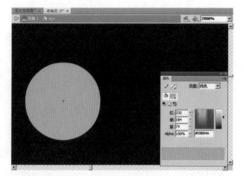

图 13-72

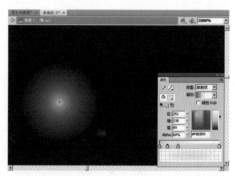

图 13-73

09 选中图像，单击鼠标右键，在弹出的快捷菜单中选择"转换为元件"命令，如图 13-74 所示。

10 进入元件内部，在第 5 帧处单击鼠标右键，在弹出的快捷菜单中选择"插入关键帧"命令，如图 13-75 所示。

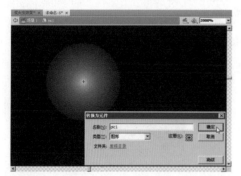

图 13-74

图 13-75

11 在第 10 帧处单击鼠标右键，在弹出的快捷菜单中选择"插入关键帧"命令，如图 13-76 所示。

12 选中第 5 帧，选择工具箱中的任意变形工具，将图像缩小，如图 13-77 所示。

图 13-76

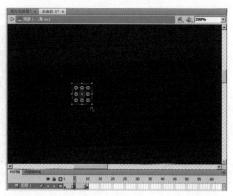

图 13-77

13 选择帧与帧之间的任意帧，单击鼠标右键，在弹出的快捷菜单中选择"创建传统补间"命令，如图 13-78 所示。

14 新建一个图层，将做好的元件拖入舞台中，如图 13-79 所示。

图 13-78

图 13-79

15 执行"插入/新建元件"命令或按 Ctrl+F8 组合键，新建一个元件，如图 13-80 所示。

16 双击进入元件内部，将做的元件拖入到舞台中，如图 13-81 所示。

图 13-80

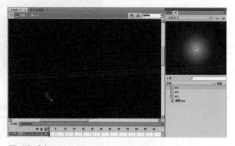

图 13-81

17 在第 30 帧处单击鼠标右键，在弹出的快捷菜单中选择"插入关键帧"命令，如图 13-82 所示。

18 选择帧与帧之间的任意帧，单击鼠标右键，在弹出的快捷菜单中选择"创建传统补间"命令，如图 13-83 所示。

图 13-82

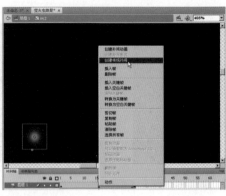

图 13-83

⑲ 执行"窗口/动作"命令，打开动作面板，在其中输入动作命令，如图 **13-84** 所示。

⑳ 回到场景中，将做好的元件"mc2"拖入到舞台中的左侧，如图 **13-85** 所示。

图 13-84

图 13-85

㉑ 新建一个图层，命名为"脚本"，如图 **13-86** 所示。

图 13-86

㉒ 在第 1 帧中输入动作命令，如图 13-87 所示。

㉓ 第 2 帧中输入如下动作命令，如图 13-88 所示。

duplicateMovieClip("ball","ball"+i,i);

setProperty("ball"+i,_rotation,random(500));

setProperty("ball"+i,_x,random(600));

setProperty("ball"+i,_y,random(350));

i++;

图 13-87

图 13-88

㉔ 在第 3 帧中输入如下动作命令，如图 13-89 所示。

gotoAndPlay(2);

图 13-89

㉕ 按 Ctrl+Enter 组合键进行影片测试，如图 13-90 所示。

图 13-90

Chapter 14

电子产品动画

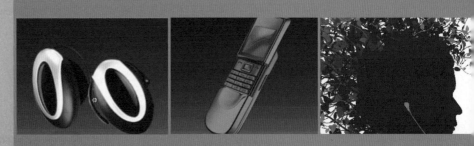

　　本章主要讲解电子产品的展示动画和迷你播放器的制作，我们要善于利用 Flash 提供的 ActionScript 来制作一些作品，本章就通过具体实例的制作来学习使用 ActionScript 的强大功能。

14.1 产品展示

→ **实例目标**

本实例是一个电子产品的展示动画，体现了 Flash 是一个交互性很强的软件。

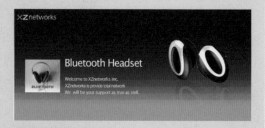

最终效果图

→ **技术分析**

本实例主要使用了"遮罩层"效果，通过文字和图像的交互来实现动画效果。

制作步骤

01 启动 Flash CS4，执行"文件 / 新建"命令或按 Ctrl+N 组合键，在弹出的"新建文档"对话框中进行参数设置，单击"确定"按钮，进入编辑界面，如图 14-1 所示。

02 打开"文档属性"对话框，设置文档大小为"500 像素 × 600 像素"，如图 14-2 所示。

图 14-1

图 14-2

03 执行"插入 / 新建元件"命令或按 Ctrl+F8 组合键，新建一个元件，如图 14-3 所示。

04 在第 15 帧处单击鼠标右键，在弹出的快捷菜单中选择"插入关键帧"命令，如图 14-4 所示。

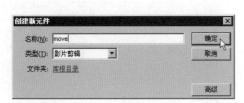

图 14-3

图 14-4

05 执行"文件/导入/导入到舞台"命令，导入素材文件，如图 14-5 所示。

06 选中图像右击，在弹出的快捷菜单中选择"转换为元件"命令，在打开的"转换为元件"对话框中进行参数设置，将类型设置为"图形"，单击"确定"按钮，如图 14-6 所示。

图 14-5

图 14-6

07 在第 28 帧处单击鼠标右键，在弹出的快捷菜单中选择"插入关键帧"命令，如图 14-7 所示。

08 在"属性"面板中选择"Alpha"样式，将第 15 帧的 Alpha 值设为"0"，可以看到舞台中图像变成了透明的，如图 14-8 所示。

图 14-7

图 14-8

09 选择帧与帧之间的任意帧，单击鼠标右键，在弹出的快捷菜单中选择"创建传统补间"命令，如图 14-9 所示。

图 14-9

10 将鼠标在时间轴上移动，可以发现图像渐变的效果，如图 14-10 所示。

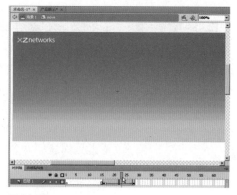

图 14-10

11 新建一个图层，选择工具箱中的矩形工具，绘制一个矩形，如图 14-11 所示。

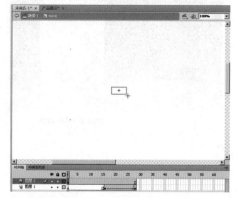

图 14-11

12 在第 15 帧处单击鼠标右键，在弹出的快捷菜单中选择"插入空白关键帧"命令，如图 14-12 所示。

图 14-12

13 选择工具箱中的矩形工具，绘制一个矩形，如图 14-13 所示。

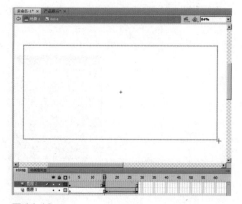

图 14-13

14 选择帧与帧之间的任意帧，单击鼠标右键，在弹出的快捷菜单中选择"创建补间形状"命令，如图 14-14 所示。

图 14-14

15 在时间轴上单击"编辑多个帧"按钮，如图 14-15 所示。

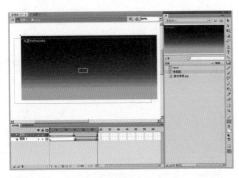

图 14-15

16 可以看到舞台中的图像全部出现，通过"对齐"命令将它们重合，如图 14-16 所示。

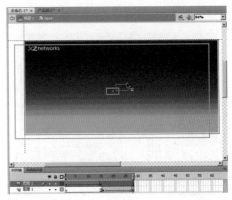

图 14-16

17 将鼠标在时间轴上移动，可以看到图像由小到大变化的效果，如图 14-17 所示。

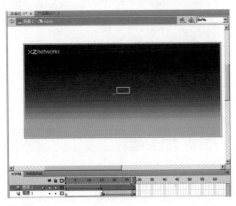

图 14-17

18 选中两个图层的第 87 帧，单击鼠标右键，在弹出的快捷菜单中选择"插入帧"命令，如图 14-18 所示。

图 14-18

19 新建一个图层，命名为"as"，如图 14-19所示。

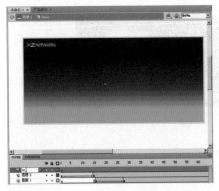

图 14-19

20 在第 85 帧处单击鼠标右键，在弹出的快捷菜单中选择"插入空白关键帧"命令，如图 14-20 所示。

图 14-20

㉑ 执行"窗口/动作"命令,打开动作面板,在其中输入动作命令,如图 14-21 所示。

㉒ 回到场景中,将做好的元件拖入舞台中,放到合适的位置,如图 14-22 所示。

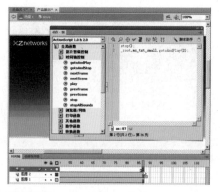

图 14-21

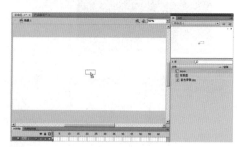

图 14-22

㉓ 执行"插入/新建元件"命令或按 Ctrl+F8 组合键,新建一个元件,如图 14-23 所示。

㉔ 执行"文件/导入/导入到舞台"命令,导入素材文件,如图 14-24 所示。

图 14-23

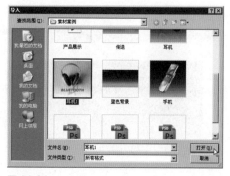

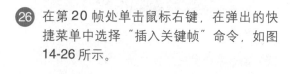

图 14-24

㉕ 选中图像右击,在弹出的快捷菜单中选择"转换为元件"命令,在打开的"转换为元件"对话框中进行参数设置,将类型设置为"图形",单击"确定"按钮,如图 14-25 所示。

㉖ 在第 20 帧处单击鼠标右键,在弹出的快捷菜单中选择"插入关键帧"命令,如图 14-26 所示。

图 14-25

图 14-26

27 在"属性"面板中选择"Alpha"样式，将第 1 帧的 Alpha 值设为"0"，可以看到舞台中图像变成了透明的，如图 14-27 所示。

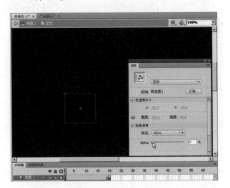

图 14-27

28 选择帧与帧之间的任意帧，单击鼠标右键，在弹出的快捷菜单中选择"创建传统补间"命令，如图 14-28 所示。

图 14-28

29 在第 55 帧处单击鼠标右键，在弹出的快捷菜单中选择"插入帧"命令，如图 14-29 所示。

图 14-29

30 新建一个图层，在第 28 帧处单击鼠标右键，在弹出的快捷菜单中选择"插入空白关键帧"命令，如图 14-30 所示。

图 14-30

31 选择工具箱中的文本工具，在舞台中输入文字内容，如图 14-31 所示。

图 14-31

32 新建"图层 3"，在第 24 帧处单击鼠标右键，在弹出的快捷菜单中选择"插入关键帧"命令，如图 14-32 所示。

图 14-32

③③ 选择工具箱中的矩形工具，绘制一个矩形，如图 14-33 所示。

③④ 分别在第 28 帧和第 33 帧处单击鼠标右键，在弹出的快捷菜单中选择"插入关键帧"命令，并对第 28 帧中的矩形进行变形，如图 14-34 所示。

图 14-33

图 14-34

③⑤ 选择帧与帧之间的任意帧，单击鼠标右键，在弹出的快捷菜单中选择"创建补间形状"命令，如图 14-35 所示。

③⑥ 在"图层 3"上单击鼠标右键，在弹出的快捷菜单中选择"遮罩层"命令，如图 14-36 所示。

图 14-35

图 14-36

③⑦ 在时间轴上移动鼠标，可以看到舞台中出现了打字般的效果，如图 14-37 所示。

③⑧ 按照上面的方法，制作其他文字的效果，如图 14-38 所示。

图 14-37

图 14-38

㊳ 新建一个图层, 命名为 "as", 如图 14-39 所示。

图 14-39

㊵ 执行 "窗口 / 动作" 命令, 打开动作面板, 在第 1 帧处输入动作命令, 如图 14-40 所示。

图 14-40

㊶ 在第 55 帧处输入动作命令, 如图 14-41 所示。

图 14-41

㊷ 执行 "插入 / 新建元件" 命令或按 Ctrl+F8 组合键, 新建一个元件, 如图 14-42 所示。

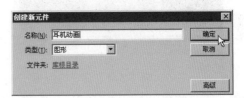

图 14-42

㊸ 执行 "文件 / 导入 / 导入到舞台" 命令, 导入素材文件, 如图 14-43 所示。

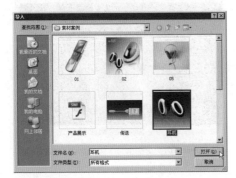

图 14-43

㊹ 分别在第 110 帧和第 140 帧处单击鼠标右键, 在弹出的快捷菜单中选择 "插入关键帧" 命令, 如图 14-44 所示。

图 14-44

45 选中图像，在"属性"面板中进行设置，选择"Alpha"样式，将第20帧的Alpha值设为"0"，可以看到舞台中图像变成了透明的，如图 14-45 所示。

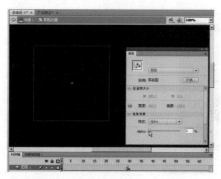

图 14-45

47 将鼠标在时间轴上移动，可以看到图像出现了若隐若现的效果，如图 14-47 所示。

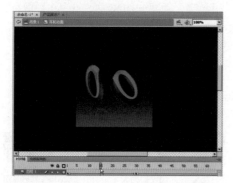

图 14-47

49 在第 140 帧处输入动作命令，如图 14-49 所示。

图 14-49

46 选择帧与帧之间的任意帧，单击鼠标右键，在弹出的快捷菜单中选择"创建传统补间"命令，如图 14-46 所示。

图 14-46

48 执行"窗口/动作"命令，打开动作面板，在第 1 帧处输入动作命令，如图 14-48 所示。

图 14-48

50 按照上面的制作方法，制作手机动画的效果，如图 14-50 所示。

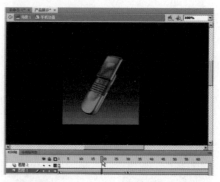

图 14-50

51 按照上面的制作方法，制作传送动画的效果，如图 14-51 所示。

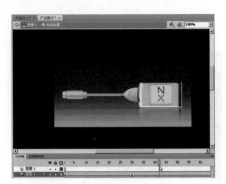

图 14-51

52 执行"插入 / 新建元件"命令或按 Ctrl+F8 组合键，新建一个元件，如图 14-52 所示。

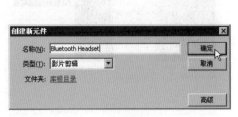

图 14-52

53 选择工具箱中的文本工具，在舞台中输入文字内容，如图 14-53 所示。

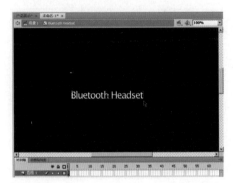

图 14-53

54 在第 20 帧处单击鼠标右键，在弹出的快捷菜单中选择"插入帧"命令，如图 14-54 所示。

图 14-54

55 在"属性"面板中将第 1 帧的 Alpha 值设为"0"，可以看到舞台中图像变成了透明的，如图 14-55 所示。

图 14-55

56 选择帧与帧之间的任意帧，单击鼠标右键，在弹出的快捷菜单中选择"创建传统补间"命令，如图 14-56 所示。

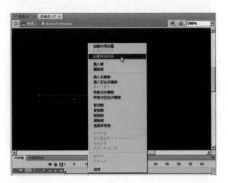

图 14-56

57 新建一个图层, 在第 20 帧处单击鼠标右键, 在弹出的快捷菜单中选择 "插入空白关键帧" 命令, 如图 14-57 所示。

图 14-57

58 选择工具箱中的矩形工具, 绘制一个矩形, 如图 14-58 所示。

图 14-58

59 打开 "颜色" 面板, 在 "颜色" 面板中将类型设为 "线性", 接着选择下方的渐变色条, 将颜色改成多色渐变, 如图 14-59 所示。

图 14-59

60 选择帧与帧之间的任意帧, 单击鼠标右键, 在弹出的快捷菜单中选择 "创建补间形状" 命令, 如图 14-60 所示。

图 14-60

61 新建一个图层, 在第 20 帧处单击鼠标右键, 在弹出的快捷菜单中选择 "插入空白关键帧" 命令, 如图 14-61 所示。

图 14-61

62 选择工具箱中的文本工具, 在舞台中输入文字内容, 如图 14-62 所示。

图 14-62

63 在"图层 3"上单击鼠标右键，在弹出的快捷菜单中选择"遮罩层"命令，如图 14-63 所示。

图 14-63

64 在时间轴上移动鼠标，可以看到文字出现彩色渐变的效果，如图 14-64 所示。

图 14-64

65 新建一个图层，命名为"as"，如图 14-65 所示。

图 14-65

66 执行"窗口 / 动作"命令，打开动作面板，在第 1 帧处输入动作命令，如图 14-66 所示。

图 14-66

67 在第 70 帧处输入动作命令，如图 14-67 所示。

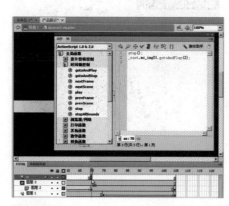

图 14-67

68 按照上面的方法，制作其他文字的效果。在动作面板中有所区别，文件图像的名称要记得更换为"mc_img02"，如图 14-68 所示。

图 14-68

69 在元件"Dongle"的动作面板中，文件名称更换为"mc_img03"，如图 14-69 所示。

图 14-69

70 回到场景中，将做好的所有元件拖入到舞台中，如图 14-70 所示。

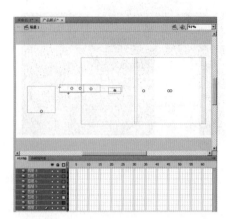

图 14-70

71 按 Ctrl+Enter 组合键进行影片测试，如图 14-71 所示。

图 14-71

14.2 迷你播放器

Tip 技巧提示

→ 实例目标

本实例是一个通过鼠标来控制的迷你播放器，主要是运用脚本来实现动画的。

→ 技术分析

本实例主要使用了绘图工具中的矩形工具、椭圆工具等制作画面中的一些图形元素，通过 ActionScript 和按钮来实现播放器的运行，从而实现动画效果。

最终效果图

制作步骤

01 启动 Flash CS4，执行"文件/新建"命令或按 Ctrl+N 组合键，在弹出的"新建文档"对话框中进行参数设置，单击"确定"按钮，进入编辑界面，如图 14-72 所示。

02 打开"文档属性"对话框，设置文档大小为"550 像素 × 400 像素"，如图 14-73 所示。

图 14-72

图 14-73

03 执行"文件/导入/导入到舞台"命令，导入素材文件，如图 14-74 所示。

04 执行"窗口/对齐"命令，打开"对齐"面板，将"相对于舞台"按钮选中，单击"水平中齐"和"垂直中齐"按钮，如图 14-75 所示。

图 14-74

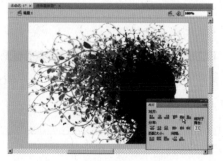

图 14-75

05 新建一个图层，命名为"hui"，如图 14-76 所示。

06 选择工具箱中的基本矩形工具，绘制一个矩形，如图 14-77 所示。

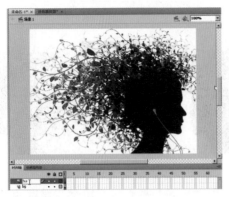

图 14-76

图 14-77

07 选择工具箱中的部分选取工具，调整舞台中的矩形为圆角矩形，如图 14-78 所示。

08 按照上面的制作方法，制作另一个矩形，如图 14-79 所示。

图 14-78

图 14-79

09 执行"插入 / 新建元件"命令或按 Ctrl+F8 组合键，新建一个元件，如图 14-80 所示。

10 选择工具箱中的椭圆工具，在舞台中按住 Shift 键绘制一个正圆，如图 14-81 所示。

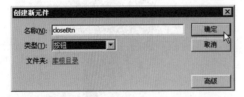

图 14-80

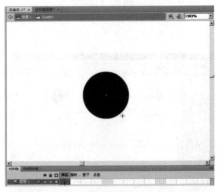

图 14-81

11 双击进入元件内部，在第 2 帧处单击鼠标右键，在弹出的快捷菜单中选择"插入帧"命令，如图 14-82 所示。

12 新建一个图层，在其中绘制关闭按钮，如图 14-83 所示。

图 14-82

图 14-83

⑬ 在第 2 帧处改变关闭按钮的颜色为白色，如图 14-84 所示。

⑭ 回到场景中，将做好的按钮拖入到舞台中，放到合适的位置，如图 14-85 所示。

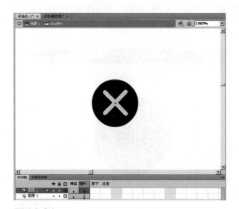

图 14-84

图 14-85

⑮ 新建一个图层，命名为"按钮"，如图 14-86 所示。

⑯ 执行"插入 / 新建元件"命令或按 Ctrl+F8 组合键，新建一个元件，如图 14-87 所示。

图 14-86

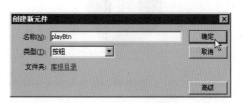

图 14-87

17 双击进入元件内部，制作开始按钮，如图 14-88 所示。

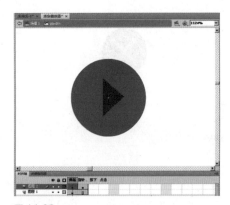

图 14-88

18 更改开始按钮的颜色，如图 14-89 所示。

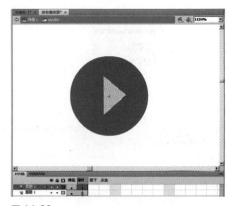

图 14-89

19 执行"插入 / 新建元件"命令或按 Ctrl+F8 组合键，新建一个元件，如图 14-90 所示。

图 14-90

20 双击进入元件内部，制作暂停按钮，如图 14-91 所示。

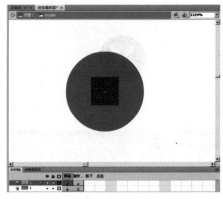

图 14-91

21 更改暂停按钮的颜色，如图 14-92 所示。

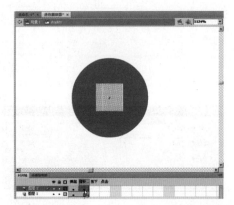

图 14-92

22 回到场景中，将做好的按钮元件拖入到舞台中，放到合适的位置，如图 14-93 所示。

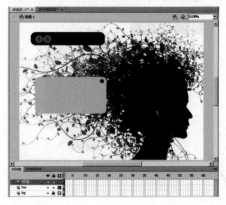

图 14-93

23 继续新建其他按钮，然后将做好的所有按钮按照规律依次放入到舞台中，如图14-94所示。

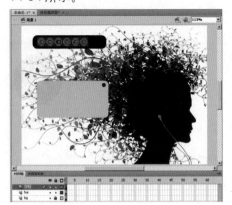

图 14-94

25 执行"插入/新建元件"命令或按 Ctrl+F8 组合键，新建一个元件，如图 14-96 所示。

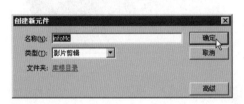

图 14-96

27 选择工具箱中的文本工具，在舞台中输入文字内容，如图14-98所示。

图 14-98

24 新建一个图层，命名为"文字"，如图14-95所示。

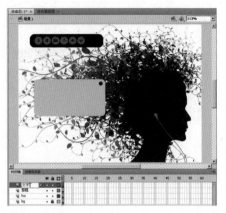

图 14-95

26 选择工具箱中的基本矩形工具，绘制一个矩形，选择工具箱中的部分选取工具，调整舞台中的矩形为圆角矩形，如图14-97所示。

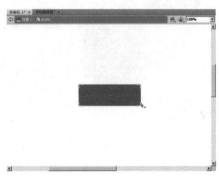

图 14-97

28 选择工具箱中的文本工具，在舞台中输入文字内容，如图14-99所示。

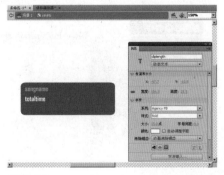

图 14-99

29 选择工具箱中的文本工具，在舞台中输入文字内容，如图 14-100 所示。

30 将做好的关闭按钮拖入到舞台中，放到合适的位置，如图 14-101 所示。

图 14-100

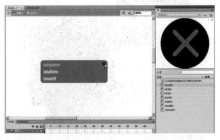

图 14-101

31 回到场景中，将做好的文字内容拖入到舞台中，放到合适的位置，如图 14-102 所示。

32 选择工具箱中的文本工具，在舞台中输入文字内容，如图 14-103 所示。

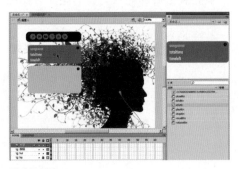

图 14-102

图 14-103

33 在"属性"面板中将其设置为"动态文本"，如图 14-104 所示。

34 执行"插入/新建元件"命令或按 Ctrl+F8 组合键，新建一个元件，如图 14-105 所示。

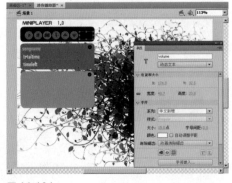

图 14-104

图 14-105

35 在第 2 帧处单击鼠标右键，在弹出的快捷菜单中选择"插入空白关键帧"命令，如图 14-106 所示。

图 14-106

36 选择工具箱中的椭圆工具，在舞台中按住 Shift 键绘制一个正圆，如图 14-107 所示。

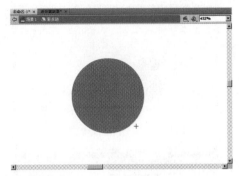

图 14-107

37 分别在第 12、第 15 和第 25 帧处单击鼠标右键，在弹出的快捷菜单中选择"插入关键帧"命令，并调整圆的大小，如图 14-108 所示。

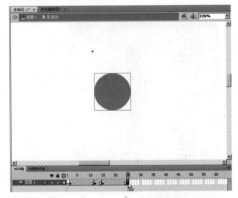

图 14-108

38 为了制作圆点跳动的动画，在时间轴上单击"编辑多个帧"按钮，可以看到舞台中每个元素的大小都有所不同，如图 14-109 所示。

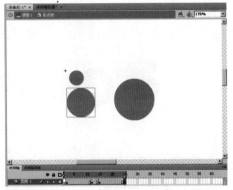

图 14-109

39 选择帧与帧之间的任意帧，单击鼠标右键，在弹出的快捷菜单中选择"创建补间形状"命令，如图 14-110 所示。

图 14-110

40 在时间轴上单击"编辑多个帧"按钮，调整舞台中图像的大小，如图 14-111 所示。

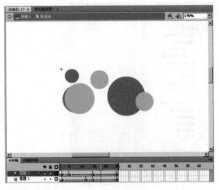

图 14-111

41 在时间轴上单击"编辑多个帧"按钮，调整舞台中图像的大小，并改变颜色和位置，如图 14-112 所示。

42 在时间轴上单击"编辑多个帧"按钮，调整舞台中图像的大小，并改变颜色和位置，如图 14-113 所示。

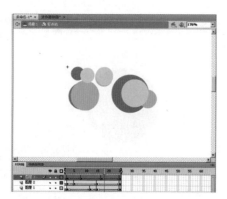

图 14-112

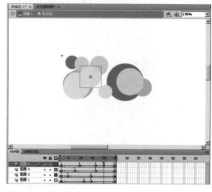

图 14-113

43 在时间轴上单击"编辑多个帧"按钮，调整舞台中图像的大小，并改变颜色和位置，如图 14-114 所示。

44 执行"窗口/动作"命令，打开动作面板，输入动作命令，如图 14-115 所示。

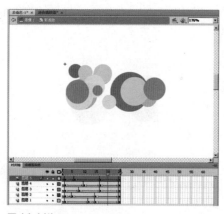

图 14-114

图 14-115

45 执行"窗口/动作"命令，打开动作面板，在第 25 帧处输入动作命令，如图 14-116 所示。

46 新建一个图层，命名为"as"，如图 14-117 所示。

图 14-116

图 14-117

47 执行"窗口/动作"命令，打开动作面板，在第1帧处输入动作命令，如图14-118所示，其中的全部命令如下。

图 14-118

```
function roundNumber (toRound, numDecimals)
// 定义函数 roundNumber

{

  return Math.round (toRound * Math.pow (10,
  numDecimals)) / Math.pow (10,
  numDecimals);

}

function randomBetween (a, b) // 定义函数
randomBetween，返回 a 到 b 之间的一个整数

{

  return Math.min (a, b) + random (Math.abs (a
  - b) + 1);

}

_root.createEmptyMovieClip ("tracker", 1);
// 新建空白影片剪辑 tracker

PlayClip.onPress = function () // 定义单击
PlayClip 按钮时的动作

{

  _root.playsong=true;  //playsong 变量设为
true

  stopAllSounds ();  // 停止所有的声音

  _root.orchestra = new Sound ();  //新建声音
对象

  var clipnumber = randomBetween (1, 5);
// 产生 1 到 5 之间的随机数

  _root.orchestra.attachSound ("choir" +
clipnumber);  // 动态创建声音对象
```

```
  _root.orchestra.start ();  // 播放声音

  _root.visualMc.g.play();  // 动画元件开始
播放


  _root.tracker.onEnterFrame = function ()
// 定义 tracker 的 onEnterFrame 函数

  {

   if(_root.orchestra != null)

    _root.infoMc.timeleft.text = roundNumber
(

       (_root.orchestra.duration - _root.
orchestra. position) / 1000, 2) + " seconds";

// 在 timeleft 动态文本框中显示歌曲剩余
时间

  };

  _root.infoMc.cliplength.text = roundNumber
(_root. orchestra.duration / 1000, 2) + "
seconds";

// 在 cliplength 动态文本框中显示歌曲的
长度

  _root.infoMc.clipname.text = "Choir" +
clipnumber;  // 在 clipname 文本框中显示
歌曲名

  _root.volume.text = _root.orchestra.
getVolume ();  // 在 volume 动态文本框中
显示音量大小

  };
```

```
StopClip.onPress = function () //定义单击
StopClip 按钮时的动作

{

playsong=false; //设置 playsong 变量为假

stopAllSounds (); // 停止播放所有声音

_root.visualMc.g.stop(); // 停止动画播放

_root.orchestra = null; // 设置变量为空

_root.cliplength.text = "";

_root.clipname.text = "";

_root.timeleft.text = ""; // 设置 3 个动态
文本框为空

};

VolumeUp.onPress = function () //
VolumeUp 按钮单击时的动作

{

 if (_root.orchestra.getVolume () < 100)

 { // 如果音量小于最大值

   _root.orchestra.setVolume (_root.
orchestra. getVolume () + 10); //音量加10

   _root.volume.text = _root.orchestra.
getVolume (); // 在动态文本框中显示

 }

};

VolumeDown.onPress = function ()  //
VolumeDown 按钮单击时的动作

{

 if (_root.orchestra.getVolume () > 0) //如
果音量不是最小值

 {

   _root.orchestra.setVolume (_root.
orchestra.getVolume () - 10); //音量减 10

   _root.volume.text = _root.orchestra.
getVolume (); // 在动态文本框中显示音量
```

```
 }

};

visualClip.onPress = function () //visualClip
按钮单击时的动作

{

if(info)  // 根据 info 变量的值进行判断

 _root.visualMc.easeM(145); //移动到 y
值为 145

else

 _root.visualMc.easeM(65); // 移动到 y 值
为 65

visual=true;// 对 visual 变量进行赋值

_root.visualMc.attachMovie ("graphicMc",
"g",99); //动态创建动画元件

if(_root.playsong)

_root.visualMc.g.gotoAndPlay(2);

else

 _root.visualMc.g.stop(); // 根据 playsong
变量的值决定是否播放动画

};

visualMc.closeBtn.onPress = function ()
// 定义 visualMc 影片剪辑中 closeBtn 按
钮的动作

{

 _root.visualMc.easeM(-120); //visualMc
元件回到原处

visual=false;

_root.visualMc._alpha=0;

_root.visualMc.g.removeMovieClip();

};

infoClip.onPress = function ()  // 定义
infoClip 按钮单击时的动作

{
```

_root.info=true;

infoMc.easeM(65);

if(visual)

_root.visualMc.easeM(145);

};

infoMc.closeBtn.onPress = function () // 定义 infoMc 影片剪辑中关闭按钮的动作

{

_root.info=false;

_root.infoMc.easeM(-120);

_root.infoMc._alpha=0;

if(visual)

_root.visualMc.easeM(65);

};

MovieClip.prototype.easeM = function (t)// 定义 MovieClip 类的扩展函数 easeM

{

  this.onEnterFrame = function() {

this._y = int(t-(t-this._y)/1.5);

this._alpha = int(100-(100-this._alpha)/10);

if (this._y>t-1 && this._y<t+1) {

delete this.onEnterFrame;

}

};

};

_root.info=false;

_root.visual=false;

_root.playsong=false; // 初始化变量

infoMc._y=-120;

infoMc._alpha=0;

visualMc._y=-120;

visualMc._alpha=0; // 初始化属性值

48 按 Ctrl+Enter 组合键进行影片测试，如图 14-119 所示。

图 14-119

读书笔记

Chapter 15

贺卡

与传统的贺卡相比，网络贺卡具有声情并茂、发送快捷、可交互传递和节省费用等特点。本章主要讲解运用Flash CS4 软件来制作简单、生动的卡贺，首先为特定的帧添加标签，然后在 ActionScript 中引用该帧，编写对这些帧执行动作的 ActionScript 代码。本章同时还介绍了音乐的添加方法。

15.1 春天的问候

Tip 技巧提示

→ 实例目标

本实例主要通过春天的一些信息元素，表达春天的问候，借春天为题制作动态的卡片。

→ 技术分析

本实例主要使用了绘图工具中的矩形工具、文本工具等制作画面中的一些图形元素，通过文字和图像的结合来实现动画效果。

最终效果图

制作步骤

① 启动 Flash CS4，执行"文件 / 新建"命令或按 Ctrl+N 组合键，在弹出的"新建文档"对话框中进行参数设置，单击"确定"按钮，进入编辑界面，如图 15-1 所示。

② 打开"文档属性"对话框，设置文档尺寸为"800 像素 × 526 像素"，如图 15-2 所示。

图 15-1

图 15-2

03 执行"文件/导入/导入到舞台"命令，导入素材文件，如图15-3所示。

04 执行"窗口/对齐"命令，打开"对齐"面板，将"相对于舞台"按钮选中，单击"水平中齐"和"垂直中齐"按钮，如图15-4所示。

图 15-3

图 15-4

05 在第121帧处单击鼠标右键，在弹出的快捷菜单中选择"插入帧"命令，如图15-5所示。

06 新建一个图层，命名为"花"，如图15-6所示。

图 15-5

图 15-6

07 执行"文件/导入/导入到舞台"命令，导入素材文件，如图15-7所示。

08 选中图像右击，在弹出的快捷菜单中选择"转换为元件"命令，在打开的"转换为元件"对话框中进行参数设置，单击"确定"按钮，如图15-8所示。

图 15-7

图 15-8

09 改变起始帧的位置，将第 1 帧移动到第 30 帧的位置，如图 15-9 所示。

图 15-9

10 在第 60 帧处单击鼠标右键，在弹出的快捷菜单中选择"插入关键帧"命令，如图 15-10 所示。

图 15-10

11 在"属性"面板中进行设置，将第 30 帧的 Alpha 值设为"0"，可以看到舞台中图像变成了透明的，如图 15-11 所示。

图 15-11

12 选择帧与帧之间的任意帧，单击鼠标右键，在弹出的快捷菜单中选择"创建传统补间"命令，如图 15-12 所示。

图 15-12

13 在时间轴上移动鼠标，可以看到图像出现淡入的效果，如图 15-13 所示。

图 15-13

14 新建一个图层，命名为"蜗牛"，如图 15-14 所示。

图 15-14

15 在第 60 帧处单击鼠标右键，在弹出的快捷菜单中选择"插入关键帧"命令，如图15-15 所示。

图 15-15

17 选中图像，单击鼠标右键，在弹出的快捷菜单中选择"转换为元件"命令，设置影片类形为"影片剪辑"，单击"确定"按钮，如图 15-17 所示。

图 15-17

19 为了在动画内部制作动画效果，选中图像，单击鼠标右键，在弹出的快捷菜单中选择"转换为元件"命令，在打开的"转换为元件"对话框中进行参数设置，单击"确定"按钮，如图 15-19 所示。

图 15-19

16 执行"文件/导入/导入到舞台"命令，导入素材文件，如图 15-16 所示。

图 15-16

18 选中图像，单击鼠标右键，在弹出的快捷菜单中选择"在当前位置编辑"命令，如图 15-18 所示。

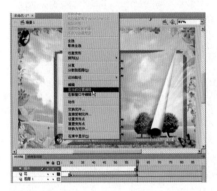

图 15-18

20 再次选中图像，单击鼠标右键，在弹出的快捷菜单中选择"转换为元件"命令，在打开的"转换为元件"对话框中进行参数设置，单击"确定"按钮，如图 15-20 所示。

图 15-20

21 分别在第5、第10帧处单击鼠标右键，在弹出的快捷菜单中选择"插入关键帧"命令，如图15-21所示。

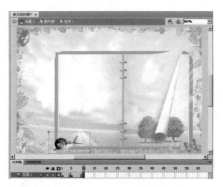

图15-21

22 将第5帧处的图像进行变形，如图15-22所示。

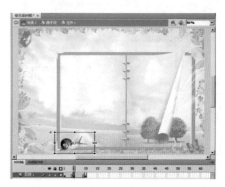

图15-22

23 回到上一个场景中，在第60帧处单击鼠标右键，在弹出的快捷菜单中选择"插入关键帧"命令，如图15-23所示。

图15-23

24 将第60帧处的图像进行移动，移动到合适的位置，如图15-24所示。

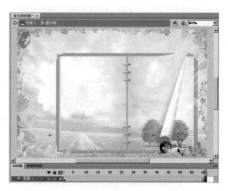

图15-24

25 在"图层1"上单击鼠标右键，在弹出的快捷菜单中选择"添加传统运动引导层"命令，如图15-25所示。

图15-25

26 将起始帧处图像与引导线的起点重合，如图15-26所示。

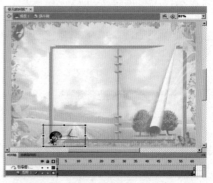

图15-26

27 将第 60 帧处图像与引导线的终点重合，如图 15-27 所示。

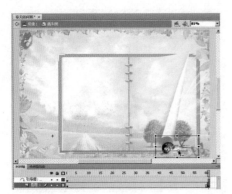

图 15-27

28 选择帧与帧之间的任意帧，单击鼠标右键，在弹出的快捷菜单中选择"创建传统补间"命令，如图 15-28 所示。

图 15-28

29 在时间轴上移动鼠标，可以看到蜗在爬行，如图 15-29 所示。

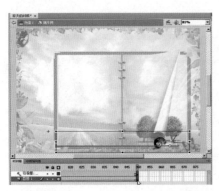

图 15-29

30 在第 350 帧处将所有的帧补齐，如图 15-30 所示。

图 15-30

31 回到主场景中，新建一个图层，命名为"蝴蝶"，如图 15-31 所示。

图 15-31

32 执行"文件/导入/导入到舞台"命令，导入素材文件，如图 15-32 所示。

图 15-32

③③ 此时会出现将文件导入舞台的对话框，在其中进行参数设置，如图 15-33 所示。

图 15-33

③④ 改变起始帧的位置，将第 1 帧移动到第 60 帧的位置，如图 15-34 所示。

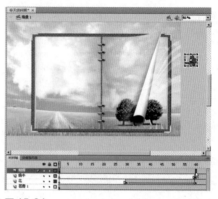

图 15-34

③⑤ 选中图像，单击鼠标右键，在弹出的快捷菜单中选择"转换为元件"命令，在打开的"转换为元件"对话框中进行参数设置，单击"确定"按钮，如图 15-35 所示。

图 15-35

③⑥ 选中图像，单击鼠标右键，在弹出的快捷菜单中选择"在当前位置编辑"命令，如图 15-36 所示。

图 15-36

③⑦ 选中图像，单击鼠标右键，在弹出的快捷菜单中选择"转换为元件"命令，在打开的"转换为元件"对话框中进行参数设置，单击"确定"按钮，如图 15-37 所示。

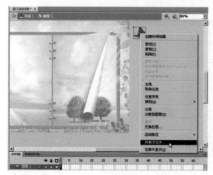

图 15-37

③⑧ 选中图像，单击鼠标右键，在弹出的快捷菜单中选择"转换为元件"命令，在打开的"转换为元件"对话框中进行参数设置，单击"确定"按钮，如图 15-38 所示。

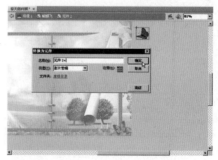

图 15-38

㊴ 分别在第 10、第 20 帧处单击鼠标右键，在
弹出的快捷菜单中选择"插入空白关键
帧"命令，如图 15-39 所示。

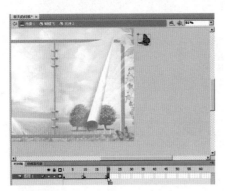

图 15-39

㊵ 在第 10 帧处将蝴蝶进行变形，如图 15-40
所示。

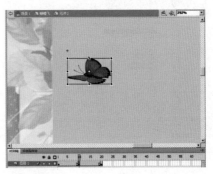

图 15-40

㊶ 在第 425 帧处单击鼠标右键，在弹出的快
捷菜单中选择"插入关键帧"命令，如图
15-41 所示。

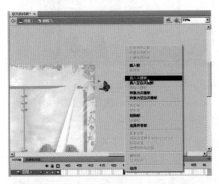

图 15-41

㊷ 在"图层 1"上单击鼠标右键，在弹出的
快捷菜单中选择"添加传统运动引导层"
命令，如图 15-42 所示。

图 15-42

㊸ 将起始帧处图像与引导线的起点重合，
如图 15-43 所示。

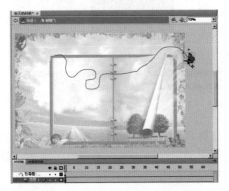

图 15-43

㊹ 将第 425 帧处图像与引导线的终点重合，
如图 15-44 所示。

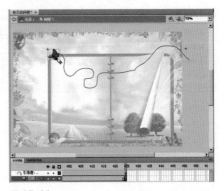

图 15-44

45 选择帧与帧之间的任意帧，单击鼠标右键，在弹出的快捷菜单中选择"创建传统补间"命令，如图 15-45 所示。

图 15-45

46 按照上面的制作方法，制作第二只蝴蝶飞动画，如图 15-46 所示。

图 15-46

47 执行"窗口/动作"命令，打开动作面板，在第 425 帧处输入动作命令，如图 15-47 所示。

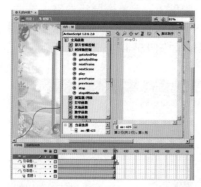

图 15-47

48 回到场景中，新建一个图层，命名为"文字"，如图 15-48 所示。

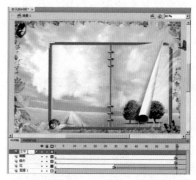

图 15-48

49 执行"插入/新建元件"命令或按 Ctrl+F8 组合键，新建一个元件，如图 15-49 所示。

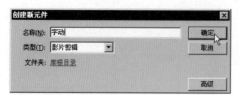

图 15-49

50 选择工具箱中的矩形工具，绘制一个矩形，如图 15-50 所示。

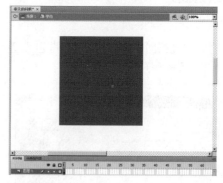

图 15-50

51 执行"窗口/颜色"命令，打开"颜色"面板，在"颜色"面板中将类型设为"线性"，接着选择下方的渐变色条，并调整其透明度，如图 15-51 所示。

52 在第 250 帧处单击鼠标右键，在弹出的快捷菜单中选择"插入关键帧"命令，如图 15-52 所示。

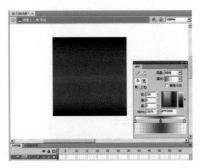

图 15-51

图 15-52

53 新建一个图层，命名为"字"，如图 15-53 所示。

54 选择工具箱中的文本工具，在舞台中输入文字内容，如图 15-54 所示。

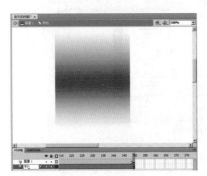

图 15-53

图 15-54

55 选中文字，单击鼠标右键，在弹出的快捷菜单中选择"转换为元件"命令，在打开的"转换为元件"对话框中进行参数设置，设置元件类型为"影片剪辑"，单击"确定"按钮，如图 15-55 所示。

56 在第 250 帧处单击鼠标右键，在弹出的快捷菜单中选择"插入关键帧"命令，如图 15-56 所示。

图 15-55

图 15-56

57 选择帧与帧之间的任意帧，单击鼠标右键，在弹出的快捷菜单中选择"创建传统补间"命令，如图 15-57 所示。

58 在"图层 1"上单击鼠标右键，在弹出的快捷菜单中选择"遮罩层"命令，如图 15-58 所示。

图 15-57

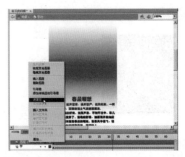

图 15-58

59 新建一个图层，命名为"AS"，如图 15-59 所示。

60 执行"窗口/动作"命令，打开动作面板，在第 250 帧处输入动作命令，如图 15-60 所示。

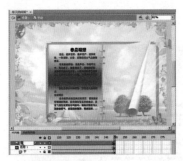

图 15-59

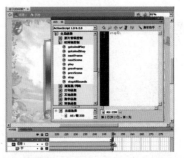

图 15-60

61 回到场景中，将做好的元件拖入到舞台中，如图 15-61 所示。

62 新建一个图层，命名为"as"，如图 15-62 所示。

图 15-61

图 15-62

63 执行"窗口/动作"命令，打开动作面板，在第 350 帧处输入动作命令，如图 15-63 所示。

64 按 Ctrl+Enter 组合键进行影片测试，如图 15-64 所示。

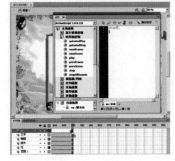

图 15-63

图 15-64

15.2 谢谢贺卡

→ 实例目标

本实例讲解一个小的谢谢动画贺卡的制作方法。

→ 技术分析

本实例主要通过在 Flash 里绘制场景和卡通形象并运用各种
基本效果，来实现动画的整体性和交互性。

最终效果图

制作步骤

01 启动 Flash CS4，执行"文件 / 新建"命
令或按 Ctrl+N 组合键，在弹出的"新建文
档"对话框中进行参数设置，单击"确定"
按钮，进入编辑界面，如图 15-65 所示。

02 打开"文档属性"对话框，设置文档大
小为"400 像素 × 300 像素"，如图 15-66
所示。

图 15-65

图 15-66

03 执行"窗口/颜色"命令，打开"颜色"面板，在"颜色"面板中将类型设为"线性"，接着选择下方的渐变色条，将黑色改为蓝色，如图 **15-67** 所示。

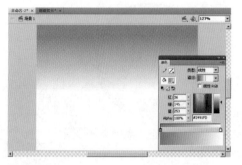

图 15-67

04 选择工具箱中的钢笔工具，绘制草地，并进行调整，如图 **15-68** 所示。

图 15-68

05 在第 140 帧处单击鼠标右键，在弹出的快捷菜单中选择"插入帧"命令，如图 15-69 所示。

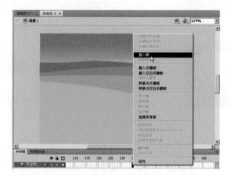

图 15-69

06 新建一个图层，命名为"树干"，如图 **15-70** 所示，然后在其中绘制树干图形。

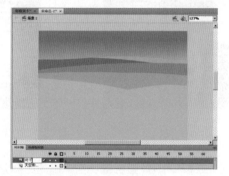

图 15-70

07 新建一个图层，命名为"白云"，如图 15-71 所示。

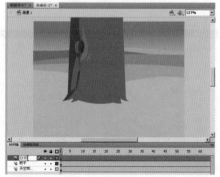

图 15-71

08 在舞台中绘制白云，并将其转换为元件，如图 **15-72** 所示。

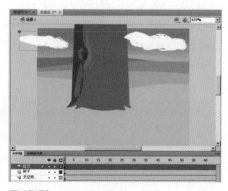

图 15-72

09 将"白云"图层移动到"树干"图层的下方,如图 15-73 所示。

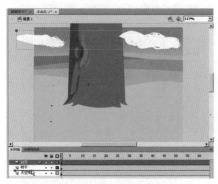

图 15-73

10 在"白云"图层上单击鼠标右键,在弹出的快捷菜单中选择"添加传统运动引导层"命令,如图 15-74 所示。

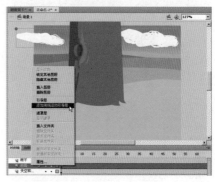

图 15-74

11 选择帧与帧之间的任意帧,单击鼠标右键,在弹出的快捷菜单中选择"创建传统补间"命令,如图 15-75 所示。

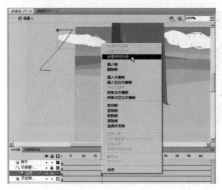

图 15-75

12 新建一个图层,命名为"女兔",如图 15-76 所示。

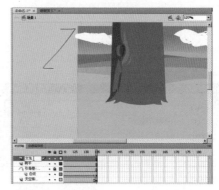

图 15-76

13 在舞台中绘制女兔的形象,如图 15-77 所示。

图 15-77

14 绘制女兔的眼睛,如图 15-78 所示。

图 15-78

⑮ 制作女兔的眼睛的动画，如图 15-79 所示。

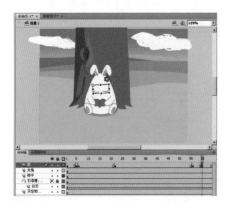

图 15-79

⑯ 选择帧与帧之间的任意帧，单击鼠标右键，在弹出的快捷菜单中选择"创建传统补间"命令，如图 15-80 所示。

图 15-80

⑰ 执行"插入 / 新建元件"命令或按 Ctrl+F8 组合键，新建一个元件，如图 15-81 所示。

图 15-81

⑱ 双击进入元件内部，在舞台中绘制卡片，如图 15-82 所示。

图 15-82

⑲ 新建"card"图层，在第 65 帧处单击鼠标右键，在弹出的快捷菜单中选择"插入关键帧"命令，如图 15-83 所示。

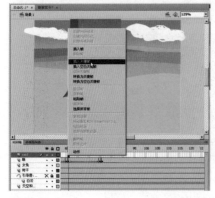

图 15-83

⑳ 回到场景中，将卡片移到舞台中，并调整卡片的方向，如图 15-84 所示。

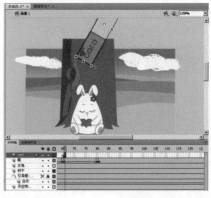

图 15-84

21 在"card"图层上单击鼠标右键，在弹出的快捷菜单中选择"添加传统运动引导层"命令，如图 15-85 所示。

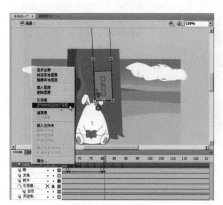

图 15-85

22 将起始帧处图像与引导线的起点重合，如图 15-86 所示。

图 15-86

23 新建一个图层，命名为"睁眼"，在第 80 帧处单击鼠标右键，在弹出的快捷菜单中选择"插入关键帧"命令，如图 15-87 所示。

图 15-87

24 新建一个图层，命名为"!"，在第 83 帧处单击鼠标右键，在弹出的快捷菜单中选择"插入关键帧"命令，如图 15-88 所示。

图 15-88

25 在舞台中绘制惊讶的表情，如图 15-89 所示。

图 15-89

26 在新图层中绘制新的场景，如图 15-90 所示。

图 15-90

㉗ 在新图层中绘制小兔子钓贺卡的动画，如图 15-91 所示。

图 15-91

㉘ 在第 190 帧处单击鼠标右键，在弹出的快捷菜单中选择"插入关键帧"命令，如图 15-92 所示。

图 15-92

㉙ 选择工具箱中的矩形工具，绘制一个矩形，如图 15-93 所示。

图 15-93

㉚ 选择帧与帧之间的任意帧，单击鼠标右键，在弹出的快捷菜单中选择"创建传统补间"命令，如图 15-94 所示。

图 15-94

㉛ 在时间轴上移动鼠标，可以看到舞台中出现淡入的效果，如图 15-95 所示。

图 15-95

㉜ 制作花的淡入淡出效果，如图 15-96 所示。

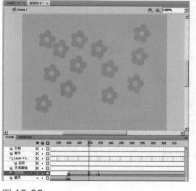

图 15-96

33 制作女兔看卡片的效果，即由小到大的镜头切换，如图 15-97 所示。

34 制作兔钓卡片的效果，如图 15-98 所示。

图 15-97

图 15-98

35 制作兔从树上坠落的效果，如图 15-99 所示。

36 制作兔踩空的动作，如图 15-100 所示。

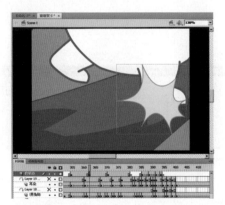

图 15-99

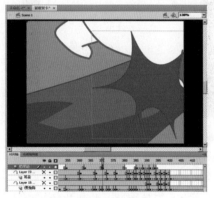

图 15-100

37 制作兔到达地面后的动作，如图 15-101 所示。

38 绘制男兔掉在地上的场景，如图 15-102 所示。

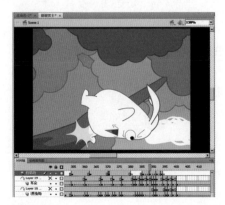

图 15-101

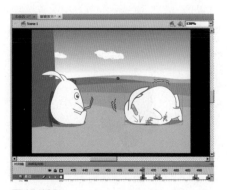

图 15-102

39 选择工具箱中的矩形工具，绘制一个矩形，并在"颜色"面板中进行设置，如图15-103 所示。

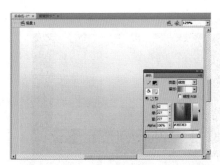

图 15-103

40 选择工具箱中的椭圆工具，在舞台中按住Shift 键绘制两个正圆，如图15-104 所示。

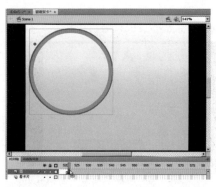

图 15-104

41 新建一个图层，命名为"花"，如图15-105所示。

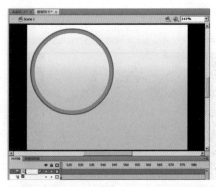

图 15-105

42 执行"插入/新建元件"命令或按Ctrl+F8组合键，新建一个元件，如图15-106 所示。

图 15-106

43 双击进入元件内部，制作花的图形，如图15-107 所示。

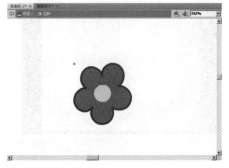

图 15-107

44 选中图形，单击鼠标右键，在弹出的快捷菜单中选择"转换为元件"命令，在打开的"转换为元件"对话框中进行参数设置，设置元件类型为"影片剪辑"，单击"确定"按钮，如图15-108 所示。

图 15-108

45 分别在第30、第40、第41、第70、第80帧处单击鼠标右键，在弹出的快捷菜单中选择"插入关键帧"命令，如图15-109所示。

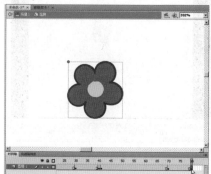

图 15-109

46 在"图层1"上单击鼠标右键，在弹出的快捷菜单中选择"添加传统运动引导层"命令，如图15-110所示。

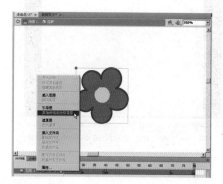

图 15-110

47 在引导层上随意绘制一个圆，如图15-111所示。

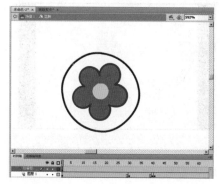

图 15-111

48 选择帧与帧之间的任意帧，单击鼠标右键，在弹出的快捷菜单中选择"创建传统补间"命令，如图15-112所示。

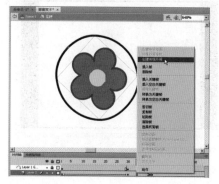

图 15-112

49 将做好的花元件拖入到舞台中，如图15-113所示。

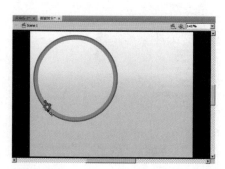

图 15-113

50 将花元件拖入舞台中，放在不同的位置，并改变花的大小，如图15-114所示。

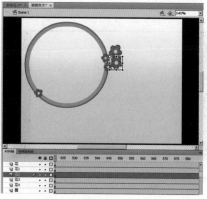

图 15-114

(51) 新建一个图层，命名为“心”，如图 15-115 所示。

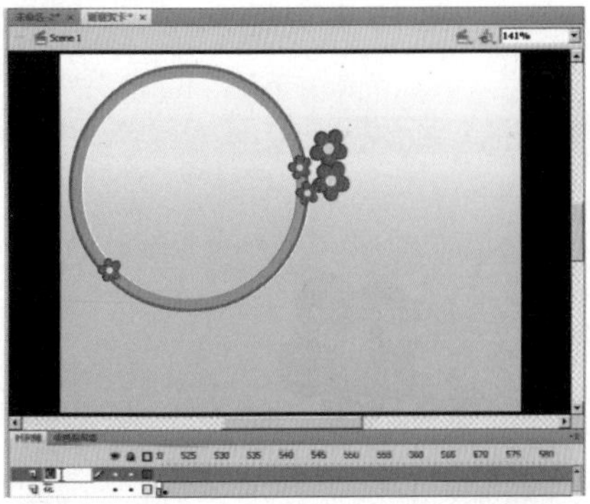

图 15-115

(52) 在舞台中绘制一颗心，如图 15-116 所示。

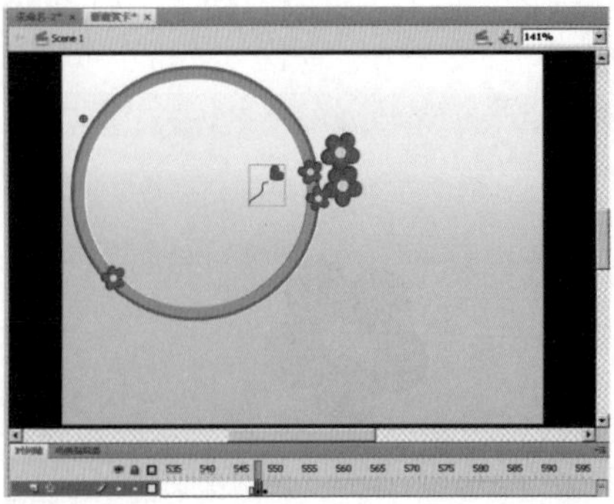

图 15-116

(53) 选择工具箱中的椭圆工具，在舞台中按住 Shift 键绘制一个正圆，如图 15-117 所示。

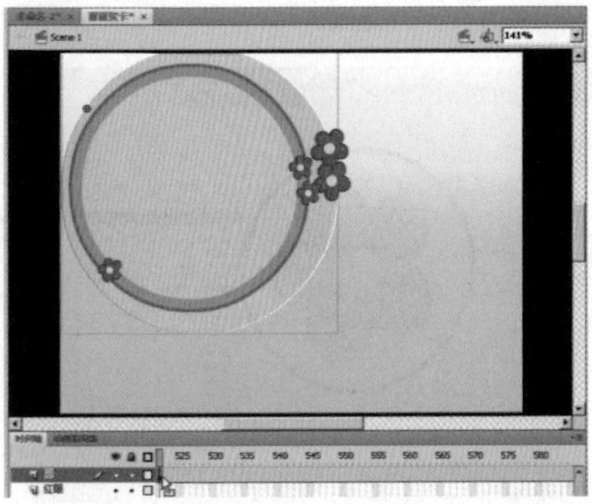

图 15-117

(54) 将女兔元件拖入到舞台中，并放在合适的位置，如图 15-118 所示。

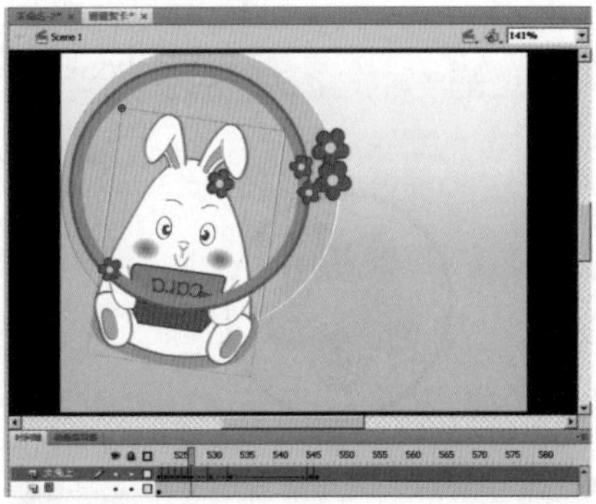

图 15-118

(55) 选择工具箱中的椭圆工具，在舞台中按住 Shift 键绘制一个正圆，如图 15-119 所示。

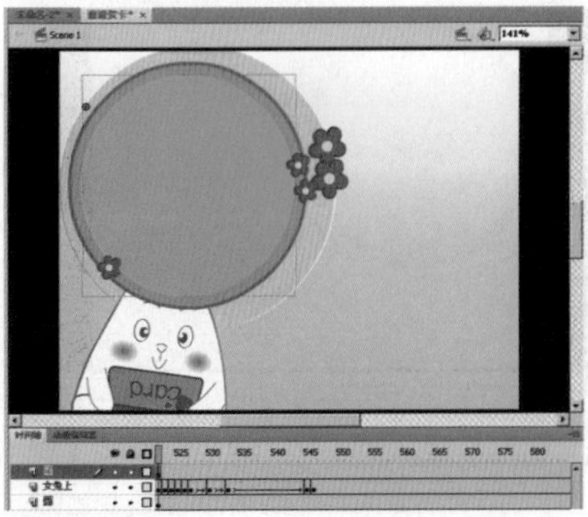

图 15-119

(56) 在图层“圆”上单击鼠标右键，在弹出的快捷菜单中选择“遮罩层”命令，如图 15-120 所示。

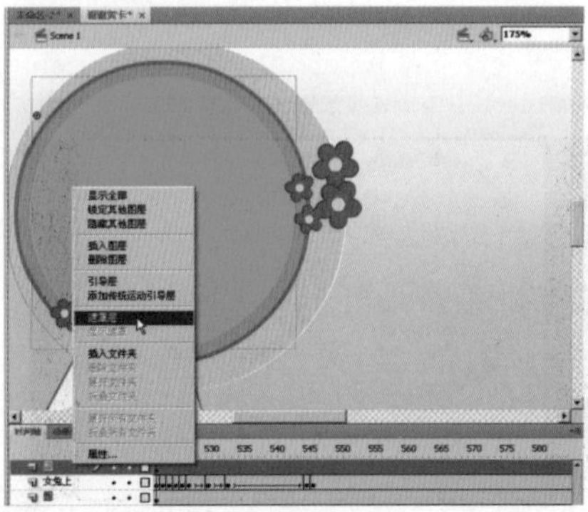

图 15-120

57 将图层"圆"拖入到遮罩层内,如图15-121所示。

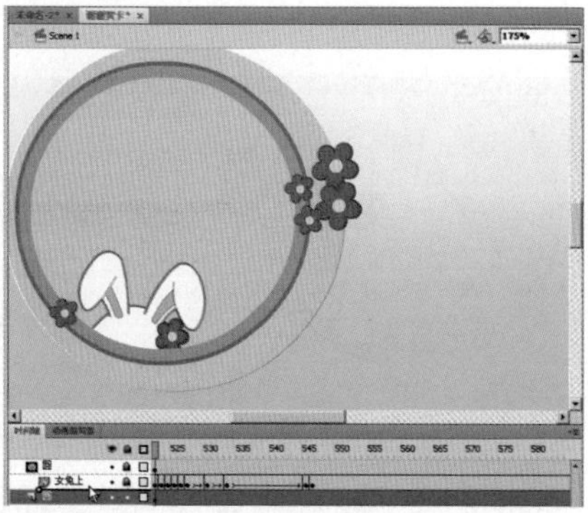

58 在时间轴上移动鼠标,可以看到动画效果,如图15-122所示。

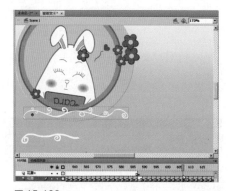

图 15-121

图 15-122

59 制作花腾的生长效果,如图15-123所示。

60 新建一个图层,命名为"字",如图15-124所示。

图 15-123

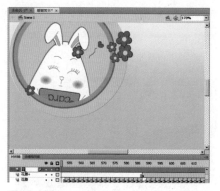

图 15-124

61 选中图像,单击鼠标右键,在弹出的快捷菜单中选择"转换为关键帧"命令,在打开的对话框中进行参数设置,单击"确定"按钮,如图15-125所示。

62 在舞台中绘制手写式的文字内容,如图15-126所示。

图 15-125

图 15-126

63 分别在第 583、第 594、第 603 帧处单击
鼠标右键，在弹出的快捷菜单中选择"插
入关键帧"命令，如图 15-127 所示。

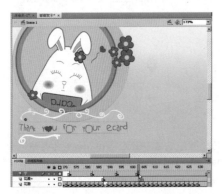

图 15-127

64 将第 573 帧的 Alpha 值设为"0"，可以
看到舞台中图像变成了透明的，如图
15-128 所示。

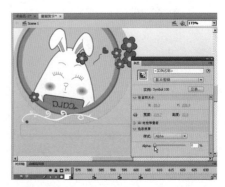

图 15-128

65 选择帧与帧之间的任意帧，单击鼠标右
键，在弹出的快捷菜单中选择"创建传统
补间"命令，如图 15-129 所示。

图 15-129

66 执行"插入/新建元件"命令或按 Ctrl+F8
组合键，新建一个元件，如图 15-130 所示。

图 15-130

67 双击进入元件内部，制作兔子落地后的
效果，如图 15-131 所示。

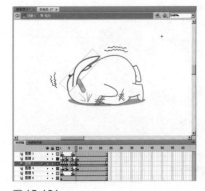

图 15-131

68 执行"插入/新建元件"命令或按 Ctrl+F8 组
合键，新建一个元件，如图 15-132 所示。

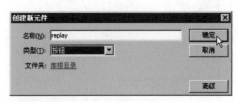

图 15-132

69 制作兔动的按钮效果，如图 **15-133** 所示。

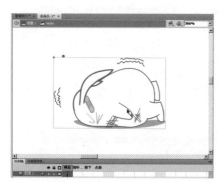

图 15-133

70 在第 **2** 帧处单击鼠标右键，在弹出的快捷菜单中选择"插入关键帧"命令，如图 **15-134** 所示。

图 15-134

71 绘制兔子的新形象，如图 **15-135** 所示。

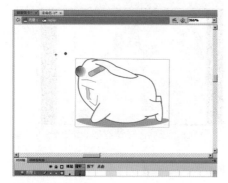

图 15-135

72 在第 **3** 帧处单击鼠标右键，在弹出的快捷菜单中选择"插入关键帧"命令，如图 **15-136** 所示。

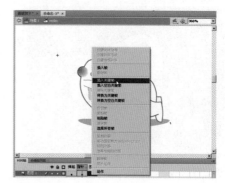

图 15-136

73 在第 **4** 帧处单击鼠标右键，在弹出的快捷菜单中选择"插入空白关键帧"命令，如图 **15-137** 所示。

图 15-137

74 绘制一个不规则的图形，如图 **15-138** 所示。

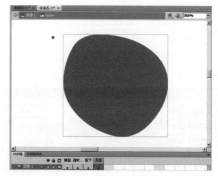

图 15-138

75 新建一个图层，在第 1 帧处单击鼠标右键，在弹出的快捷菜单中选择"插入空白关键帧"命令，如图 15-139 所示。

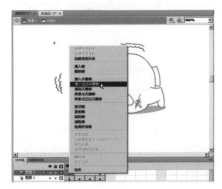

图 15-139

76 在舞台中输入文字，如图 15-140 所示。

图 15-140

77 改变文字的颜色，如图 15-141 所示。

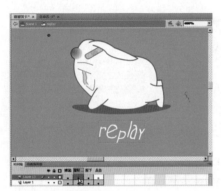

图 15-141

78 将做好的按钮元件拖入到舞台中，如图 15-142 所示。

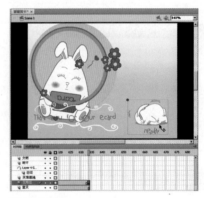

图 15-142

79 执行"插入 / 新建元件"命令或按 Ctrl+F8 组合键，新建一个元件，如图 15-143 所示。

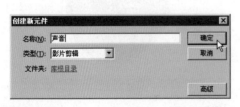

图 15-143

80 选择工具箱中的矩形工具，绘制一个矩形，如图 15-144 所示。

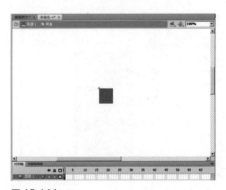

图 15-144

81 在第1130帧处单击鼠标右键，在弹出的快捷菜单中选择"插入帧"命令，如图15-145所示。

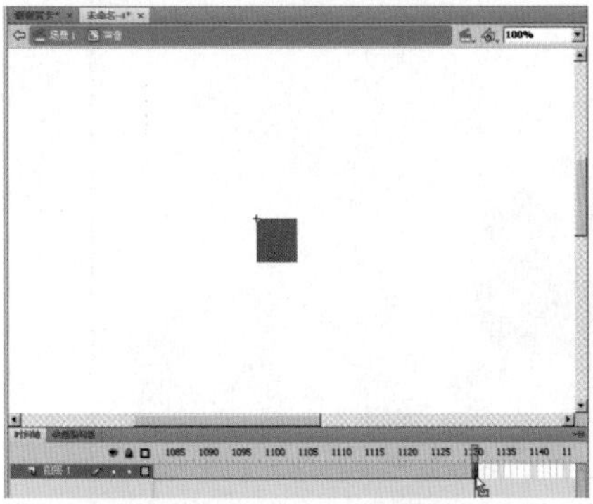

图 15-145

82 新建一个图层，命名为"声音"，如图15-146所示。

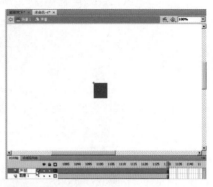

图 15-146

83 执行"文件/导入/导入到舞台"命令，导入声音素材文件，如图15-147所示。

图 15-147

84 新建一个图层，命名为"Action"，如图15-148所示。

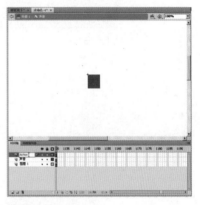

图 15-148

85 执行"窗口/动作"命令，打开动作面板，输入动作命令，如图15-149所示。

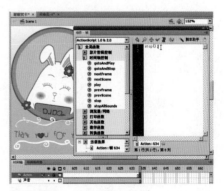

图 15-149

86 再次打开动作面板，输入动作命令，如图15-150所示。

图 15-150

87 按 Ctrl+Enter 组合键进行影片测试，如图 15-151 所示。

图 15-151

Chapter 16

首页与片头动画

本章主要讲解 Flash 首页与片头动画的制作方法。Flash 片头动画是为网站首页增色的最有效方法之一，一个炫目生动的动画能带给浏览者最佳的视觉和听觉感受。制作片头动画是对 Flash 软件的综合运用，通过制作片头动画能够更深入地了解 Flash 各个元素的作用和应用方法。

16.1 网站首页动画

Tip 技巧提示

→ 实例目标

本实例通过按钮和 ActionScript 相结合制作一个网站首页动画。

→ 技术分析

本实例主要使用了绘图工具中的椭圆工具和文本工具制作画面中的一些图形元素，通过按钮和 ActionScript 相结合生成动感很强的动画效果。

最终效果图

制作步骤

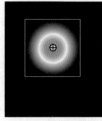  

01 启动 Flash CS4，执行"文件/新建"命令或按 Ctrl+N 组合键，在弹出的"新建文档"对话框中进行参数设置，单击"确定"按钮，进入编辑界面，如图 16-1 所示。

02 打开"文档属性"对话框，设置文档大小为"590 像素 × 300 像素"，如图 16-2 所示。

图 16-1

图 16-2

03 执行"文件/导入/导入到舞台"命令，导入素材文件，如图16-3所示。

04 执行"窗口/对齐"命令，打开"对齐"面板，将"相对于舞台"按钮选中，单击"水平中齐"和"垂直中齐"按钮，如图16-4所示。

图 16-3

图 16-4

05 新建一个图层，命名为"跳动的圆"，如图16-5所示。

06 执行"插入/新建元件"命令或按Ctrl+F8组合键，新建一个元件，如图16-6所示。

图 16-5

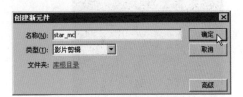

图 16-6

07 选择工具箱中的椭圆工具，在舞台中按住Shift键绘制一个正圆，如图16-7所示。

08 执行"窗口/颜色"命令，打开"颜色"面板，在"颜色"面板中将类型设为"放射状"，并调整其透明度，如图16-8所示。

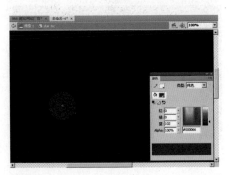

图 16-7

图 16-8

09 选中图像，单击鼠标右键，在弹出的快捷菜单中选择"转换为元件"命令，在打开的"转换为元件"对话框中进行参数设置，单击"确定"按钮，如图 16-9 所示。

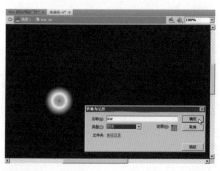

图 16-9

10 分别在第25、第40、第68帧处单击鼠标右键，在弹出的快捷菜单中选择"插入关键帧"命令，如图 16-10 所示。

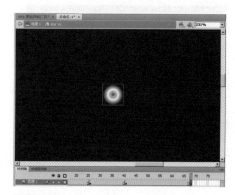

图 16-10

11 在"属性"面板中进行设置，将第1帧的 Alpha 值设为"45%"，可以看到舞台中图像变成了透明的，如图 16-11 所示。

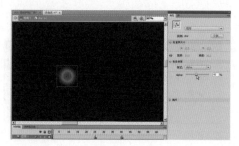

图 16-11

12 将第68帧的 Alpha 值设为"13%"，可以看到舞台中图像变成了透明的，如图 16-12 所示。

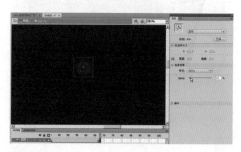

图 16-12

13 选择帧与帧之间的任意帧，单击鼠标右键，在弹出的快捷菜单中选择"创建传统补间"命令，如图 16-13 所示。

图 16-13

14 在"图层 1"上单击鼠标右键，在弹出的快捷菜单中选择"添加传统运动引导层"命令，如图 16-14 所示。

图 16-14

15 选择工具箱中的铅笔工具，在舞台中绘
制一条曲线，如图 16-15 所示。

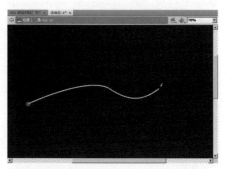

图 16-15

16 将起始帧处图像与引导线的起点重合，
如图 16-16 所示。

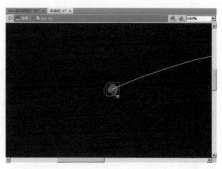

图 16-16

17 将第 25 帧处图像与引导线中间的一点重
合，如图 16-17 所示。

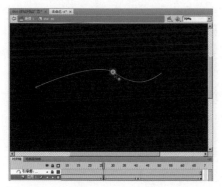

图 16-17

18 将第 40 帧处图像与引导线中间的另一点
重合，如图 16-18 所示。

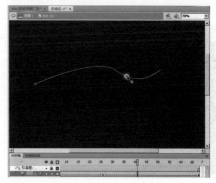

图 16-18

19 将第 68 帧处图像与引导线的终点重合，
如图 16-19 所示。

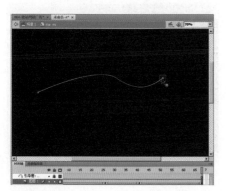

图 16-19

20 按照上面的制作方法，制作第二条引导
线效果，如图 16-20 所示。

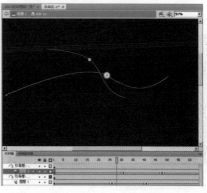

图 16-20

21 执行"插入/新建元件"命令或按 Ctrl+F8 组合键，新建一个元件，如图 16-21 所示。

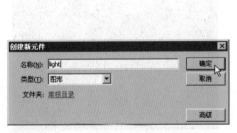

图 16-21

22 选择工具箱中的椭圆工具，在舞台中按住 Shift 键绘制一个正圆，如图 16-22 所示。

图 16-22

23 选中图像，单击鼠标右键，在弹出的快捷菜单中选择"转换为元件"命令，在打开的"转换为元件"对话框中进行参数设置，单击"确定"按钮，如图 16-23 所示。

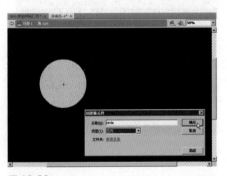

图 16-23

24 分别在第 8、第 10、第 12、第 14 帧处单击鼠标右键，在弹出的快捷菜单中选择"插入关键帧"命令，如图 16-24 所示。

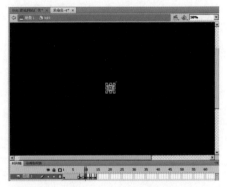

图 16-24

25 选择帧与帧之间的任意帧，单击鼠标右键，在弹出的快捷菜单中选择"创建传统补间"命令，如图 16-25 所示。

图 16-25

26 新建一个图层，在第 14 帧处单击鼠标右键，在弹出的快捷菜单中选择"插入空白关键帧"命令，如图 16-26 所示。

图 16-26

27 选择工具箱中的铅笔工具，绘一个菱形，如图 16-27 所示。

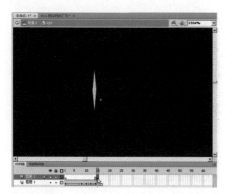

图 16-27

28 选中图像，单击鼠标右键，在弹出的快捷菜单中选择"转换为元件"命令，在打开的"转换为元件"对话框中进行参数设置，然后单击"确定"按钮，如图 16-28 所示。

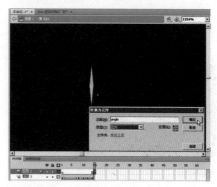

图 16-28

29 在"属性"面板中进行设置，将第 15 帧的 Alpha 值设为"50%"，可以看到舞台中图像变成了半透明的，如图 16-29 所示。

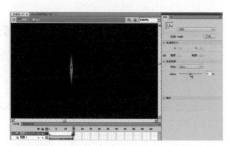

图 16-29

30 在第 14 帧处单击鼠标右键，在弹出的快捷菜单中选择"插入空白关键帧"命令，如图 16-30 所示。

图 16-30

31 选择工具箱中的铅笔工具，绘一个菱形，如图 16-31 所示。

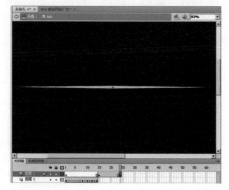

图 16-31

32 选中图像，单击鼠标右键，在弹出的快捷菜单中选择"转换为元件"命令，在打开的"转换为元件"对话框中进行参数设置，单击"确定"按钮，如图 16-32 所示。

图 16-32

㉝ 在"属性"面板中进行设置,将第24帧的 Alpha 值设为"0",可以看到舞台中图像变成了透明的,如图 16-33 所示。

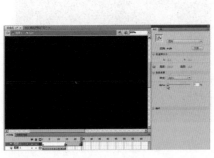

图 16-33

㉟ 执行"窗口 / 动作"命令,打开动作面板,在第24帧处输入动作命令,如图 16-35 所示。

图 16-35

㊲ 选择工具箱中的文本工具,在舞台中输入文字内容,如图 16-37 所示。

图 16-37

㉞ 选择帧与帧之间的任意帧,单击鼠标右键,在弹出的快捷菜单中选择"创建传统补间"命令,如图 16-34 所示。

图 16-34

㊱ 执行"插入 / 新建元件"命令或按 Ctrl+F8 组合键,新建一个元件,如图 16-36 所示。

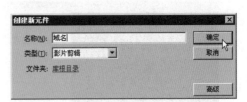

图 16-36

㊳ 选中图像,单击鼠标右键,在弹出的快捷菜单中选择"转换为元件"命令,在打开的"转换为元件"对话框中进行参数设置,然后单击"确定"按钮,如图 16-38 所示。

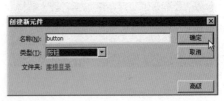

图 16-38

39 在第 2 帧处单击鼠标右键，在弹出的快捷菜单中选择"插入空白关键帧"命令，如图 16-39 所示。

图 16-39

40 将做好的元件"light"拖入到舞台中，如图 16-40 所示。

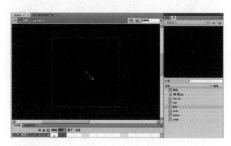

图 16-40

41 在第 4 帧处单击鼠标右键，在弹出的快捷菜单中选择"插入空白关键帧"命令，如图 16-41 所示。

图 16-41

42 新建一个图层，选择工具箱中的矩形工具，绘制一个矩形，如图 16-42 所示。

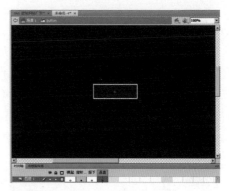

图 16-42

43 在第 2 帧处单击鼠标右键，在弹出的快捷菜单中选择"插入空白关键帧"命令，如图 16-43 所示。

图 16-43

44 执行"文件 / 导入 / 导入到舞台"命令，导入素材文件，如图 16-44 所示。

图 16-44

45 回到场景中，将做好的元件拖入到舞台中，放到合适的位置，如图 16-45 所示。

图 16-45

47 制作其他文字元件，并将做好的所有文字元件拖入到舞台中，放到合适的位置，如图 16-47 所示。

图 16-47

49 执行"窗口 / 动作"命令，打开动作面板，在第 1 帧处输入如下动作命令，如图 16-49 所示。

if (Math.abs(420-_xmouse)/200) {

   tspeed = (420-_xmouse)/200;

} else {

   tspeed = 0.01;

}

46 将做好的文字元件拖入到舞台中，放到合适的位置，如图 16-46 所示。

图 16-46

48 选中所有图层，在第 2 帧处单击鼠标右键，在弹出的快捷菜单中选择"插入帧"命令，如图 16-48 所示。

图 16-48

图 16-49

㊿ 在"域名"按钮上添加如下动作命令，如图 16-50 所示。

```
onClipEvent (load) {
  t=270;
}
onClipEvent (enterFrame) {
  this._x=420+Math.sin(Math.PI/180*t)*100
  if(t<=360)
    t+=0.01+_root.tspeed
  else
    t=0;
  this._xscale=(Math.cos(Math.PI/180*t)+1)*10+20
  this._yscale=(Math.cos(Math.PI/180*t)+1)*10+20
  this._alpha=100-Math.cos(Math.PI/180*t-135)*50
}
```

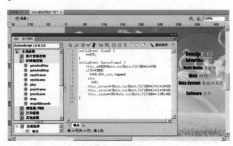

图 16-50

51 在"广告"按钮上添加如下动作命令，如图 16-51 所示。

```
onClipEvent (load) {
  t=330;
}
onClipEvent (enterFrame) {
  this._x=420+Math.sin(Math.PI/180*t)*100
  if(t<=360)
    t+=0.01+_root.tspeed
  else
    t=0;
  this._xscale=(Math.cos(Math.PI/180*t)+1)*10+20
  this._yscale=(Math.cos(Math.PI/180*t)+1)*10+20
  this._alpha=100-Math.cos(Math.PI/180*t-135)*50
}
```

图 16-51

52 在"多媒体"按钮上添加如下动作命令，如图 16-52 所示。

```
onClipEvent (load) {
  t=200;
}
onClipEvent (enterFrame) {
  this._x=420+Math.sin(Math.PI/180*t)*100
  if(t<=360)
    t+=0.01+_root.tspeed
  else
    t=0;
  this._xscale=(Math.cos(Math.PI/180*t)+1)*10+20
  this._yscale=(Math.cos(Math.PI/180*t)+1)*10+20
```

```
this._alpha=100-Math.cos(Math.PI/
180*t-135)*50

}
```

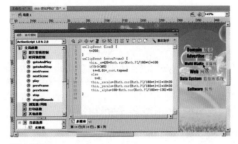

图 16-52

53 在"网络"按钮上添加如下动作命令，如图 16-53 所示。

```
onClipEvent (load) {

    t=90;

}

onClipEvent (enterFrame) {

    this._x=420+Math.sin(Math.PI/180*t)*100

    if(t<=360)

     t+=0.01+_root.tspeed

     else

      t=0;

    this._xscale=(Math.cos(Math.PI/180*t)
+1)*10+20

    this._yscale=(Math.cos(Math.PI/180*t)
+1)*10+20

    this._alpha=100-Math.cos(Math.PI/
180*t-135)*50

}
```

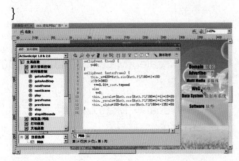

图 16-53

54 在"数据库系统"按钮上添加如下动作命令，如图 16-54 所示。

```
onClipEvent (load) {

    t=0;

}

onClipEvent (enterFrame) {

    this._x=420+Math.sin(Math.PI/180*t)*100

    if(t<=360)

     t+=0.01+_root.tspeed

     else

      t=0;

    this._xscale=(Math.cos(Math.PI/180*t)
+1)*10+20

    this._yscale=(Math.cos(Math.PI/180*t)
+1)*10+20

    this._alpha=100-Math.cos(Math.PI/
180*t-135)*50

}
```

图 16-54

55 在"软件"按钮上添加如下动作命令，如图 16-55 所示。

```
onClipEvent (load) {

    t=200;

}

onClipEvent (enterFrame) {

    this._x=420+Math.sin(Math.PI/180*t)
*100
```

```
if(t<=360)

    t+=0.01+_root.tspeed

  else

    t=0;

  this._xscale=(Math.cos(Math.PI/180*t)
+1)*10+20

  this._yscale=(Math.cos(Math.PI/180*t)
+1)*10+20

  this._alpha=100-Math.cos(Math.PI/
180*t-135)*50

}
```

56 按 Ctrl+Enter 组合键进行影片测试，如图 16-56 所示。

图 16-56

57 当鼠标移至图像上时，会有动画和声音同时播放，如图 16-57 所示。

图 16-55

图 16-57

16.2 房地产片头动画

Tip 技巧提示

→ 实例目标

本实例是一个房地产片头广告，主要介绍制作逐帧动画的一些要点和技巧。

→ 技术分析

本实例主要使用了绘图工具中的钢笔工具和椭圆工具等制作画面中的一些图形元素和动物形象，主要介绍逐帧动画的应用。

最终效果图

制作步骤

① 启动 Flash CS4,执行"文件/新建"命令或按 Ctrl+N 组合键,在弹出的"新建文档"对话框中进行参数设置,单击"确定"按钮,进入编辑界面,如图 16-58 所示。

② 打开"文档属性"对话框,设置文档大小为"1000 像素×434 像素",如图 16-59 所示。

图 16-58

图 16-59

③ 执行"文件/导入/导入到舞台"命令,导入素材文件,如图 16-60 所示。

④ 分别在第 3、第 10 帧处单击鼠标右键,在弹出的快捷菜单中选择"插入关键帧"命令,如图 16-61 所示。

图 16-60

图 16-61

⑤ 新建一个图层,命名为"底图",如图 16-62 所示。

⑥ 在第 11 帧处单击鼠标右键,在弹出的快捷菜单中选择"插入空白关键帧"命令,如图 16-63 所示。

图 16-62

图 16-63

07 执行"文件／导入／导入到舞台"命令，导入素材文件，如图 16-64 所示。

08 执行"窗口／对齐"命令，打开"对齐"面板，将"相对于舞台"按钮选中，单击"水平中齐"和"垂直中齐"按钮，如图 16-65 所示。

图 16-64

图 16-65

09 选中"底图"层中的所有帧，单击鼠标右键，在弹出的快捷菜单中选择"复制帧"命令，如图 16-66 所示。

10 新建一个图层，单击鼠标右键，在弹出的快捷菜单中选择"粘贴帧"命令，如图 16-67 所示。

图 16-66

图 16-67

11 选择工具箱中的钢笔工具，绘制出遮罩层，如图16-68所示。

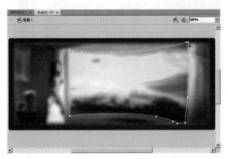

图 16-68

12 选择工具箱中的颜料桶工具，给勾勒出的轮廓上色，如图16-69所示。

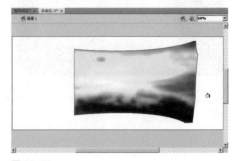

图 16-69

13 在第12帧处单击鼠标右键，在弹出的快捷菜单中选择"插入帧"命令，如图16-70所示。

图 16-70

14 在"图层5"上单击鼠标右键，在弹出的快捷菜单中选择"遮罩层"命令，如图16-71所示。

图 16-71

15 新建一个图层，命名为"百分比"，如图16-72所示。

图 16-72

16 在第3帧处单击鼠标右键，在弹出的快捷菜单中选择"插入关键帧"命令，如图16-73所示。

图 16-73

⓱ 选中图像，单击鼠标右键，在弹出的快捷菜单中选择"转换为元件"命令，在打开的"转换为元件"对话框中进行参数设置，然后单击"确定"按钮，如图 16-74 所示。

图 16-74

⓲ 在第 10 帧处单击鼠标右键，在弹出的快捷菜单中选择"插入关键帧"命令，如图 16-75 所示。

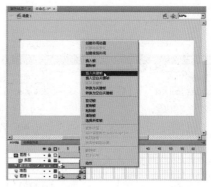

图 16-75

⓳ 在"属性"面板中进行设置，将第 10 帧的 Alpha 值设为"0"，可以看到舞台中图像变成了透明的，如图 16-76 所示。

图 16-76

⓴ 选择帧与帧之间的任意帧，单击鼠标右键，在弹出的快捷菜单中选择"创建传统补间"命令，如图 16-77 所示。

图 16-77

㉑ 新建一个图层，命名为"文字"，如图 16-78 所示。

图 16-78

㉒ 在第 10 帧处单击鼠标右键，在弹出的快捷菜单中选择"插入关键帧"命令，如图 16-79 所示。

图 16-79

23 执行"插入/新建元件"命令或按 Ctrl+F8 组合键,新建一个元件,如图 16-80 所示。

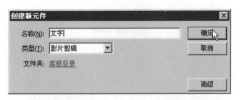

图 16-80

24 执行"文件/导入/导入到舞台"命令,导入素材文件,如图 16-81 所示。

图 16-81

25 执行"插入/新建元件"命令或按 Ctrl+F8 组合键,新建一个元件,如图 16-82 所示。

图 16-82

26 进入元件内部,在第 70 帧处单击鼠标右键,在弹出的快捷菜单中选择"插入关键帧"命令,如图 16-83 所示。

图 16-83

27 在"属性"面板中进行设置,将第 20 帧的 Alpha 值设为"0",可以看到舞台中图像变成了透明的,如图 16-84 所示。

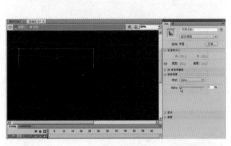

图 16-84

28 选择帧与帧之间的任意帧,单击鼠标右键,在弹出的快捷菜单中选择"创建传统补间"命令,如图 16-85 所示。

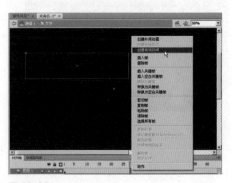

图 16-85

㉙ 回到场景中，将做好的文字元件拖到舞台中，放到合适的位置，如图 16-86 所示。

图 16-86

㉚ 执行"插入／新建元件"命令或按 Ctrl+F8 组合键，新建一个元件，如图 16-87 所示。

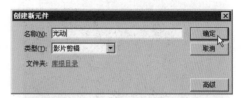

图 16-87

㉛ 在第 3 帧处单击鼠标右键，在弹出的快捷菜单中选择"插入关键帧"命令，如图 16-88 所示。

图 16-88

㉜ 选中图像，单击鼠标右键，在弹出的快捷菜单中选"转换为元件"命令，在打开的对话框中进行参数设置，然后单击"确定"按钮，如图 16-89 所示。

图 16-89

㉝ 分别在第 5、第 21、第 22、第 25、第 33 帧处单击鼠标右键，在弹出的快捷菜单中选择"插入关键帧"命令，如图 16-90 所示。

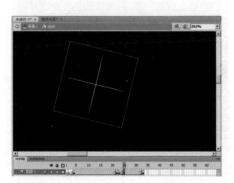

图 16-90

㉞ 选择工具箱中的任意变形工具，改变图形的方向，如图 16-91 所示。

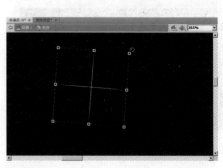

图 16-91

③⑤ 在"属性"面板中进行设置，将第1帧的 Alpha 值设为"0"，可以看到舞台中图像变成了透明的，如图 16-92 所示。

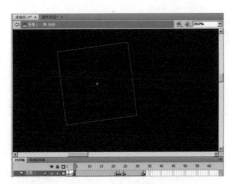

图 16-92

③⑥ 将第33帧的 Alpha 值设为"0"，可以看到舞台中图像变成了透明的，如图 16-93 所示。

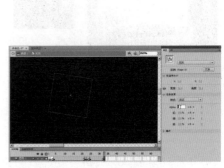

图 16-93

③⑦ 选择帧与帧之间的任意帧，单击鼠标右键，在弹出的快捷菜单中选择"创建传统补间"命令，如图 16-94 所示。

图 16-94

③⑧ 在时间轴上移动鼠标，可以看到动画效果，如图 16-95 所示。

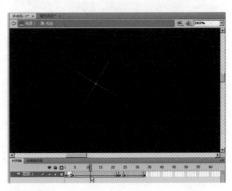

图 16-95

③⑨ 按照上面的方法，再制作一个星光效果，并将两个效果重合，如图 16-96 所示。

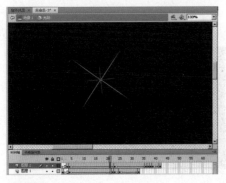

图 16-96

④⓪ 新建一个图层，在第3帧处单击鼠标右键，在弹出的快捷菜单中选择"插入关键帧"命令，如图 16-97 所示。

图 16-97

41 在第 2 帧处单击鼠标右键，在弹出的快捷菜单中选择"插入关键帧"命令，如图 16-98 所示。

图 16-98

42 选择工具箱中的椭圆工具，在舞台中按住 Shift 键绘制一个正圆，如图 16-99 所示。

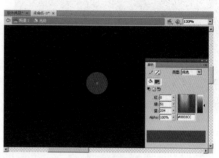

图 16-99

43 执行"窗口 / 颜色"命令，打开"颜色"面板，在"颜色"面板中将类型设为"放射状"，接着选择下方的渐变色条，将黑色改为白色，并调整其透明度，如图 16-100 所示。

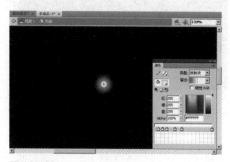

图 16-100

44 将做好的元件拖入到舞台中，如图 16-101 所示。

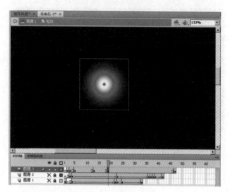

图 16-101

45 选择帧与帧之间的任意帧，单击鼠标右键、在弹出的快捷菜单中选择"创建传统补间"命令，如图 16-102 所示。

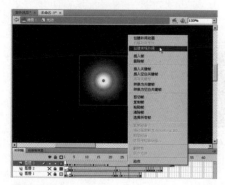

图 16-102

46 在时间轴上移动鼠标，可以看到动画效果，如图 16-103 所示。

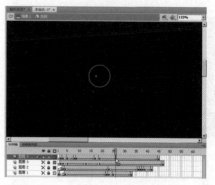

图 16-103

47 在时间轴上移动鼠标，可以看到圆珠笔的淡入淡出效果，如图 16-104 所示。

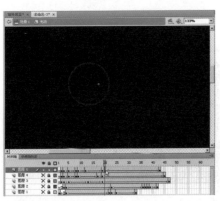

图 16-104

49 测试光线的效果，如图 16-106 所示。

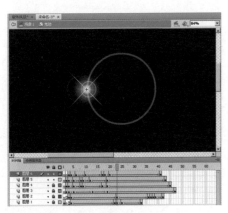

图 16-106

51 在第 2 帧处单击鼠标右键，在弹出的快捷菜单中选择"插入关键帧"命令，如图 16-108 所示。

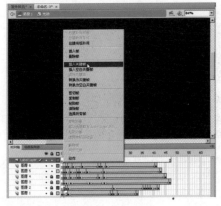

图 16-108

48 制作大圆的效果，如图 16-105 所示。

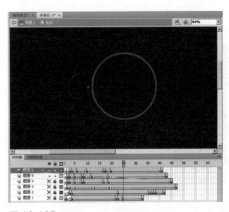

图 16-105

50 新建一个图层，命名为"Label Layer"，如图 16-107 所示。

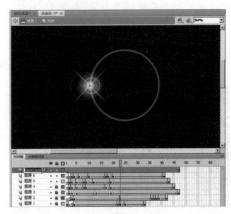

图 16-107

52 在"属性"面板中，输入帧标签的名称"flare"，如图 16-109 所示。

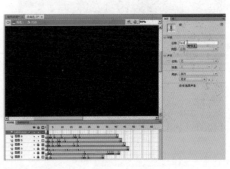

图 16-109

53 新建一个图层，命名为"Action"，如图 16-110 所示。

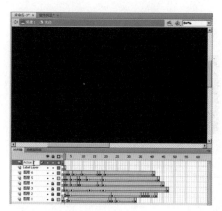

图 16-110

54 在第 80 帧处单击鼠标右键，在弹出的快捷菜单中选择"插入空白关键帧"命令，如图 16-111 所示。

图 16-111

55 执行"窗口/动作"命令，打开"动作"面板，在第 140 帧处输入动作命令，如图 16-112 所示。

图 16-112

56 执行"插入/新建元件"命令或按 Ctrl+F8 组合键，新建一个元件，如图 16-113 所示。

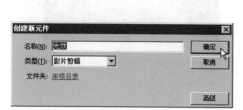

图 16-113

57 将做好的光动元件，拖入到舞台中，如图 16-114 所示。

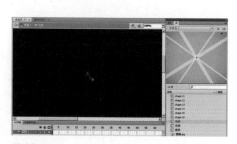

图 16-114

58 在第 4 帧处单击鼠标右键，在弹出的快捷菜单中选择"插入帧"命令，如图 16-115 所示。

图 16-115

59 新建一个图层，命名为"光效"，如图 16-116 所示。

图 16-116

60 在第 11 帧处单击鼠标右键，在弹出的快捷菜单中选择"插入关键帧"命令，如图 16-117 所示。

图 16-117

61 将做好的光效元件拖入到舞台中，如图 16-118 所示。

图 16-118

62 新建一个图层，命名为"光线 1"，如图 16-119 所示。

图 16-119

63 在第 11 帧处单击鼠标右键，在弹出的快捷菜单中选择"插入空白关键帧"命令，如图 16-120 所示。

图 16-120

64 执行"插入/新建元件"命令或按 Ctrl+F8 组合键，新建一个元件，如图 16-121 所示。

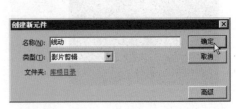

图 16-121

65 选择工具箱中的钢笔工具，绘制一个细长的形状，如图 16-122 所示。

图 16-122

66 执行"插入 / 新建元件"命令或按 Ctrl+F8 组合键，新建一个元件，如图 16-123 所示。

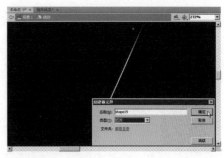

图 16-123

67 分别在第 5、第 6、第 12、第 14 帧处单击鼠标右键，在弹出的快捷菜单中选择"插入空白关键帧"命令，如图 16-124 所示。

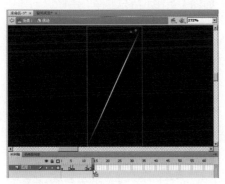

图 16-124

68 在"属性"面板中进行设置，将第 1 帧的 Alpha 值设为"0"，可以看到舞台中图像变成了透明的，如图 16-125 所示。

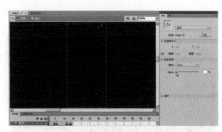

图 16-125

69 选择帧与帧之间的任意帧，单击鼠标右键，在弹出的快捷菜单中选择"创建传统补间"命令，如图 16-126 所示。

图 16-126

70 在时间轴上移动鼠标，可以看到动画效果，如图 16-127 所示。

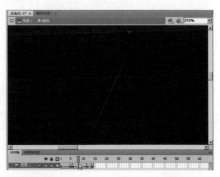

图 16-127

71 选中"图层 1"中的所有帧，单击鼠标右键，在弹出的快捷菜单中选择"复制帧"命令，如图 16-128 所示。

图 16-128

72 新建一个图层，单击鼠标右键，在弹出的快捷菜单中选择"粘贴帧"命令，如图 16-129 所示。

图 16-129

73 选中新建图层中的所有帧，用鼠标向右拖动，改变起始帧的位置，如图 16-130 所示。

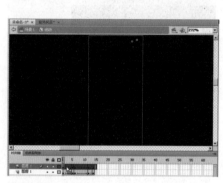

图 16-130

74 按照上面的方法，制作多重光效的效果，如图 16-131 所示。

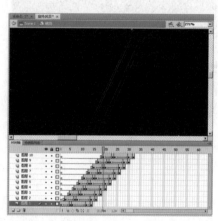

图 16-131

75 执行"插入/新建元件"命令或按 Ctrl+F8 组合键，新建一个元件，如图 16-132 所示。

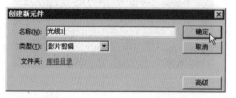

图 16-132

76 将做好的线动效果拖入到舞台中，如图 16-133 所示。

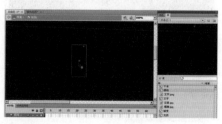

图 16-133

77 改变光效效果的位置，如图16-134所示。

图16-134

78 回到场景中，将做好的光效元件拖到舞台中，放到合适的位置，如图16-135所示。

图16-135

79 新建一个图层，命名为"光线2"，如图16-136所示。

图16-136

80 将做好的光效元件拖到舞台中，放到合适的位置，如图16-137所示。

图16-137

81 新建一个图层，命名为"两只大雁"，如图16-138所示。

图16-138

82 在第12帧处单击鼠标右键，在弹出的快捷菜单中选择"插入空白关键帧"命令，如图16-139所示。

图16-139

㉓ 执行"插入/新建元件"命令或按 Ctrl+F8 组合键，新建一个元件，如图 16-140 所示。

㉔ 单击时间轴上的"编辑多个帧"按钮，对图像进行调整，如图 16-141 所示。

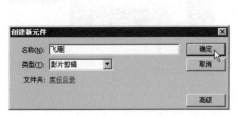

图 16-140

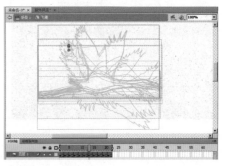

图 16-141

㉕ 在时间轴上移动鼠标，可以看到雁飞的效果，如图 16-142 所示。

㉖ 执行"插入/新建元件"命令或按 Ctrl+F8 组合键，新建一个元件，如图 16-143 所示。

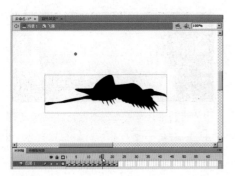

图 16-142

图 16-143

㉗ 制作雁群的效果，如图 16-144 所示。

㉘ 执行"插入/新建元件"命令或按 Ctrl+F8 组合键，新建一个元件，如图 16-145 所示。

图 16-144

图 16-145

89 制作雁飞的动画效果，如图 16-146 所示。

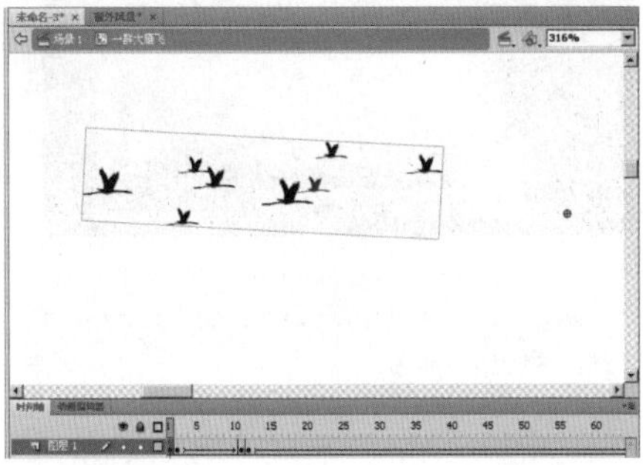

图 16-146

90 回到场景中，将做好的群雁元件拖到舞台中，放到合适的位置，如图 16-147 所示。

图 16-147

91 新建一个图层，命名为"雁飞"，如图 16-148 所示。

图 16-148

92 将做好的大雁元件移入舞台，并将元件拖入到舞台外，如图 16-149 所示。

图 16-149

93 新建一个图层，命名为"游动的粒子"，如图 16-150 所示。

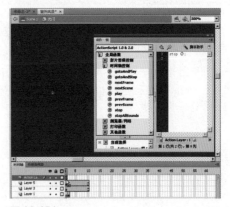

图 16-150

94 执行"窗口/动作"命令，打开动作面板，在第 1 帧处输入动作命令，如图 16-151所示。

图 16-151

95 回到场景中，将做好的粒子元件拖到舞台中，放到合适的位置，如图16-152所示。

96 新建一个图层，命名为"as"，如图16-153所示。

图 16-152

图 16-153

97 执行"窗口/动作"命令，打开动作面板，在第12帧处输入动作命令，如图16-154所示。

98 按Ctrl+Enter组合键进行影片测试，如图16-155所示。

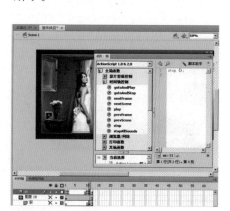

图 16-154

图 16-155

16.3 光盘片头动画

Tip 技巧提示

➔ 实例目标

本实例制作的是一个光盘片头，它是一个全屏动画，从多方面体现Flash的强大功能。

➔ 技术分析

本实例主要使用了绘图工具中的基本矩形工具和文本工具等制作画面中的一些必要图形元素，通过渐变效果和遮罩效果来完成整个动画的制作。

最终效果图

制作步骤

1.方型动画的制作

01 启动 Flash CS4,执行"文件/新建"命令或按 Ctrl+N 组合键,在弹出的"新建文档"对话框中进行参数设置,单击"确定"按钮,进入编辑界面,如图 16-156 所示。

02 打开"文档属性"对话框,设置文档大小为"1024 像素 × 768 像素",如图 16-157 所示。

图 16-156

图 16-157

03 选择工具箱中的矩形工具,绘制一个矩形,如图 16-158 所示。

04 执行"窗口/颜色"命令,打开"颜色"面板,在"颜色"面板中将类型设为"线性",接着选择下方的渐变色条,设置为由白色到蓝色,如图 16-159 所示。

图 16-158

图 16-159

05 选择工具箱中的渐变变形工具,改变渐变的方向,如图 16-160 所示。

06 在第 15 帧处单击鼠标右键,在弹出的快捷菜单中选择"插入帧"命令,如图 16-161 所示。

图 16-160

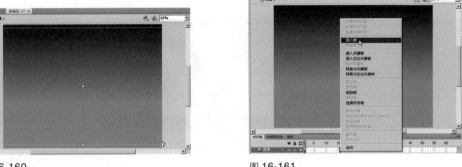

图 16-161

07 新建一个图层，命名为"片头动画"，如图 16-162 所示。

08 在第 14 帧处单击鼠标右键，在弹出的快捷菜单中选择"插入空白关键帧"命令，如图 16-163 所示。

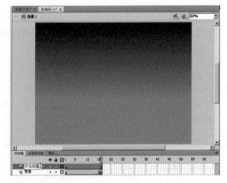

图 16-162

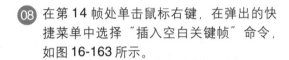

图 16-163

09 执行"插入/新建元件"命令或按 Ctrl+F8 组合键，新建一个元件，如图 16-164 所示。

10 新建一个图层，命名为"文字"，如图 16-165 所示。

图 16-164

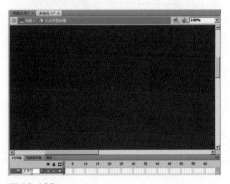

图 16-165

11 选择工具箱中的文本工具，在舞台中输入文字内容，如图16-166所示。

图16-166

13 在"属性"面板中进行设置，将第1帧的Alpha值设为"0"，可以看到舞台中图像变成了透明的，如图16-168所示。

图16-168

15 新建一个图层，命名为"方型（子动画）"，如图16-170所示。

图16-170

12 分别在第36、第62帧处单击鼠标右键，在弹出的快捷菜单中选择"插入关键帧"命令，如图16-167所示。

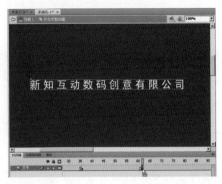

图16-167

14 选择帧与帧之间的任意帧，单击鼠标右键，在弹出的快捷菜单中选择"创建传统补间"命令，如图16-169所示。

图16-169

16 在第100帧处单击鼠标右键，在弹出的快捷菜单中选择"插入空白关键帧"命令，如图16-171所示。

图16-171

⑰ 执行"插入/新建元件"命令或按 Ctrl+F8 组合键，新建一个元件，如图 16-172 所示。

⑱ 选择工具箱中的基本矩形工具，绘制一个矩形，如图 16-173 所示。

图 16-172

图 16-173

⑲ 选择工具箱中的部分选取工具，调整舞台中的矩形为圆角矩形，如图 16-174 所示。

⑳ 选中图像，单击鼠标右键，在弹出的快捷菜单中选择"转换为元件"命令，在打开的"转换为元件"对话框中进行参数设置，然后单击"确定"按钮，如图 16-175 所示。

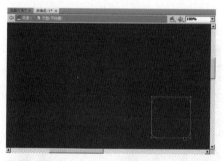

图 16-174

图 16-175

㉑ 在"属性"面板中进行设置，将第 20 帧的 Alpha 值设为"0"，可以看到舞台中图像变成了透明的，如图 16-176 所示。

㉒ 选中矩形图像，单击鼠标右键，在弹出的快捷菜单中选择"复制帧"命令，如图 16-177 所示。

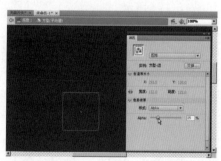

图 16-176

图 16-177

23 单击鼠标右键，在弹出的快捷菜单中选择"粘贴帧"命令，如图 16-178 所示。

图 16-178

24 将图形多复制几个层，如图 16-179 所示。

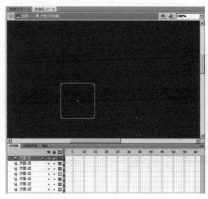

图 16-179

25 将复制好的图层排列好，如图 16-180 所示。

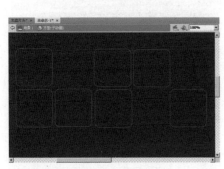

图 16-180

26 选中所有层的第 76 帧，单击鼠标右键，在弹出的快捷菜单中选择"插入关键帧"命令，如图 16-181 所示。

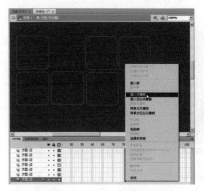

图 16-181

27 改变结束帧的位置，组成新的图形，如图 16-182 所示。

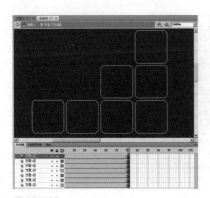

图 16-182

28 选择帧与帧之间的任意帧，单击鼠标右键，在弹出的快捷菜单中选择"创建传统补间"命令，如图 16-183 所示。

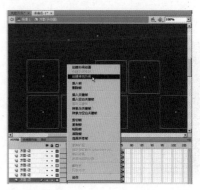

图 16-183

㉙ 在时间轴上移动鼠标，可以看到图像发生了变化，如图 16-184 所示。

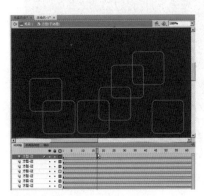

图 16-184

㉛ 在第 186 帧处单击鼠标右键，在弹出的快捷菜单中选择"插入关键帧"命令，如图 16-186 所示。

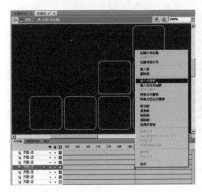

图 16-186

㉝ 用鼠标向左拖动图形，如图 16-188 所示。

图 16-188

㉚ 选中所有层的第 447 帧，单击鼠标右键，在弹出的快捷菜单中选择"插入帧"命令，如图 16-185 所示。

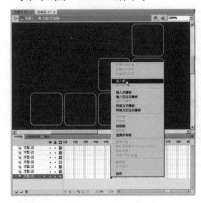

图 16-185

㉜ 在第 196 帧处单击鼠标右键，在弹出的快捷菜单中选择"插入关键帧"命令，如图 16-187 所示。

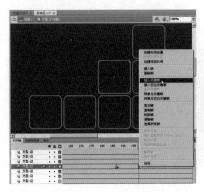

图 16-187

㉞ 选择帧与帧之间的任意帧，单击鼠标右键，在弹出的快捷菜单中选择"创建传统补间"命令，如图 16-189 所示。

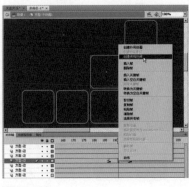

图 16-189

35 在图层"方型-边1"的第196帧处单击鼠标右键，在弹出的快捷菜单中选择"插入关键帧"命令，如图16-190所示。

36 分别在第208、第218帧处单击鼠标右键，在弹出的快捷菜单中选择"插入关键帧"命令，如图16-191所示。

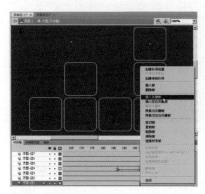

图16-190

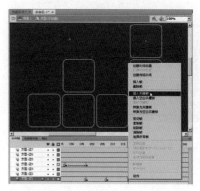

图16-191

37 改变第208帧的位置，如图16-192所示。

38 改变第218帧的位置，如图16-193所示。

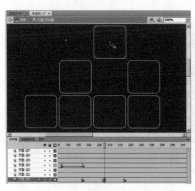

图16-192

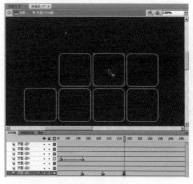

图16-193

39 选择帧与帧之间的任意帧，单击鼠标右键，在弹出的快捷菜单中选择"创建传统补间"命令，如图16-194所示。

40 在时间轴上移动鼠标，可以看到动画效果，如图16-195所示。

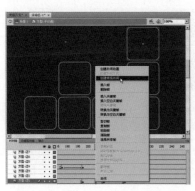

图16-194

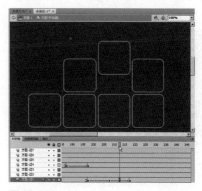

图16-195

41 在图层"方型‑边5"的第218帧处单击鼠标右键，在弹出的快捷菜单中选择"插入关键帧"命令，如图16-196所示。

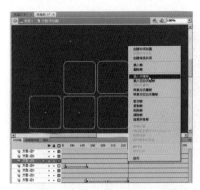

图 16-196

42 在图层"方型‑边5"的第228帧处单击鼠标右键，在弹出的快捷菜单中选择"插入关键帧"命令，如图16-197所示。

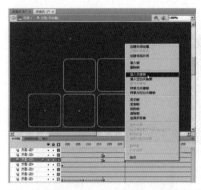

图 16-197

43 改变第218帧的位置，向左移动一个位置，如图16-198所示。

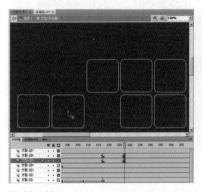

图 16-198

44 选择帧与帧之间的任意帧，单击鼠标右键，在弹出的快捷菜单中选择"创建传统补间"命令，如图16-199所示。

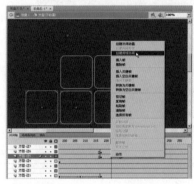

图 16-199

45 在图层"方型‑边3"的第320帧处单击鼠标右键，在弹出的快捷菜单中选择"插入关键帧"命令，如图16-200所示。

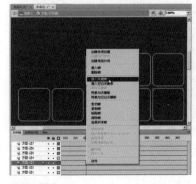

图 16-200

46 在图层"方型‑边3"的第333帧处单击鼠标右键，在弹出的快捷菜单中选择"插入关键帧"命令，如图16-201所示。

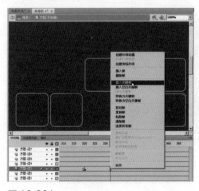

图 16-201

47 按照上面的方法，在图层"方型 - 边7"的第320帧和第333帧处单击鼠标右键，在弹出的快捷菜单中选择"插入关键帧"命令，如图16-202所示。

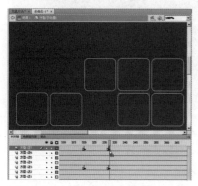

图 16-202

48 将第333帧的图形向右移动，如图16-203所示。

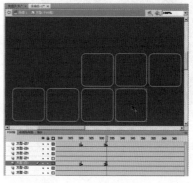

图 16-203

49 选择帧与帧之间的任意帧，单击鼠标右键，在弹出的快捷菜单中选择"创建传统补间"命令，如图16-204所示。

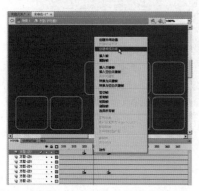

图 16-204

50 在图层"方型 - 边2"的第334帧处单击鼠标右键，在弹出的快捷菜单中选择"插入关键帧"命令，如图16-205所示。

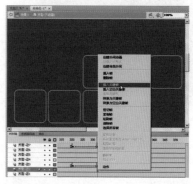

图 16-205

51 在图层"方型 - 边3"的第345帧处单击鼠标右键，在弹出的快捷菜单中选择"插入关键帧"命令，如图16-206所示。

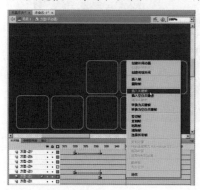

图 16-206

52 将第350帧的图形向下移动，如图16-207所示。

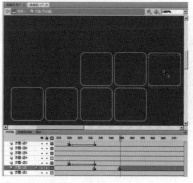

图 16-207

53 选择帧与帧之间的任意帧，单击鼠标右键，在弹出的快捷菜单中选择"创建传统补间"命令，如图16-208所示。

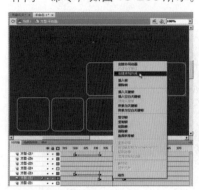

图 16-208

55 在图层"方型 - 边6"的第345帧处单击鼠标右键，在弹出的快捷菜单中选择"插入关键帧"命令，如图16-210所示。

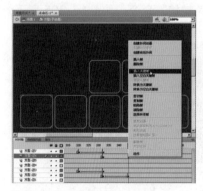

图 16-210

57 选择帧与帧之间的任意帧，单击鼠标右键，在弹出的快捷菜单中选择"创建传统补间"命令，如图16-212所示。

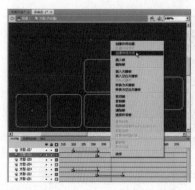

图 16-212

54 在图层"方型 - 边6"的第334帧处单击鼠标右键，在弹出的快捷菜单中选择"插入关键帧"命令，如图16-209所示。

图 16-209

56 将第345帧的图形向上移动，如图16-211所示。

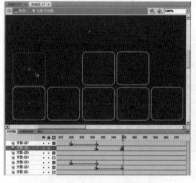

图 16-211

58 在图层"方型 - 边6"的第355帧处单击鼠标右键，在弹出的快捷菜单中选择"插入关键帧"命令，如图16-213所示。

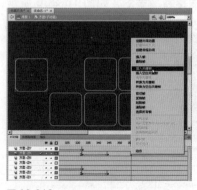

图 16-213

59 将第345帧的图形向右移动，如图16-214所示。

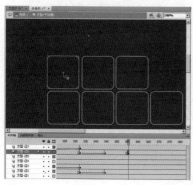

图 16-214

60 选择帧与帧之间的任意帧，单击鼠标右键，在弹出的快捷菜单中选择"创建传统补间"命令，如图16-215所示。

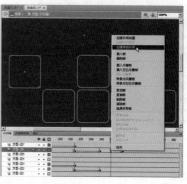

图 16-215

61 将第355帧的图形向右移动，如图16-216所示。

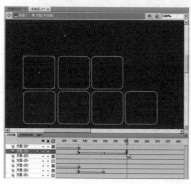

图 16-216

62 在图层"方型-边2"的第448帧处单击鼠标右键，在弹出的快捷菜单中选择"插入关键帧"命令，如图16-217所示。

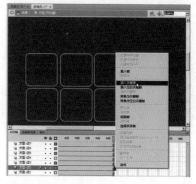

图 16-217

63 在图层"方型-边2"的第460帧处单击鼠标右键，在弹出的快捷菜单中选择"插入关键帧"命令，如图16-218所示。

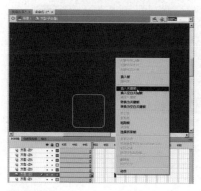

图 16-218

64 在"属性"面板中进行设置，将第460帧的Alpha值设为"0"，可以看到舞台中图像变成了透明的，如图16-219所示。

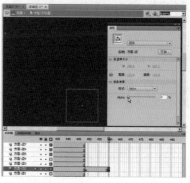

图 16-219

65 选择帧与帧之间的任意帧，单击鼠标右键，在弹出的快捷菜单中选择"创建传统补间"命令，如图 16-220 所示。

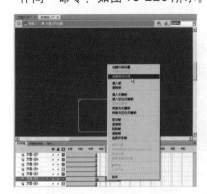

图 16-220

66 移动鼠标可以看到方框的淡入效果，如图 16-221 所示。

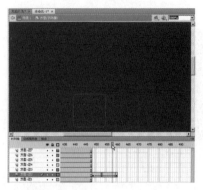

图 16-221

67 制作每个方框的消失效果，如图 16-222 所示。

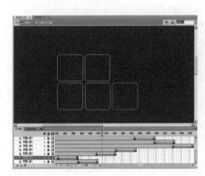

图 16-222

68 新建一个图层，命名为"方型 1"，如图 16-223 所示。

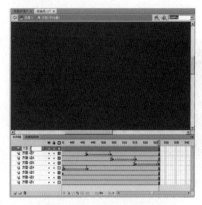

图 16-223

69 将图层"方型 1"向下移动，如图 16-224 所示。

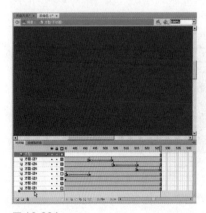

图 16-224

70 在第 77 帧处单击鼠标右键，在弹出的快捷菜单中选择"插入关键帧"命令，如图 16-225 所示。

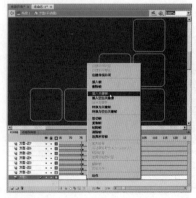

图 16-225

71 选择工具箱中的基本矩形工具，绘制一个矩形。选择工具箱中的部分选取工具，调整舞台中的矩形为圆角矩形，如图16-226所示。

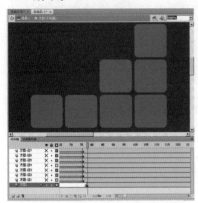

图 16-226

72 在第187帧处单击鼠标右键，在弹出的快捷菜单中选择"插入帧"命令，如图16-227所示。

图 16-227

73 新建一个图层，命名为"图片1"，如图16-228所示。

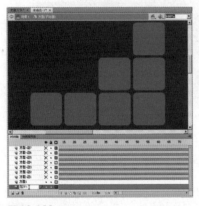

图 16-228

74 在第77帧处单击鼠标右键，在弹出的快捷菜单中选择"插入空白关键帧"命令，如图16-229所示。

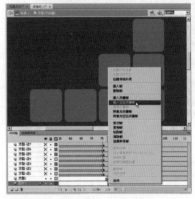

图 16-229

75 执行"文件/导入/导入到舞台"命令，导入素材文件，如图16-230所示。

图 16-230

76 在第105帧处单击鼠标右键，在弹出的快捷菜单中选择"插入关键帧"命令，如图16-231所示。

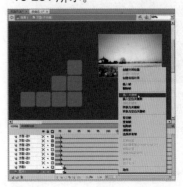

图 16-231

77 将图片拖入到舞台中，放到合适的位置，如图 16-232 所示。

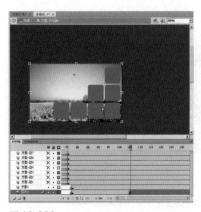

图 16-232

78 选择帧与帧之间的任意帧，单击鼠标右键，在弹出的快捷菜单中选择"创建传统补间"命令，如图 16-233 所示。

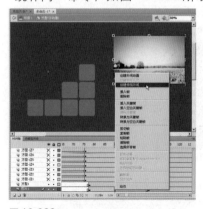

图 16-233

79 在时间轴上移动鼠标可以看到动画效果，如图 16-234 所示。

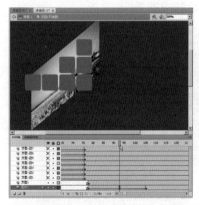

图 16-234

80 在图层"方型 1"上单击鼠标右键，在弹出的快捷菜单中选择"遮罩层"命令，如图 16-235 所示。

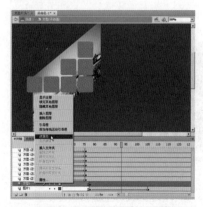

图 16-235

81 在第 177 帧处单击鼠标右键，在弹出的快捷菜单中选择"插入关键帧"命令，如图 16-236 所示。

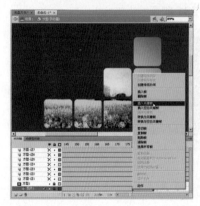

图 16-236

82 在第 187 帧处单击鼠标右键，在弹出的快捷菜单中选择"插入关键帧"命令，如图 16-237 所示。

图 16-237

83 在"属性"面板中进行设置，将第187帧
的 Alpha 值设为"0"，可以看到舞台中图
像变成了透明的，如图16-238所示。

图 16-238

85 在时间轴上移动到鼠标可看到添加遮罩
后的效果，如图16-240所示。

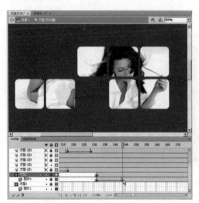

图 16-240

87 按照上面的方法，制作第3张图片的效
果，如图16-242所示。

84 选择帧与帧之间的任意帧，单击鼠标右
键，在弹出的快捷菜单中选择"创建传统
补间"命令，如图16-239所示。

图 16-239

86 按照上面的方法，制作第2张图片的效
果，如图16-241所示。

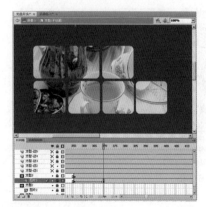

图 16-241

图 16-242

2.数码照片处理动画的制作

01 执行"插入/新建元件"命令或按 Ctrl+F8 组合键,新建一个元件,如图 16-243 所示。

02 选择工具箱中的文本工具,在舞台中输入文字,如图 16-244 所示。

图 16-243

图 16-244

03 在第 16 帧处单击鼠标右键,在弹出的快捷菜单中选择"插入关键帧"命令,如图 16-245 所示。

04 在"属性"面板中进行设置,将第 16 帧的 Alpha 值设为"0",可以看到舞台中图像变成了透明的,如图 16-246 所示。

图 16-245

图 16-246

05 在第 91 帧处单击鼠标右键,在弹出的快捷菜单中选择"插入关键帧"命令,如图 16-247 所示。

06 在第 105 帧处单击鼠标右键,在弹出的快捷菜单中选择"插入关键帧"命令,如图 16-248 所示。

图 16-247

图 16-248

07 在"属性"面板中进行设置，将第105帧的 Alpha 值设为"0"，可以看到舞台中图像变成了透明的，如图 16-249 所示。

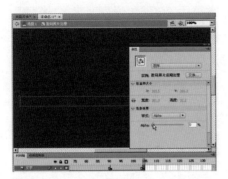

图 16-249

08 选择帧与帧之间的任意帧，单击鼠标右键，在弹出的快捷菜单中选择"创建传统补间"命令，如图 16-250 所示。

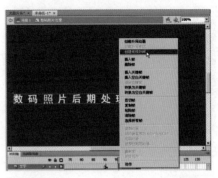

图 16-250

09 新建一个图层，在最后一帧上添加动作命令，如图 16-251 所示。

图 16-251

10 新建一个按钮元件，制作跳过的按钮，如图 16-252 所示。

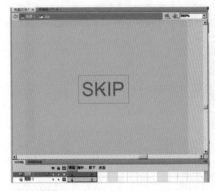

图 16-252

11 执行"文件/导入/导入到舞台"命令，导入素材文件，如图 16-253 所示。

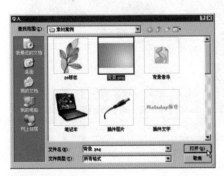

图 16-253

12 在第20帧处单击鼠标右键，在弹出的快捷菜单中选择"插入空白关键帧"命令，如图 16-254 所示。

图 16-254

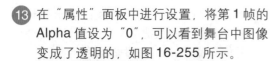

13 在"属性"面板中进行设置，将第 1 帧的 Alpha 值设为"0"，可以看到舞台中图像变成了透明的，如图 16-255 所示。

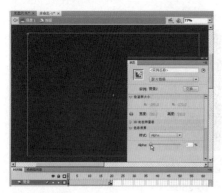

图 16-255

14 选择帧与帧之间的任意帧，单击鼠标右键，在弹出的快捷菜单中选择"创建传统补间"命令，如图 16-256 所示。

图 16-256

15 在时间轴上移动鼠标，可以看到图片的淡入效果，如图 16-257 所示。

图 16-257

16 新建一个图层，制作"数码相机"的淡入效果，如图 16-258 所示。

图 16-258

17 新建一个图层，制作"ps 标志"的淡入效果，如图 16-259 所示。

图 16-259

18 新建一个图层，制作"笔记本"的淡入效果，如图 16-260 所示。

图 16-260

⑲ 新建一个图层，制作"插件图片"的淡入效果，如图 16-261 所示。

图 16-261

⑳ 新建一个图层，制作"视频图片"的淡入效果，如图 16-262 所示。

图 16-262

㉑ 执行"插入 / 新建元件"命令或按 Ctrl+F8 组合键，新建一个元件，如图 16-263 所示。

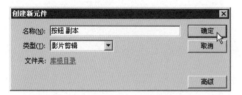

图 16-263

㉒ 制作按钮的单击效果，如图 16-264 所示。

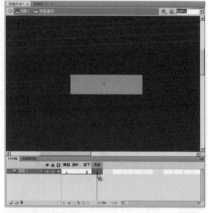

图 16-264

㉓ 将做好的按钮移至舞台中，放到合适的位置，如图 16-265 所示。

图 16-265

㉔ 给影片添加背景音乐，如图 16-266 所示。

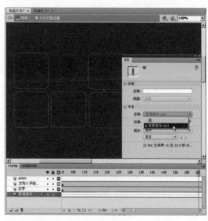

图 16-266

25 新建一个图层，给影片添加动作命令，如图 16-267 所示。

图 16-267

26 在第 14 帧和第 15 帧输入停止的动作命令，如图 16-268 所示。

图 16-268

27 按 Ctrl+Enter 组合键进行影片测试，如图 16-269 所示。

图 16-269

Chapter 17

网站导航

本章主要讲解使用 Flash CS4 制作网站导航的方法。网站的构成方法有很多种，一个好的网站导航，既能方便读者的浏览，同时还能增加网站的点击率。

17.1 滑动菜单

→ **实例目标**

本实例制作的是按钮导航，主要通过按钮来实现动画的交互效果。

→ **技术分析**

本实例主要运用了外部图片的导入来完成整个动画的制作，并且运用了遮罩效果，通过控制按钮来控制整个动画。

最终效果图

制作步骤

01 启动 Flash CS4，执行"文件/新建"命令或按 Ctrl+N 组合键，在弹出的"新建文档"对话框中进行参数设置，单击"确定"按钮，进入编辑界面，如图 17-1 所示。

02 打开"文档属性"对话框，设置文档大小为"388 像素 × 255 像素"，如图 17-2 所示。

图 17-1

图 17-2

03 执行"文件/导入/导入到舞台"命令，导入素材文件，如图17-3所示。

04 选中图像，在弹出的快捷菜单中选择"转换为元件"命令，在打开的"转换为元件"对话框中进行参数设置，设置元件类型为"影片剪辑"，单击"确定"按钮，如图17-4所示。

图17-3

图17-4

05 在第5帧处单击鼠标右键，在弹出的快捷菜单中选择"插入关键帧"命令，如图17-5所示。

06 在第6帧处单击鼠标右键，在弹出的快捷菜单中选择"插入空白关键帧"命令，如图17-6所示。

图17-5

图17-6

07 执行"窗口/对齐"命令，打开"对齐"面板，选中"相对于舞台"按钮，单击"水平中齐"和"顶对齐"按钮，如图17-7所示。

08 分别在第5、第10、第15帧处单击鼠标右键，在弹出的快捷菜单中选择"插入空白关键帧"命令，并放置不同的图片，如图17-8所示。

图17-7

图17-8

09 将图层改名为"1/2/3/4",如图 17-9 所示。

10 新建一个图层,命名为"4/1/2/3",如图 17-10 所示。

图 17-9

图 17-10

11 按照上面的方法放置图片,如图 17-11 所示。

12 执行"插入 / 新建元件"命令或按 Ctrl+F8 组合键,新建一个元件,如图 17-12 所示。

图 17-11

图 17-12

13 双击进入元件内部,选择工具箱中的矩形工具,绘制一个矩形,如图 17-13 所示。

14 选中图像,在弹出的快捷菜单中选择"转换为元件"命令,打开"转换为元件"对话框,在其中进行参数设置,然后单击"确定"按钮,如图 17-14 所示。

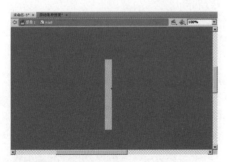

图 17-13

图 17-14

⑮ 在第 11 帧处单击鼠标右键，在弹出的快捷菜单中选择"插入关键帧"命令，如图 17-15 所示。

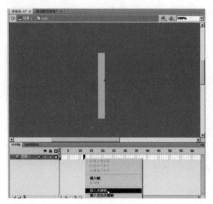

图 17-15

⑯ 选择工具箱中的任意变形工具，将图像进行拉伸，如图 17-16 所示。

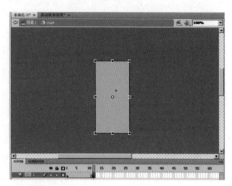

图 17-16

⑰ 在第 30 帧处单击鼠标右键，在弹出的快捷菜单中选择"插入关键帧"命令，如图 17-17 所示。

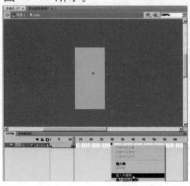

图 17-17

⑱ 选择工具箱中的任意变形工具，将图像进得拉伸，如图 17-18 所示。

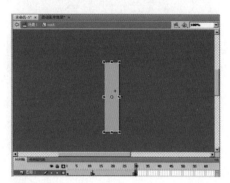

图 17-18

⑲ 选中第 11 帧上的图像，移动图像的位置，如图 17-19 所示。

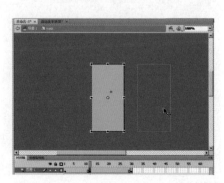

图 17-19

⑳ 选择帧与帧之间的任意帧，单击鼠标右键，在弹出的快捷菜单中选择"创建传统补间"命令，如图 17-20 所示。

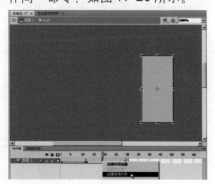

图 17-20

21 回到"mask"元件中，将做好的元件拖入到舞台中，如图17-21所示。

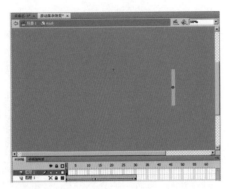

图17-21

22 在第10帧处单击鼠标右键，在弹出的快捷菜单中选择"插入关键帧"命令，如图17-22所示。

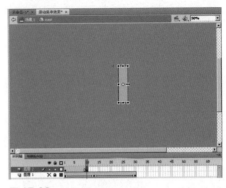

图17-22

23 在第20帧处单击鼠标右键，在弹出的快捷菜单中选择"插入关键帧"命令，如图17-23所示。

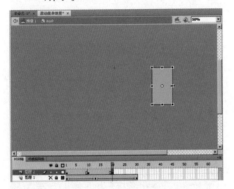

图17-23

24 在第30帧处单击鼠标右键，在弹出的快捷菜单中选择"插入关键帧"命令，如图17-24所示。

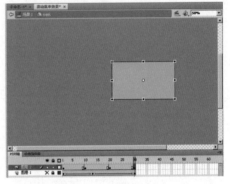

图17-24

25 选择帧与帧之间的任意帧，单击鼠标右键，在弹出的快捷菜单中选择"创建传统补间"命令，如图17-25所示。

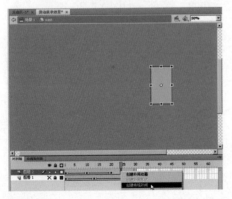

图17-25

26 新建一个图层，命名为"脚本"，如图17-26所示。

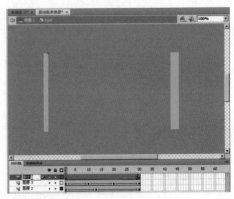

图17-26

㉗ 在第1帧处输入停止的动作命令，如图17-
27所示。

图 17-27

㉘ 新建一个图层，命名为"mask"，如图
17-28所示。

图 17-28

㉙ 将做好的元件拖入到舞台中，并放在合
适的位置，如图17-29所示。

图 17-29

㉚ 新建一个图层，命名为"4个mc1"，如
图17-30所示。

图 17-30

㉛ 执行"插入/新建元件"命令或按Ctrl+F8
组合键，新建一个元件，如图17-31所示。

图 17-31

㉜ 进入元件内部，制作按钮的图形，如图
17-32所示。

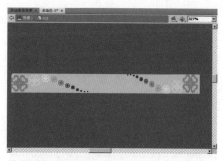

图 17-32

33 选择工具箱中的文本工具，在舞台中输入文字内容，如图 17-33 所示。

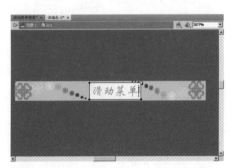

图 17-33

35 在第 30 帧处单击鼠标右键，在弹出的快捷菜单中选择"插入关键帧"命令，如图 17-35 所示。

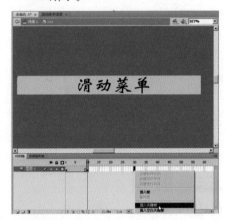

图 17-35

37 选择帧与帧之间的任意帧，单击鼠标右键，在弹出的快捷菜单中选择"创建补间形状"命令，如图 17-37 所示。

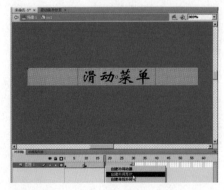

图 17-37

34 在第 10 帧处单击鼠标右键，在弹出的快捷菜单中选择"插入关键帧"命令，并对文字进行变形，如图 17-34 所示。

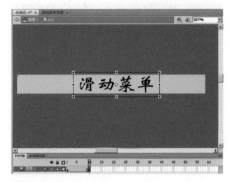

图 17-34

36 将第 30 帧处文字的颜色调整为白色，如图 17-36 所示。

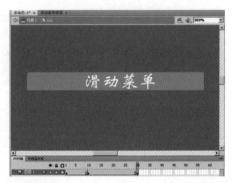

图 17-36

38 新建一个图层，命名为"脚本"，如图 17-38 所示。

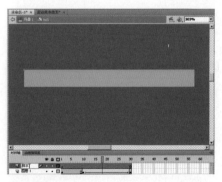

图 17-38

39 在第 1 帧和第 30 帧处输入停止的动作命令，如图 17-39 所示。

40 将做好的按钮元件拖入到舞台中，如图 17-40 所示。

图 17-39

图 17-40

41 执行"插入/新建元件"命令或按 Ctrl+F8 组合键，新建一个元件，如图 17-41 所示。

42 双击进入元件内部，选择工具箱中的矩形工具，绘制一个矩形，如图 17-42 所示。

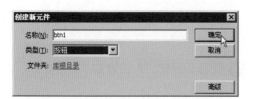

图 17-41

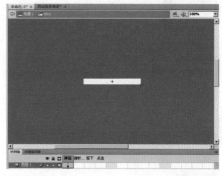

图 17-42

43 将第 1 帧移动到第 4 帧的位置，如图 17-43 所示。

44 将做好的按钮元件拖入到舞台中，如图 17-44 所示。

图 17-43

图 17-44

45 新建一个图层，命名为"脚本"，如图 17-45 所示。

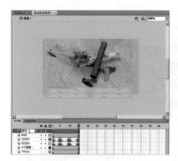

图 17-45

47 在第 1、第 5、第 10、第 15 帧处输入动作 "stop()"命令，如图 17-47 所示。

图 17-47

图 17-48

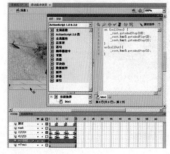

图 17-49

46 分别在第 1、第 5、第 10、第 15 帧处单击 鼠标右键，在弹出的快捷菜单中选择"插 入空白关键帧"命令，如图 17-46 所示。

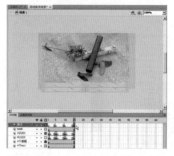

图 17-46

48 在第 1 个按钮上设置如下动作命令，如图 17-48 所示。

```
on (rollOver) {

  _root.gotoAndStop(1);

  _root.bar1.gotoAndPlay(2);

}

on(rollOut){

  _root.bar1.gotoAndStop(1);

}
```

49 在第 2 个按钮上设置如下动作命令，如图 17-49 所示。

```
on (rollOver) {

  _root.gotoAndStop(10);

  _root.bar3.gotoAndPlay(2);

  _root.bar1.gotoAndStop(1);

}

on(rollOut){

  _root.bar3.gotoAndStop(1);

}
```

50 在第 3 个按钮上设置如下动作命令，如图 17-50 所示。

```
on (rollOver) {
```

```
_root.gotoAndStop(5);

_root.bar2.gotoAndPlay(2);

_root.bar1.gotoAndStop(1);

}

on(rollOut){

_root.bar2.gotoAndStop(1);

}
```

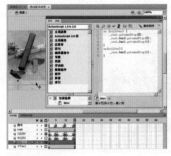

图 17-50

㊿ 在第 4 个按钮上设置如下动作命令，如图
17-51 所示。

```
on (rollOver) {

_root.gotoAndStop(15);

_root.bar4.gotoAndPlay(2);

_root.bar1.gotoAndStop(1);

}

on(rollOut){

_root.bar4.gotoAndStop(1);

}
```

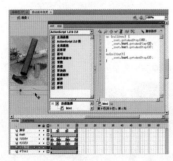

图 17-51

52 在第 1 张图像上设置如下动作命令，如图
17-52 所示。

```
onClipEvent (load) {

this.setMask(_root.mk);

_root.mk.gotoAndPlay(1);

_root.bar1.gotoAndPlay(2);

}
```

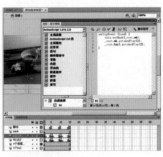

图 17-52

53 在第 2 张图像上设置如下动作命令，如图
17-53 所示。

```
onClipEvent (load) {

this.setMask(_root.mk);

_root.mk.gotoAndPlay(1);

}
```

图 17-53

54 在第 3 张图像上设置如下动作命令，如图
17-54 所示。

```
onClipEvent (load) {

this.setMask(_root.mk);

_root.mk.gotoAndPlay(1);

}
```

图 17-54

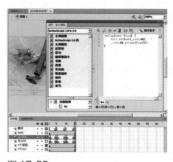

图 17-55

55 在第 4 张图像上设置如下动作命令，如图
17-55 所示。

onClipEvent (load) {

　　this.setMask(_root.mk);

　　_root.mk.gotoAndPlay(1);

}

56 按 Ctrl+Enter 组合键进行影片测试，如图
17-56 所示。

图 17-56

17.2 声音按钮

Tip 技巧提示

→ 实例目标

本实例是一个制作按钮的变化并且给按钮添加声音效果的实
例。

→ 技术分析

本实例主要使用了工个工具箱中的椭圆工具、多边形工具和矩
形工具来制作动画中的动画元素，同时在按钮中添加声音效
果，给影片添加视觉和听觉的双重感受。

最终效果图

制作步骤

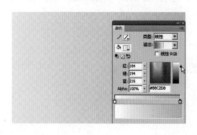

01 启动 Flash CS4, 执行"文件 / 新建"命令或按 Ctrl+N 组合键, 在弹出的"新建文档"对话框中进行参数设置, 单击"确定"按钮, 进入编辑界面, 如图 17-57 所示。

图 17-57

02 打开"文档属性"对话框, 设置文档大小为"720 像素 × 400 像素", 如图 17-58 所示。

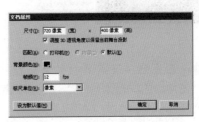

图 17-58

03 选择工具箱中的矩形工具, 绘制一个矩形, 如图 17-59 所示。

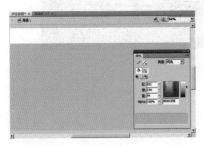

图 17-59

04 执行"窗口 / 颜色"命令, 打开"颜色"面板, 在"颜色"面板中将类型设为"线性", 设置为由黑色到淡紫色, 如图 17-60 所示。

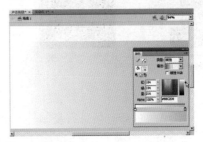

图 17-60

05 执行"插入 / 新建元件"命令或按 Ctrl+F8 组合键, 新建一个元件, 如图 17-61 所示。

图 17-61

06 选择工具箱中的矩形工具, 绘制一个矩形, 如图 17-62 所示。

图 17-62

07 在"颜色"面板中将类型设为"线性", 调整成桔黄到桔红的渐变, 如图 17-63 所示。

08 在第 20 帧处单击鼠标右键, 在弹出的快捷菜单中选择"插入帧"命令, 如图 17-64 所示。

图 17-63

图 17-64

09 新建一个图层，在第 2 帧处单击鼠标右键，在弹出的快捷菜单中选择"插入空白关键帧"命令，如图 17-65 所示。

10 选择工具箱中的椭圆工具，在舞台中按住 Shift 键绘制一个正圆，如图 17-66 所示。

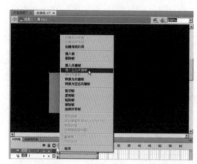

图 17-65

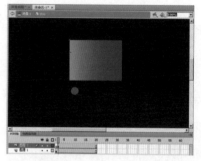

图 17-66

11 对"图层 1"的所有帧进行复制，新建 4 个图层，将"图层 1"中的帧进行粘贴，并改变起始帧的位置，如图 17-67 所示。

12 新建一个图层，选择工具箱中的矩形工具，绘制一个矩形，如图 17-68 所示。

图 17-67

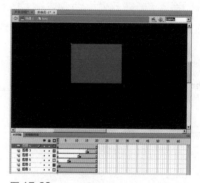

图 17-68

13 在图层上单击鼠标右键，在弹出的快捷菜单中选择"遮罩层"命令，如图 17-69 所示。

14 将所有的图层拖入到"遮罩层"的下面，如图 17-70 所示。

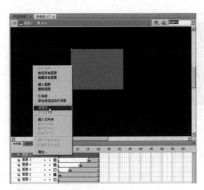

图 17-69

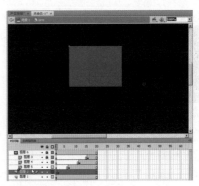

图 17-70

⑮ 执行"插入 / 新建元件"命令或按 Ctrl+F8 组
合键,新建一个元件,如图 17-71 所示。

⑯ 选择工具箱中的文本工具,在舞台中输
入文字内容,如图 17-72 所示。

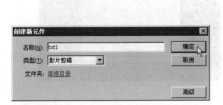

图 17-71

图 17-72

⑰ 将写好的文字内容放入到做好的按钮元
件上,放到合适的位置即可,如图 17-73
所示。

⑱ 在第 5 帧处单击鼠标右键,在弹出的快捷
菜单中选择"插入关键帧"命令,如图 17-
74 所示。

图 17-73

图 17-74

⑲ 选择第 5 帧,在"属性"面板中将第 5 帧
的 Alpha 值设为"0",可以看到舞台中的
文字不见了,如图 17-75 所示。

⑳ 选择帧与帧之间的任意帧,单击鼠标右
键,在弹出的快捷菜单中选择"创建传统
补间"命令,如图 17-76 所示。

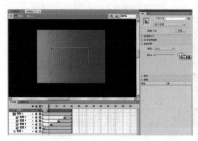

图 17-75

㉑ 新建一个图层，在第 2 帧处单击鼠标右键，在弹出的快捷菜单中选择"插入空白关键帧"命令，如图 17-77 所示。

图 17-77

㉓ 在第 6 帧处单击鼠标右键，在弹出的快捷菜单中选择"插入关键帧"命令，如图 17-79 所示。

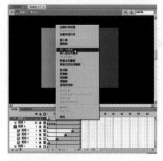

图 17-79

㉕ 选择帧与帧之间的任意帧，单击鼠标右键，在弹出的快捷菜单中选择"创建传统补间"命令，如图 17-81 所示。

㉗ 执行"文件 / 导入 / 导入到舞台"命令，导入声音素材文件，如图 17-83 所示。

图 17-76

㉒ 选择工具箱中的文本工具，输入文字内容，如图 17-78 所示。

图 17-78

㉔ 选择第 2 帧，在"属性"面板中将第 2 帧的 Alpha 值设为"0"，可以看到舞台中的文字不见了，如图 17-80 所示。

图 17-80

㉖ 新建一个图层，在第 2 帧处单击鼠标右键，在弹出的快捷菜单中选择"插入空白关键帧"命令，如图 17-82 所示。

㉘ 执行"窗口 / 动作"命令，打开动作面板，在其中输入动作命令，如图 17-84 所示。

图 17-81

图 17-82

图 17-83

图 17-84

㉙ 将做好的元件，拖入到舞台中，放到左上方，如图 17-85 所示。

㉚ 按照上面的制作方法，制作下一个元件，如图 17-86 所示。

图 17-85

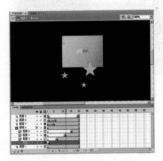

图 17-86

㉛ 按照上面的制做方法，制作另一个元件，如图 17-87 所示。

㉜ 将做好的两个元件拖入到舞台中，交叉摆放，如图 17-88 所示。

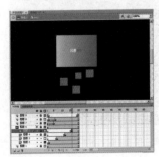

图 17-87

图 17-88

㉝ 执行"插入/新建元件"命令或按Ctrl+F8组合键，新建一个元件，如图17-89所示。

图 17-89

㉞ 执行"文件/导入/导入到舞台"命令，导入素材文件，如图17-90所示。

图 17-90

㉟ 双击进入元件内部，在第2帧处单击鼠标右键，在弹出的快捷菜单中选择"插入空白关键帧"命令，如图17-91所示。

图 17-91

㊱ 在时间轴上单击"编辑多个帧"按钮，对齐两张图，如图17-92所示。

图 17-92

㊲ 执行"窗口/对齐"命令，打开"对齐"面板，选中"相对于舞台"按钮，单击"水平中齐"和"垂直中齐"按钮，如图17-93所示。

图 17-93

㊳ 按照上面的制作方法，制作下一个元件，如图17-94所示。

图 17-94

㊴ 按照上面的制作方法，制作另一个元件，如图 17-95 所示。

㊵ 回到场景中，将做好的元件拖入到舞台中，放到合适的位置即可，如图 17-96 所示。

图 17-95

图 17-96

㊶ 调整好各个元件的位置，实例就制作完了，如图 17-97 所示。

㊷ 按 Ctrl+Enter 组合键进行影片测试，如图 17-98 所示。

图 17-97

图 17-98

㊸ 当鼠标移动到图像上时，会出现动画的效果，如图 17-99 所示。

㊹ 当鼠标移动到图像上时，图像会发生变化，如图 17-100 所示。

图 17-99

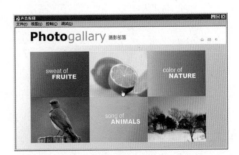

图 17-100

反侵权盗版声明

电子工业出版社依法对本作品享有专有出版权。任何未经权利人书面许可，复制、销售或通过信息网络传播本作品的行为；歪曲、篡改、剽窃本作品的行为，均违反《中华人民共和国著作权法》，其行为人应承担相应的民事责任和行政责任，构成犯罪的，将被依法追究刑事责任。

为了维护市场秩序，保护权利人的合法权益，我社将依法查处和打击侵权盗版的单位和个人。欢迎社会各界人士积极举报侵权盗版行为，本社将奖励举报有功人员，并保证举报人的信息不被泄露。

举报电话：(010)88254396；(010) 88258888

传　　真：(010)88254397

E － mail：dbqq@phei.com.cn

通信地址：北京市万寿路173信箱
　　　　　电子工业出版社总编办公室

邮　　编：100036